風神の手

道尾秀介

JN031636

朝日文庫

本書は二〇一八年一月、小社より刊行されたものです。

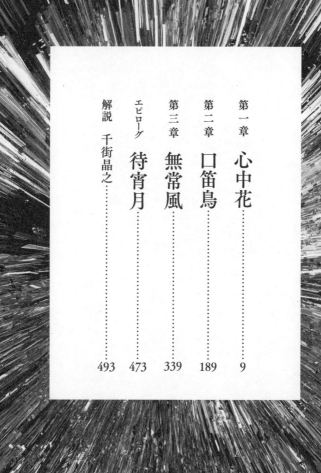

風神の手

Fujin-no-te

もしもその小さな砂粒が、貝の殻の中に入り込まなかったなら、二つの命がこの世から消え去ることはなかったのだ。彼らはその後、善行を積んだかもしれないし、悪行を尽くしたかもしれない。何が重要な出来事で、何が些細な出来事かなんて、いったい誰が言えるのだろう?

——コナン・ドイル「ジョン・ハックスフォードの空白」

第一章

心中花

Shin-chu-ka

群れ咲く向日葵《ひまわり》を見て、違う、と思った。

この場所には向日葵なんて咲いているはずじゃなかった。こんなに大きくて、偉そうで、黄色よりも黒が目立つ花が咲いているはずじゃなかった。

「……なあに？」

隣を歩くお母さんが、頬にハンカチをあててわたしを見下ろす。

「何でもない」

ここは菜の花畑だと、お母さんから聞いていた。だからわたしは、たくさんの菜の花が咲き、そのにおいがぷんと流れてくる坂を登って、自分たちが写真館へ行くところを想像していた。

春に来れば、菜の花畑なのかもしれない。だからお母さんは写真館の場所を説明するとき、「菜の花畑の脇の坂を登ったところ」と説明したのかもしれない。きっと、以前にお母さんが写真館の前を通りかかったときは春で、向日葵のかわりに、たくさんの菜の花が咲いていたのだろう。考えてみれば、こんな真夏に、菜の花なんて咲いているはずがなかった。たしかにわたしもうっかりしていたけど、お母さんもお母さんだ。あんな言い方をして、勘違いさせると思わなかったんだろうか。

写真館に行くのが急に嫌になった。

「あーちゃん、疲れた？」

十五歳になっても、いまだにあーちゃん。

お母さんがこれからもずっと生きていたら、いつかわたしを歩実《あゆみ》と呼ぶ日が来るのだろうか。たとえばわたしが成人になったときに呼び方を変えたとして、あと五年。でもお母さんの話だと、たぶん五年はもたない。お母さんの身体の中は、もう大変なことになっているらしい。

「うん、疲れた」

「もうちょっとで着くからね」

「お店の中、クーラー効いてんのかな」

お母さんは困ったような顔をした。

「……お店だなんて、呼ばないでほしいな」

向かっているのは、遺影専門の写真館だ。お母さんが死んだあと、祭壇や仏壇に飾るための写真を、これから撮ってもらうことになっている。

「だって、お店じゃん。お金払うんだし」

わたしはバッグからスマートフォンを引っ張り出し、一面に咲く向日葵の写真を撮った。お母さんは簡単に引き下がり、そうね、と呟いて小さく笑う。お母さんの首筋を汗が流れ落ちる。かつらって、やっぱり暑いんだろうか。

二人でお母さんの遺影を撮りに行くことは、家族にはまだ秘密にしてある。家族というのは、お父さん、お祖父ちゃん、お祖母ちゃんだ。

秘密にしようと言ったのはお母さんだった。「準備」をすると、その日がどんどん近づいてきてしまうと、みんなは思っている。お母さんが何か「準備」をしていることに気づくと、三人は、お願いだからそんなことはしないでくれと、泣きそうになりながら、まるで母親が出かけるのを嫌がる子供みたいに頼み込む。だからお母さんは、何でも内緒でやらなければならない。いままで撮ったデジカメのデータを印刷してアルバムをつくるのも、お父さんとお祖父ちゃんが仕事から帰ってくる前に、お祖母ちゃんの隙を見てやっている。準備をしなければ、その日が来ないと、みんなは思っているのだろうか。

何も変わるはずなんてないのに。

鏡影館《きょうえいかん》は坂のてっぺんにあった。

建物の向かい側にはバス停の標識がぽつんと立っている。昔は待合小屋のようなものがあったのだろうか、柱が立っていたような石の土台が四つ、雑草に埋もれていた。

「ここまでバスで来られたんじゃん」

「歩いて来たかったの」

いま登ってきた坂道を、お母さんは見下ろした。

「なるべく、歩きたいの」

わたしたちの暮らしているのは下上町《しもあげちょう》という、初めて聞く人はたいてい変な顔をする名前の町だ。北側のへりにある西取川《にしとりがわ》を越えると、同じくらい変な名前の、この上上町《かみあげちょう》に入る。西取川はきれいで、すぐそこで海につながっている。だから下上町も上上町も、夏は鮎漁《あゆりょう》や海水浴で賑わうけれど、それ以外の季節は何もない。冬は寒くて、春と秋は寒くも暑くもなくて、ただそれだけだ。

家族でここへ引っ越してきたのは五年前、わたしが小学四年生のときだった。わたしはそれからの町しか知らないけれど、お祖父ちゃんとお祖母ちゃんとお母さんは、ずっと昔にここで暮らしていた。

「いらっしゃいませ」

スライドドアを開けて中に入る。外から見ると古い建物だったけど、中はつくり直したのか、新しくてきれいだ。左手に木製のカウンターがあり、女の人が笑顔を向けている。三十代半ばか、そのくらい。下の瞼《まぶた》がふっくらとして、そのせいで顔全体がやわらかく見える。

「藤下《ふじした》です」

お母さんが名乗ると、女の人は何故かちょっと驚いた顔をして、カウンターの下で書類を確認した。

「藤下奈津実《なつみ》様ですね」

壁の時計を振り返ってから、またこっちを向く。

「あの……少し、お待ちいただいてもよろしいですか？　いま、写真を撮る者がちょっと出ておりまして。連絡して、すぐに戻るように言いますので」

「すみません、ずいぶん早く着いてしまって」

「何時に来るって言ったのよ」

一時二十五分を指している壁の時計を見ながら訊いてみると、二時だとお母さんは言った。まただ、とわたしは呆れてしまう。何でか知らないけれど、お母さんは昔から、相手が誰であっても、約束の時間よりもずっと早くその場所に行く。

「どっかで待ち合わせてる場合はいいかもしれないけどさ、相手のとこに行くんだから、ちゃんと時間通りにしたほうがいいよ」

「うん。でも、癖だから」

「しかも、あたしを付き合わせて」

お店の女の人が、ちらっとわたしの顔を見る。ここに来るお客さんの連れで、こんな態度の人は、きっと誰もいないのだろう。でも、そうなんだから仕方がない。わたしはこうなんだから。

「では申し訳ないんですが、そちらのソファーでお待ちいただけますか？　すぐ連絡を取りますので」

お母さんは頷《うなず》いたけれど、ソファーには座らず、室内に視線を流した。わたしも立ったまま周りを見渡す。エアコンが弱めなのは、お客さんに老人が多いからだろうか。

正面と右側の壁に、木の棚が置かれている。正面の棚に並んでいるのはフォトフレームのサンプル。それぞれに添えられた説明書きの文字がずいぶん大きいのも、歳をとった人たちのためかもしれない。右側の棚にもたくさんフォトフレームが並んでいるけれど、こちらには顔写真が入っている。わたしがその棚の前まで行くと、お母さんも隣に来て、わたしと顔の高さを合わせた。昔からお母さんは、わたしといっしょに何かを見るとき、こうして顔の高さを合わせる。お母さんが整理しているアルバムの中で、わたしが展望台で景色を眺めているときも、道の脇に並んだタンポポの綿毛を見ているときも。いまはもうほとんど背丈が変わらないので、お母さんはほんの少ししか膝を曲げずにすむ。

「これみんな、ここで写真撮った人たちかな？」

「どうなのかしらねぇ……」

近くで目にすると、お母さんの顔はちょっと子供みたいだ。前から思っていたことだけど、いまは薬でむくんでいるせいで、もっとそう見える。

「こちらで撮影させていただいた方々なんです」

カウンターの向こうで電話をしていた女の人が、受話器を置いて近づいてきた。

「この写真館に来られる方々は、それまでの人生の記念写真を、といったお気持ちでいらっしゃることが多いんです。ご自宅に記念写真を飾るというようなお気持ちで。ですから、撮らせていただいた何枚かの中からいざ一枚を選ぶというとき、どうしても絞りきれないことが多くて……あれもいい、これもいいって」

フレームに入った写真を一つ一つ眺めながら話す。

「最後にはだいたい二択になるんですけど、二択というのがまた一番難しいみたいで、両方使いたいとおっしゃるお客様もいらして――もちろん一般的な写真でしたら、どちらも現像してお渡しすればいいだけなんですけど、こうしたお写真の場合、いざというときに、ご家族の方が困ってしまいますから……わたくしどものほうで、一枚をこの店に置かせていただくのはどうでしょうとご提案することにしているんです」

その提案に賛成してくれるお客さんが、多くいるのだという。

「ってことは、まだ生きてる人もいるんですか？」

わたしが訊くと、女の人は戸惑ったように瞬きをする。

「もちろん、お元気でいらっしゃるときに、ここに並べるわけではないんです。お持ち帰りになられたお写真を……実際にお使いになるとき、ご家族の方にご連絡をいただいて、初めてこうして並べます」

すると、ここに並んでいる人たちは、みんないまは死んでいるわけか。

棚に飾られた、たくさんの写真。おばあさん、おじいさん、おばあさん、おばあさん、おじいさん……おばあさんのほうがちょっと多いかな。一番下の段の、一番奥のほうに、二枚のフレームが並んでいて、その写真はどちらもまだ小学生くらいの男の子に見えた。でも、そんなことあるだろうか。暗くて、よくわからない。頭を横にし、その二枚の写真をよく見ようとしたら、隣ではっと息をのむのが聞こえた。

顔を上げると、お母さんは一枚の写真を見ていた。

それに手を伸ばしかけ――でも、まるで壁があるみたいに、その指を空中で止める。

わたしは写真に目をやった。白い髪を短く切ったおじいさん。目と口の脇に、彫られたようにくっきりとした皺《しわ》がある。木のフレームの中で、おじいさんは微笑《わら》っている。

その写真を見つめるお母さんの目に、強い何かが浮かんでくる。身体の中で急にふくらんだものが、出口を探して、両目を内側から押しているみたいに――。

「すみません、お待たせしちゃって」

入り口のガラス戸から、びっくりするくらい大きな男の人が入ってきた。ハンカチを片手に握り、その人は何か言葉をつづけようとしたが、お母さんの声のほうが先だった。

「これは、サキムラさんとおっしゃる方ではないですか？」

声が少し震えていた。

男の人は面食らったように立ち止まり、大きな身体を曲げて写真のほうへ首を伸ばす。

「あ、はい……サキムラ様です。お知り合いでしたか」

「写真をお撮りになったのは、最近のことなんですか？」

男の人は、ちょっと迷ってから、最近ですと答えた。


「ねえ、サキムラさんっておじいさん知ってる？」

家に帰ってお祖母ちゃんに訊いてみた。

「たとえば、昔この町に住んでたときの、お母さんの知り合いとかで。そのときはおじいさんじゃなかっただろうけど」

テーブルでエンドウ豆のすじをとっていたお祖母ちゃんは、口の中で「サキムラ」と呟いた。その瞬間、あ、知ってるなと思った。

「……どうして？」

そう訊き返されたけれど、遺影専門の写真館に行ったことはお祖母ちゃんには秘密にしてあるので困った。今日お母さんと二人で出かけたのは、わたしの夏用の帽子を買いに行くためだと言ってあった。その帽子は、いいのがなかったということで誤魔化してある。

「商店街で、なんか、お母さんの知り合いと会って……サキムラさんって人の話になったんだけど」

適当に話をつくってから、本当のことをまぜた。

「そのサキムラさんが最近死んじゃったって話を聞いて、お母さん、すごい変な感じになっちゃったから、誰なのかなと思って。お母さんに訊いても教えてくれないし」

けっきょく、あのあと遺影は撮影しなかった。今日はやめたいと、お母さんが言ったのだ。あのサキムラというおじいさんの写真を見てから、お母さんの様子はあまりに変で、とても遺影向きの穏やかな表情なんてつくれそうになかったので、わたしもそのほうがいいと思った。帰り道、バスに乗って戻ってくるあいだ、お母さんはひと言も喋らず、わたしが何を訊いても、ただ小さく首を横に振るばかりだった。いまは、疲れたからと言って、二階の寝室で横になっている。

「……え、何？」

どきっとしてお祖母ちゃんの顔を見直した。お祖母ちゃんの様子が、お母さんがサキムラさんの写真を見たときとそっくりだったからだ。

「お祖母ちゃんね、一回だけ、その名前を聞いたことがあるの」

「お母さんから？　いつ？」

「わたしが聞いたんじゃなくて、あの子、あんたに話してたの」

意味がわからない。

「あんたが生まれてすぐの頃、神奈川の借家で――」

二階の、わたしのベビーベッドが置いてある部屋で、お母さんが泣きながら喋っているのが聞こえたのだという。

「誰かと電話でもしてるのかと思って、気になって……悪いとは思ったんだけどね」

聴き耳を立てながら、お祖母ちゃんが階段を上っていくと、お母さんが話している相手は、生後一ヶ月のわたしだった。

「哀しいみたいな、嬉しいみたいな泣き方しながら、あの子、あんたに話しかけててね。歩実が生まれてきてくれて嬉しい。歩実に会えて嬉しいって繰り返して――」

胸がぐっと詰まりそうになったので、わたしは急いで息を吸い込んで、その思いを遠ざけた。へえ、最初は「歩実」って呼んでたのか。

「元気で長生きしてねって、あんたに言いながら……赤ん坊にそんなこと言うのは変だと思ったのかね、途中から泣き笑いになってた。そのあと、また長いことすすり泣きが聞こえて、わたしもう、階段を下りようとしたんだけど」

そのときまたお母さんが、わたしに話しかけたのだという。

——ずっと昔に、お母さんのせいで、死んじゃった人がいるの。

——お母さんのせいで、サキムラさんは死んじゃったの。

「あなたはずっと元気で生きてって、あの子、またあんたに言いながら、泣いてね」

そのままずいぶん長いこと泣いていたのだという。やがて赤ん坊のわたしのほうも泣き出し、お母さんは泣きやんでわたしをあやしはじめ、お祖母ちゃんは階段を下りた。

それからお祖母ちゃんは、気にはなったけれど、盗み聞きしてしまった手前、訊ねることもできないままだったのだという。

「じゃあ、何かの勘違いがあったのかな」

わたしは腕を組んで考える。

「だって、そのサキムラっておじいさん、死んだの最近だって言ってたもん。お母さん、そのサキムラさんって人が自分のせいで死んじゃったと思い込んでたけど、ほんとは死んでなかったとか」

お祖母ちゃんは手に持ったエンドウ豆をしばらく見つめ、ふっと息を吐いて顔を上げた。

「そういうことだったのかもしれないね」

けれど、どうもすっきりしない。だって、自分のせいで死んだと思っていた人が、最近まで生きていたとわかったら、普通はほっとするんじゃないだろうか。

　そのとき思い出した。

　お母さんがこっそり泣いているところを、わたしも見たことがある。五年前、神奈川の借家で。

　あれはお祖父ちゃんがわたしたちに、この町へ引っ越すという話をした夜のことだった。みんなが寝たあと、トイレに起きると、階段の下から変な息遣いが聞こえてきた。わたしはそっと階段を下りて居間を覗《のぞ》いた。お母さんは座卓に両肘をついて座り、誰も見ていないのに、顔を隠して泣いていた。むかし住んでいた町に戻ることが、そんなに嫌なのだろうかとわたしは首をひねった。でも、単に田舎に戻るのが嫌だとか、そういう感じじゃなかった。この町に、お母さんにとっての何かがあるという気がした。

　あれこれ考えた末、けっきょくわたしはそれを見なかったことにした。当時、学校で友達と上手くやれていなくて、引っ越しの話が嬉しくて仕方がなかったから。それがなくなってしまうのが嫌だったから。下手に心配したり、泣いている理由を訊いたりして、話を大きくしたくなかったから。

（一）

奈津実が崎村《さきむら》を初めて見たのは二十七年前、火振《ひぶ》り漁の夜だった。

火振り漁は西取川で行われる、鮎の伝統漁法だ。闇夜に漁師たちが小舟で川に出て、松明《たいまつ》の火で鮎を驚かせ、網に追い込む。高知県の四万十川などでも行われ、そちらのほうが全国的に知られているが、西取川の火振り漁も、隣り合った県からの観光客を集めるほどには有名だった。

「あ、見えた」

土手が近づいてくると、隣を歩く真也子《まやこ》が下駄で爪先立ちをした。

真っ暗な川の上、橙色の光が尾を引きながら、横向きの8の字を描いている。それが、互いに少しずつ離れて、五つ。全部で五艘《そう》の舟が出ているらしい。

「漁師さん、あんなことして熱くないのかね」

真也子の声は弾み、歩調も速くなっていた。

「どうだろ。むかし見たとき、たしかけっこう長い棒の先に火があったけど」

小学校低学年のときに一度だけ、奈津実は両親に連れられて火振り漁を見に来たことがある。高校で知り合った真也子もこの下上町で生まれ育ったのだが、彼女の家は小さい頃から両親が不仲で、家族でどこかへ出かけるという経験がほとんどなかったらしく、火振り漁を見るのは今日が初めてだという。真也子の両親は、いまは離婚していて、父親が別の場所に一人で暮らしている。

「どのくらい？」

「棒の長さ？　物干し竿ほどはないけど、けっこうそれに近かったかも」

その竿の先に、鉄カゴがぶら下がっていて、カゴの中に入れた松の木っ端《こば》を燃やしているのだ。あれをああして、ゆっくりとしたペースで動かしつづけるには、きっとかなりの体力が必要なのだろう。火振り漁は二人一組で行われ、一人が舳先《へさき》で松明を振り、もう一人が艫《とも》で櫂《かい》を握って舟を操る。やっぱり力持ちのほうが松明担当なのだろうか。

奈津実は川面に目を凝らしてみたが、漁師の姿は見えず、ただ炎だけがそこに浮かんでいる。

「奈津実のお父さん、来るの許してくれてよかったね」

「うん、よかった」

もう高校二年生だというのに、奈津実は夜に外を出歩いた経験がほとんどない。父が許してくれないからだ。夜の外出を友達に誘われても、父が怖くて、断ってしまう。

昔から父は厳格だった。しかし、奈津実がいまみたいに父を怖がるようになったのは、一年前からのことだ。あの出来事が起きて以来、父はすっかり変わってしまった。奈津実が何か父の気に入らないことをすると――暴れたり、手を上げられたりすることはないけれど――かわりに母のすすり泣きが深夜に聞こえてくる。今日こうして火振り漁を見に来ることも、本当はひどく迷ったのだ。しかし、この町で暮らす最後の夏だからと、思い切って母に相談してみた。母は父に話しておくと言い、翌日、大丈夫だったわよと笑っていたけれど、本当に大丈夫だったのだろうか。

「河原まで下りるでしょ？」

言いながら、真也子が土手を下りはじめる。奈津実も後ろをついていった。湿った草のにおいがする。斜面は急で、二人とも着慣れない浴衣に下駄なので、ちょこちょこと小刻みに、ふざけているような動きになってしまう。それが可笑《おか》しくて、途中から二人して笑い出し、最後に両足を揃えて河原に跳んだあとは、身体をぶつけ合うようにして笑った。浴衣の襟元が熱かった。暗がりに響く自分たちの声も、よく見えない足下も、夜の空気のにおいも、ぜんぶが奈津実には新鮮だった。どこかでコオロギが鳴いている。

「さてさて、半分だけ大人の仲間入り」

変な言い方をしながら、真也子が河原を見渡した。

夏の夜にこの火振り漁を見物に来るのは、地域の女の子たちの中で、ちょっとした大人のイベントということになっている。初めて彼氏ができたら、二人で河原に出かけ、揺れ動く松明の炎を眺める。もちろん決まりごとでも何でもないのだけれど、なんとなく、そういうことになっている。が、奈津実たちは互いに彼氏もいないのに、こうして女同士で火振り漁を見に来ているわけで、真也子が変な言い方をしたのはそのためだった。

　深い闇の中、五つの炎が動いている。それぞれが8の字を描くのにつれて、ぼう、ぼう、と光が強くなる。その光が水面に反射して細かい襞《ひだ》になり、その襞の群れは、てんでに縮んだり伸びたりしながらかたちを変えた。見物人たちはみんなシルエットになっている。それでも背格好や服装は見て取れ、どうやら、予想していたほどカップルだらけというわけではなさそうだ。

「あの火で鮎をおどかして、網に追い込むんでしょ？　網ってどこにあるの？」

「右の、下流のほう。鮎は必ず川下に逃げるんだって。だから、そこにおっきい網が張ってあるって聞いた」

　家族三人でここへ来たとき、父が教えてくれたのだ。

　あの頃、父は厳しかったけれど、たいてい笑顔で、大きな声で喋り、よく冗談を言って奈津実を笑わせてくれた。父が興した中江間《なかえま》建設が軌道に乗りはじめた時期で、きっとものすごく忙しかったのだろうが、ときたま時間ができると、母と奈津実を連れて海へ泳ぎに行ったり、この西取川で釣りを教えてくれたり、車を一時間くらい走らせて映画館へ連れていってくれた。でも去年の春、中江間建設があの事件を起こして以来、父が笑ったところを一度も見ていない。

「下流って、二の橋のほう?」

「それよりは手前。一の橋のあたり」

「そっか、三の橋のほうは潮水《しおみず》だもんね」

ここは西取川の下流にあたり、川沿いの道を自転車で二十分も行けば海に出る。そこまでのあいだに、まず一の橋があり、汽水域まで下ると二の橋がかかっている。どちらも車両が一方通行の細い橋で、車はみんな、下上町から上上町に向かうときは一の橋を渡り、上上町から下上町に向かうときは二の橋を渡る。

二人で河原を進んでいくと、下駄と足のあいだに砂利が入り込んできた。

「脱いじゃおうよ」

真也子が下駄を蹴飛ばすように脱ぎ、奈津実も真似して裸足になった。それぞれ自分の下駄を拾って歩く。昼間の太陽の熱がまだ残っているのか、足の裏にふれる石があたたかい。

ちょっと先回りして舟を待っていようと、右手の下流側へ向かった。人だかりが途切れたあたりに、カボチャを縦につぶしたようなかたちの、平べったい大きな石があったので、二人で浴衣の尻をくっつけ合うようにして座った。川面に浮かぶ松明の炎は、左手のほうでぼう、ぼうと光っている。正面からゆるやかに吹いてくる風は、川面を渡ってくるせいか、ひんやりしていた。淡々と8の字を描く五つの松明が、なんだか自分たちを催眠術にでもかけようとしているみたいで、奈津実も真也子も、いつのまにか黙り込んでそれに見入っていた。

「奈津実、いつかまた、これ見に来る？」

そう訊かれ、曖昧に首を振った。遠くへ引っ越したあと、大学生か、もっと大人になったら、一人でこの町に遊びに来ることがあるかもしれない。でも、すぐには来たくない。

火振り漁の炎は、だんだんと近づいてきて、やがて目の前までやってきた。それに合わせて流れてきた見物人たちが、奈津実たちの右と左に、三々五々散らばっていく。すぐ背後で砂利が鳴ったのが聞こえ、奈津実は振り返った。男の人の二人組が歩いてくる。遠い松明の光でぼんやりと浮き出したその姿を、奈津実はよく見ようとしたが、どちらもTシャツを着ていることくらいしかわからない。隣で真也子が腰を上げた。

「ね、舟についてこ。鮎が網にかかったところ見たい」

奈津実も立ち上がり、舟と並ぶかたちで、ゆっくり河原を移動した。

「火振り漁の漁師さんって、この季節だけしか働かないのかね」

「そんなことないでしょ。わかんないけど」

言葉を返しながら振り返ると、さっきの男の人たちもついてくる。その距離は振り返るごとに縮まり、やがて足音が二手に分かれたと思うと、奈津実たちを左右から挟み込もうとするように動いた。

「何だろね、あれ」

一の橋の橋脚を越えたあたりで、真也子が前方の暗がりを指さした。水際に四、五人の人影が集まっている。何か機械のようなものの輪郭も見える。

そのとき、川のほうから威勢のいい声が重なり合って響いてきた。漁師たちが、互いに何か合図を出し合ったようだ。松明の動きが止まる。五艘の舟で、漁師たちがせわしく動きはじめ、その姿が橙色に照らし出される。二人一組の漁師たちはそれぞれ身を屈《かが》めて水の中に腕を差し入れていた。互いに一定のリズムで声を上げ、その声に合わせて上半身を揺らす。やがて、水中で手繰り寄せられていた網が、水音とともに姿を現した。端から少しずつ、少しずつ、少しずつ——まるで水面に散っていた光の襞を搦《から》め取ったように、網は輝いている。その輝きの一つ一つが、どうやら鮎らしい。

突然、目の前が昼間のように明るくなった。

先ほど四、五人の人影が集まっていた場所から、こちらに向かって強い光が放たれている。いったい何事だろう。眩しい光の中を、二つのシルエットが小走りに近寄ってくる。

「こんばんはー」

女性のほうが差し出したのはマイクだった。もう一人の男の人は、後ろでカメラを担いでいる。隣で真也子が「こんばんは」と弾んだ声を返した。

「お近くからいらしたんですか？」

「すぐ近くです」

「火振り漁っていままでご覧になったことあります？」

「ううん、初めてで、だからもう感動しちゃって、たくさん鮎が獲れるって聞いてたんですけど、あんなにたくさんだとは思ってなかったし、その鮎がみんなすごい綺麗で、びっくりしました」

「ねー、綺麗ですよね」

奈津実はカメラに映らない場所へそっと逃げ出そうとしたが、それを追いかけるようにして、自分の顔の前にマイクが動いた。

「漁師さん、どうですか？」

意味がよくわからなかった。

「……どう？」

「はい。見てみて、どうですかね？」

奈津実が立ち去ろうとしたから慌てて質問したのだろうか、やはりよくわからなかったので、適当に答えた。

当たっているせいで、ろくに見えなかった。


「かっこいいと思います」

「ねー、かっこいいですよね」

奈津実は川に浮かぶ舟のほうへ視線を向けてみたが、自分たちの横から強いライトが当たっているせいで、ろくに見えなかった。
（二）

玄関のドアを開けると母の声が聞こえた。

「あ、いま帰ってきた。ちょっと待って」

心臓を摑《つか》まれたように、奈津実はその場で立ちすくんだ。父がリビングにいるのだろうか。帰りが遅くなってしまったので、奈津実を待ち構えていたのかもしれない。やっぱり火振り漁なんて見に行かなければよかった。

でも、父と喋っているにしては、母の声に温度がある。

電気をつけずに廊下を抜け、リビングのドアをそっと開けた。母は右手に歯ブラシを、左手に受話器を持っていた。

「お友達から電話」

出てみると、真也子だった。

『奈津実、テレビ！』

ローカルチャンネルをつけろという。

『さっきのほら――あー！』

「え、何」

『早く奈津実、テレビ！』

「お母さんテレビ！」

何か重大な事件でも起きたと思ったのか、母は顔をこわばらせてテレビの前まで急ぎ、奈津実が伝えたローカルチャンネルに合わせた。さっき河原で見た女性レポーターが映った。

「え、なーちゃん、何？　このチャンネルでいいの？」

「うん、いい」

画面が切り替わり、網に絡まったたくさんの鮎が映る。河原からズームアップして撮られた映像らしい。引き揚げられていく網の中で、鮎はみんな力強く身体を振り、その身体に松明の火が反射して、まるで鱗が金色に発光しているように見える。カメラが動き、網を引き揚げている漁師の姿を捕らえる。その瞬間、奈津実は「え」と思わず声を洩らした。画面に映っている漁師の姿が、あまりに意外だったのだ。

真剣な横顔を見せながら網を引き揚げているのは、胸板が薄く、腕と首は細く、眼鏡をかけた男の人だった。年齢は奈津実と大して変わらないのではないだろうか。手つきも顔つきもたどたどしい感じがするから、新人なのかもしれない。

「あ、なーちゃん！」

母が歯ブラシを咥《くわ》えたまま声を上げる。

女性レポーターの隣に、浴衣姿の奈津実と真也子が立っている。

『漁師さん、どうですか？』

『かっこいいと思います』

（三）

数日経った午後。

奈津実は真也子のアパートにいた。座卓の上の皿には、製氷器で凍らせたカルピスが盛ってあり、さっきから二人で喋りながら、それを交互にぼりぼり食べている。

「でも、奈津実のお母さんも、よく頑張るよね。そんなお父さんといっしょに暮らしながらさ。うちのお母さんだったら、とっくに離婚して、娘連れて出ていってるだろうな」

「出ていったって、生活できないもん」

つづけざまに食べている氷のせいで、喋る息が冷たい。

「なんとかなるもんだよ。うちみたいに」

真也子の両親が離婚したのは、彼女が中学生のときだったらしい。母娘《おやこ》二人で暮らしはじめてから、母親は町内にあるスーパー「弥生屋《やよいや》」のレジ係と、場所は知らないがどこかの居酒屋のホール係を掛け持ちでやりながら、生活費を稼いでいる。

奈津実はしばしばこうして、アパートの二階にある真也子の家で、放課後や休日の時間を過ごす。夕刻過ぎまでには帰らなければならないけれど、ここで歌番組やドラマのビデオ録画を見たり、真也子といっしょにジュースや紅茶を飲んだり、スナック菓子をつまんだり冷凍カルピスを食べたりする時間が好きだった。

「これさ、氷が口の中にあるときジュース飲むと、すごい美味しいって知ってた？」

真也子はカルピス氷を口に含み、そこへグラスのリンゴジュースをちょっと流し込む。口をもごもごさせながら目をつぶり、んーと幸せそうな顔をするので、奈津実も真似してみると、確かに美味しかった。網戸の外ではミンミンゼミの声が、さっきから一度も途切れずに聞こえている。

「奈津実、引っ越し先で彼氏できるかね」

急に言われた。

「何で？」

「引っ越すとこって、神奈川の都会のほうでしょ？　ここと違ってデートスポットとか多そうだから、けっこう誘われたりすんじゃない？」

「べつに彼氏ほしくないもん」

「嘘」

「ほんと」

「好きな人できたら、ぜったい付き合いたくなるよ」

　そういう人が、いまだにできた経験がない。

　好かれたことは、もしかしたらあるのかもしれない。一度だけ――中学三年生の春、クラスの男の子に、学校とバス停のあいだで待ち伏せされたことがあった。やけに汗をかきながら、脈絡もなく担任教師の話や理科の実験の話をされ、やがて話題は無理やりのように、休日の過ごし方へと飛び、奈津実が家で本を読んだりテレビを見たりしているると言うと、今度どっか行こうかと提案された。その少し前から、もしかしたらこれはああいうあれかなという思いはあったが、なにぶん経験がなかったので、奈津実はその提案にただ狼狽《うろた》えてしまい、やがてバスが来たので、けっきょくそのまま乗り込んだ。窓の外で相手がこっちを見ていて、こくんと頷かれた。奈津実も頷き返した。どっか行こうかなんて言っていたけど、どこに行くつもりなのだろうと、家に帰ってから奈津実は一人で首をひねった。この町には男女が遊びに行くところなどない。夏なら海で泳ぐことができるのだけど——と考えたとき、その男の子の隣で水着姿になっている自分を想像し、急に嫌になった。あれからその男の子とは卒業までほとんど喋らなかったが、授業中や休み時間にこっちを見ているのがわかり、目が合うたび、ちょっと面倒くさかった。

でも、あんなふうに奈津実に好意を持ってくれる人は、この町にはきっともういない。去年の春に中江間建設が起こした事件のことを、町の人はみんな知っている。

「あたし彼氏ほしい」

真也子が言う。いつも言う。

「彼氏できたら、どこ行くの？」

「わかんない。でも、とりあえずほしい」

真也子が彼氏をほしがっているのは、ひょっとしたら両親の離婚が何か関係あるのだろうか。もしそうだとしたら、なんだか自分があまり友達の役に立てていないようで、奈津実は少し寂しかった。

いや、とても寂しかった。

（四）

西取川沿いの道をたどって家路についた。

川向こうから聞こえるヒグラシの声が、胸の中の寂しさをなかなか消してくれなかった。夕陽が身体の左側を照らし、影が下の河原までぐんと伸びている。その影も、なんだかとても頼りなくて可哀想に見える。

二の橋を過ぎたあたりで、男の人が河原にしゃがみ込んでいた。写真を撮っているらしい。でも、何を撮っているのだろう。カメラから、ものすごく長い望遠レンズが伸びているのに、その人はレンズの先を、地面に目一杯近づけていた。あんな撮り方をすることがあるのだろうか。長いレンズというのは、遠くのものを撮るときに使うのではないか。——などとぼんやり考えながら歩いていたら、河原に伸びた奈津実の影が、そのレンズが向けられているあたりに重なった。

男の人がカメラから顔を上げ、影を不思議そうに覗き込む。撮影の邪魔をしてしまったと気づき、奈津実は咄嗟《とっさ》に膝を曲げた。影が短くなった。その影を、男の人は、また不思議そうに追ってから、すっとこちらに顔を向けた。目が合った。知っている人だ。でも誰だったか。奈津実と同年配に見える。しかし学校の知り合いではない。相手はこちらに顔を向けたまま、ちょっと首をひねってみせる。向こうもこっちのことを思い出そうとしているのだろうか。いや違う、奈津実がとっている奇妙なポーズのせいだ。土手の上で奈津実は、スクワットでもしているように、中途半端に膝を曲げて一時停止していた。

慌てて歩き出しながら、ようやく思い出した。テレビで見た人だ。奈津実はまた立ち止まって河原を見た。向こうは戸惑った顔をしている。立ち去ると見せかけて立ち去らないのだから無理もない。

「こないだ、見ました」

言い訳をするように声を投げると、「？」と首を突き出された。

「テレビ、見ました」

言い直したら、相手はほんの短く考える間を置いてから、あっと口を半びらきにして困った顔をした。悪戯《いたずら》を見つかった子供のように頭を下げ、ちょっと迷うような素振りを見せてから、さっと顔をそむけ、また急いでカメラを構える。どうしてそんなに慌てたのかわからないが、ずいぶんあたふたした動きだった。そして、その動きのせいで、びっくりするようなことが起きた。

レンズがカメラから外れて宙を飛んだのだ。いくら勢いよくカメラを構えたといっても、レンズってあんなに簡単に外れるものなのだろうか。飛んだレンズは斜め前に落下して軽い音を立てたが、彼は気づかずにカメラを覗き込む。そのまましばらく動かずにいてから、不思議そうにカメラを顔から離し、レンズが消えていることに気づいて驚いた顔をした。

「……前のほうに」

「えっ」

「そっちに飛びました。その、大きい岩と、草のあいだあたりに」

土手を下りながら教えてやると、急いでそこに屈み込んでレンズを拾い上げた。

違う、レンズじゃない。

「それ、万華鏡ですか?」

（五）

湯呑みがたくさん宙に浮いていた。

二階の自室で、奈津実はベッドの端に立ち、三面鏡を上から覗き込んでいるところだった。両側の袖鏡をなかば閉じ、三枚の鏡を三角形にして、その中心には湯呑みを置いてある。要するに即席の万華鏡だ。袖鏡の長さが足りず、そこに隙間ができてしまうので、万華鏡のように無限鏡にはなってくれなかったが、なかなか上出来だろう。奈津実の湯呑みは三枚の鏡に映り、空中にずらりと並んでいるように見えた。

——これをカメラにつけて写真を撮ると、すごく綺麗なんです。

河原で、あの人は急に嬉しそうな顔になった。にゅっと唇が左右に伸び、眉毛が眼鏡の上に浮かんだ。

——何でも万華鏡に入れられる感じで。物も景色も。

へえ、と奈津実は頷いたが、なかなか具体的にイメージできなかった。だから帰宅後、こうして三面鏡を使って実験をしてみたのだが、なにしろ物が湯呑みなので、景色が万華鏡に入った光景までは、まだ上手く想像できない。

——この前のテレビ、見ました。火振り漁の。

奈津実がもう一度言うと、嬉しそうだった顔がいっぺんに曇った。

——あれは……知らなくて。

テレビの撮影というのは、そういうものなのか。

——手つきとか、たどたどしくなかったですか？

——え、あの——。

名前がわからなかったので、奈津実は訊ねるかわりに片手で相手を示した。

——あ、崎村といいます。

——崎村さんの手つきがですか？

——はい。

正直なところそう見えたので、奈津実は返答に困った。それを見て崎村は、ですよね、と唇を曲げた。

——去年の暮れに、こっちに戻ってきて、火振り漁を手伝いはじめたんです。要するに僕、今期が初めてで……。

そういうことだったのか。

——でも、あたし河原から見てたんですけど、松明がすごい綺麗でした。振り方が、なんか、ちゃんとしてるっていうか。

——振ってたの、僕じゃないです。

火振り漁は松明を振る「振り手」と、舟を動かす「漕ぎ手」の二人一組で行われる。崎村が言うには、振り手は火振り漁の花形なのだが、体力とコツが必要で、まだやらせてもらえないのだという。

——でも、漕ぐ人も大変そうですよね。毎晩やってるんですか？

——いえ、今日は休漁です。夜に強い雨が来るっていう予報だから。

崎村の視線を追って西の空を見ると、夕陽の左側に、粘土のような灰色の雲がある。

そういえばゆうべ、部屋に置いている十三インチのテレビで天気予報を見ていたとき、キャスターが今夜の雨のことを言っていた。

——弱い雨なら大丈夫なんですけどね。

会話が途切れ、対岸からヒグラシの声が聞こえてきた。急に話しかけて急に立ち去るのも変だったので、奈津実は何か話題はないかと探してみた。

——火振り漁の漁師さんって、この季節以外はどんなことしてるんですか？

河原で真也子が言っていたことを思い出したのだ。

——ほかの魚を獲ってる人もいるし、農家と兼業の家もあります。農家と兼業のほうが多いかな。川漁師だけだと、なかなか生活が大変みたいだから。

崎村の家は西取川の向こう、上上町で畑をやっていて、キャベツとジャガイモとコマツナとホウレンソウを栽培しているのだという。家があるのは町の北端の山裾だと聞き、奈津実にもだいたいの場所がわかった。父の車に乗せられて、何度か山沿いの道を通ったことがある。家はごくまばらに建っていた記憶があるが、そのうちの一軒が崎村の家だったのだろうか。

——だからいまの季節、昼は農作業、夜は火振り漁で。

忙しいですねと言うと、崎村は眼鏡の奥の両目を細めて笑った。綺麗な歯並びをしていた。

——新米だから、憶えなきゃならないことが多くて。でも、ときたま時間ができたら、こうやって写真を撮りに来たりもしてるんです。

——万華鏡の。

——遠出して撮影に行くのが難しいから、なんか工夫して面白い写真が撮れないかと思って。

崎村は手にした万華鏡を振ってみせた。シャカシャカと音がしそうなものだが、聞こえない。中のビーズやらガラス玉やらは取り出して、鏡だけにしてあるのだろう。

——去年の暮れまで、東京の専門学校で映像の勉強をしてたんです。でも、ちょっと家の事情があって、学校やめて戻ってきちゃいました。それで、火振り漁も、農業も、お父さんのあとを継いで。

家の事情というのは何だったのかを訊いてみたかった。でも質問する前に、自分がさっきから、忙しい合間を縫って写真を撮りに来ている人を邪魔していたことに気がついた。

——あ、すいません、写真、つづけてください。

——うん、じゃあ。

崎村は素直に頷き、万華鏡をカメラのレンズに取りつけようとしたが、上手くいかない。もともとセロハンテープでつなげてあったらしいのだけど、地面に落ちたせいで、そのテープに土がついてしまったのだ。どうしても貼りつかないので、やがて崎村はあきらめ、手で支えることにしたらしく、左手で万華鏡を、右手でカメラを構えてしゃがみ込んだ。撮ろうとしているのは、石のあいだから顔を出した——何だろう。見たことがあるが、名前は知らない。グリーンアスパラが極端に細長くなったような植物だった。縦方向に、真っ直ぐな皺がたくさんついている。

——トクサって、昔はやすりに使ってたんですよね。

——トクサ。

——あ、この草の名前です。

崎村は茎の先っぽを千切り取り、爪をカッターがわりにして、すっと縦に切り込みを入れた。トクサの茎は中空になっていて、広げると一枚のシートになった。手渡されたので、受け取ってみると、確かにやすりのように、表面がざらざらしている。

——それで、爪とか磨いてたらしいです。

——物識《ものし》りですね。

——子供の頃に、お父さんが教えてくれて。……ああこれ、万華鏡を支えながらだと、やっぱり難しいな。

——手伝います？

——ううん、でも二人でやったら、もっと難しいかも。

と言ったあと、崎村は何かに気づいたように、急に土手のほうを振り向いた。奈津実もそちらを見てみると、雲が大きな夕陽にふれ、絵の具が沁みたように、橙色になっている。

──ちょっと、ごめんなさい。

崎村が川のほうへ向かったので、奈津実もついていった。

河原の石の上をすたすた進み、崎村が向かったのは、右手にある二の橋のそばだった。西取川の水はとても澄んでいて、水底《みなそこ》がはっきり見えた。風の指が水面を撫で、その水底にでたらめな、でも綺麗な模様を描いている。小魚が二人の足音に驚き、ぱっと細かい砂を弾《はじ》いて消えた。

川の手前側に、飛沫《しぶき》の目立つ場所があった。岩の頭が川面にちょっと突き出て、そこで水が跳ねているらしい。透明な水滴の一つ一つが、ちゃんと丸くなって、たくさんのビーズが宙を飛んでいるように見えた。ビーズの一つ一つは、二人の背後から差す夕陽を吸って、薄い金色に輝いている。

──綺麗ですね。

──でしょ。ほんとはこれを──。

崎村は途中で言葉を切った。

──もしかして、万華鏡を使って撮るつもりだったんですか?

困った顔をされた。やはりそうだったらしい。

──これ撮ったら、きっと綺麗でしたね……。

——見てみます？

——え、いま写真あるんですか？

——ないけど、こうやってほら。

崎村がしゃがみ込んでカメラを差し出したので、受け取りながら奈津実も膝を折った。

一眼レフのカメラは、見た目よりもずっと持ち重りがした。

——覗いてみてください。

四角い窓に右目を近づけ、左目をつぶる。そこにはただ四角く区切られた水の流れが見えているだけだ。いや、下からぬっと丸いものが現れた。

つぎの瞬間、右目いっぱいに、なんとも美しい風景が広がった。

——見えてます？

返事をするのが、思わず遅れた。

——見えてます。

夕陽を映した丸い水滴たちが、三角形に区切られた無数の部屋の中で、様々な方向に流れ飛んでいる。その光景に、奈津実はタイムマシンとか宇宙とか、そういったものを連想しつつ、いっぽうで、火振り漁の夜に見た鮎のきらめきを思い出した。

——写真に撮ると、もっと水滴の動きがはっきりします。シャッター速度を調節して、残像っていうか、ほら流れ星の後ろに真っ直ぐな線が見えるじゃないですか、あれみたいなのを残すんです。ん、流れ星のやつは違うのかな。ガスとかそういうあれなのかも……。

崎村が一人で考え込んでいるあいだも、奈津実は右目の中に広がる光景に見入っていた。中学校に入った頃、社会科の先生が西取川の水の話をしていたのを憶えている。模造紙に描いたデータグラフを見せられ、折れ線であらわされた何かが、その数年前からだんだんと増えていると、先生は説明していた。それが何だったかは忘れてしまったけれど、西取川の水質が少しずつ悪くなっているという説明だった。しかし、こうして透明な水玉を眺めていると、そんなのは嘘だったのではないかと思えてくる。

カメラから顔を上げ、川の下流側に目をやった。二の橋の先から、海のすぐそばまで、コンクリートの護岸が延びている。あれが完成したのは今年の春だ。工事を任せられたのは、奈津実の父が経営する中江間建設だった。それまでにないくらい大きな仕事だったので、父は大喜びしていた。その工事が原因で、父の会社がなくなり、一家で遠くへ引っ越さなければならなくなるなんて、想像もしていなかった。

ぽちゃんと近くで水音がした。

二の橋の上に、子供が二人並び、欄干に身を乗り出して川を見下ろしている。小学校高学年らしいその二人は、極端に違う体型をしていて、一人は縦にも横にも大きく、もう一人は小柄だった。その小柄な子のほうが、欄干のこちら側に手を差し出して何かを川に落とす。

——くらげパチンコですね。

何だそれは。

——知りませんか？　二の橋の上から、ああやって石を落とす遊び。川に浮いてるくらげに当てるんです。このへんまで来ると、川の水に海水がまじってるから、けっこうくらげがいるんですよ。あそこから石を当てて、上手く真ん中に命中すると、しゅううって沈むんです。

——石で、くらげが沈むんですか？

——そう。でもあれがなかなか難しくて。真ん中に当たらないで、端のほうに当たっちゃうと、くらげは沈んでくれないし、たまに千切れちゃったりするんですよ。僕も小学生の頃、よくやってたな。みんなやってました。

そういえば二の橋を行き来するとき、あんなふうに男の子たちが欄干から並んで身を乗り出しているのを見たことがある。あれはみんな、くらげに石を当てていたのか。

——崎村さんは、上手いんですか？

ぽちゃ、とまた音がして、橋の上の男の子たちが何か短く言葉を交わした。

——いやあ、僕はぜんぜん駄目。下手くそでした。僕のお父さんが、あれ上手だったんですよ。小学生のとき、あんなふうに並んで、いっしょに石を落としながら、コツを教えてもらったりもしたんだけど、やっぱり僕はくらげを沈められなくて、でもお父さんは百発百中で沈めてました。

歳の近い男の人と、こんなふうにじっくり話したことなんてこれまでたぶん一度もないけれど、みんなこんなふうに、父親のことを嬉しげに話すものなのだろうか。

――子供の頃、お父さん、チャンピオンだったんです。なんか、友達同士でやったコンテストみたいなやつで。当時は〝くらげ当て〟って呼んでたみたいだけど。

ぽちゃん、とまた新しい石が水面を鳴らす。今度は大柄なほうの男の子が落としたらしい。くらげは上手く沈んだだろうか。奈津実たちのいる場所からではその姿が見えなかった。

水際にしゃがみ込んだまま、しばらく二人でくらげパチンコを眺めた。やがて、小柄なほうの男の子がこっちに気づき、もう一人に何か言った。注意でもされると思ったのか、大小二人の小学生はそそくさと欄干を離れてしまった。腕時計を確認してみると、もう帰らなければいけない時間だ。立ち上がって軽くスカートをはたくと、崎村も膝を立てた。

――すみません、いろいろ喋っちゃって。こっち戻ってきてから、同年代の話し相手がまったくいないもんだから、なんか楽しくて。

――わたしも楽しかったです。

カメラを返し、二人で土手のほうへ戻った。風が吹き、斜面の草が魚みたいに葉裏をきらめかせた。

──万華鏡で撮った写真、見てみたいです。

さっきから言いたかったことを、思い切って口にした。すると崎村は何でもないように、いいですよ、と頰笑んだ。

──ああ、でも見てもらうタイミングがないか。昼は農作業だし、夜は火振り漁だし。

──雨の日とかはどうですか？

ためしに言ってみると、崎村はあっと口をあけた。

──そうですね、雨の日がいいですね。火振り漁がないし、農作業のほうも、できることがかぎられてるから、時間がつくれます。

でも、きっとしばらく雨は降らない。ゆうべの天気予報だと、明日から少なくとも一週間は晴れマークだった気がする。

──それか、満月の日。

──満月？

──満月の夜は空が明るいから、火振り漁はやらないことになってるんです。松明の火に、鮎があんまり驚いてくれないんだとか。実際には漁師の定休日みたいなものなんだと思いますけど。ええと、つぎの満月は……。

崎村は宙を見上げた。

——しあさってか。

——すぐですね。

——夕方なら、学校終わってます?

——いま夏休みです。

三日後、夕方の五時半に崎村と河原で待ち合わせる約束をして、奈津実は家に帰ってきた。

三面鏡の前に立って袖鏡をひらく。大きな万華鏡は分解され、そこにはもう湯呑みが一つ、ぽつんと置いてあるだけだ。湯気はいつのまにか消えている。自分はそんなに長い時間、崎村とのことを思い出していただろうか。さすがにそんなはずはないと思いつつ、ためしに湯呑みに触れてみると、ほんの少しの温度を残して冷めきっていた。

鏡の中に自分がいる。ブラシを取り、小学校高学年の頃から嫌だった癖っ毛を軽くとかす。この癖っ毛は父からの遺伝だ。父ほどひどくはないけれど、すぐに耳の下ではねてしまうし、雨が降った日など、頭の大きさが変わってしまう。本人だけにそう見えているのだと、わかっているつもりだが、嫌なものは嫌で、悩みは悩みだった。思い切って長くしてしまえば、髪の重みでけっこう真っ直ぐになってくれると、いつかの雨の日に真也子が言っていた。しかし、ロングにしたら、たとえ少し癖が抑えられても、ストレートの人との違いがもっとわかりやすくなってしまいそうで、いつも奈津実は、髪が肩に触れそうになった頃、美容室へと自転車を走らせるのだった。

髪の毛がいくらか絡んだブラシを見る。柄は木製で、父はツゲだと言っていた。これは中学一年生のとき、父が買ってきてくれた「いいやつ」で、柄の真ん中にN・Nという奈津実のイニシャルが、筆記体みたいなかたちで彫られている。

別れ際、崎村は奈津実の名前を訊いた。

——奈津実です。

中江間という苗字を口にしたくなかったのだ。そのあと崎村が苗字を訊いてきたのが、何故なのかはわからない。さっき会ったばかりの相手を名前で呼ぶことに抵抗があったのか、あるいはただ意味もなく訊いただけなのか。

——秋川《あきかわ》です。

咄嗟に嘘を答えた。秋川というのは真也子の苗字だった。何でもよかったのだが、それが口をついて出た。

初対面の相手に苗字を教えるとき、覚悟が必要になったり、あるいはなるべく教えないですまそうと努力するようになったのは、去年の夏からだった。

はじまりは、その三ヶ月前、奈津実が高校生になろうとしていた春休みのことだ。夜明け前に家の電話が鳴った。誰か親族が死にでもしたのではないかと、三人でリビングに下りてきて、父が受話器を取った。電話は父の会社からだった。応対していた父の声がさっと硬くなり、ほとんど聞き取れないほどに小さくなった。やがて父は電話を切ると、理由を何も告げずに家を出て車に乗り込んだ。玄関まで追いかけていった母に、今日は帰れないとだけ伝えていたのが聞こえた。

父が帰ってきたのは翌日の朝、ほとんど眠れなかった奈津実と母が、リビングのソファーに並んで座っていたときのことだ。

そのときの父の様子は、きっと一生忘れられない。両目が落ち窪み、口は一度もきちんと閉じられず、いったい何があったのかと母や奈津実が訊いても、ただ首を横に振るばかりで、それでも母が訊ねつづけると、いきなり怒鳴り声を上げた。言葉は伴っていなかった。たぶんそれが、奈津実が生まれて初めて聞いた、父の怒鳴り声だった。

けっきょく父は、母や奈津実に何も説明しないまま、その後の日々を過ごした。極端に無口になっていた。しかし、それでもまだ、夕食のときは母や奈津実といっしょにテーブルについていたのだ。

三ヶ月ほど経った夏の深夜、また家の電話が鳴った。応対した父の様子に、奈津実も、たぶん母も、春の夜の電話を思い出した。あまりにも似ていた。

電話を切った父は、しかし今度は家を飛び出しはしなかった。しばらく電話の前で立ち尽くしていたと思えば、奈津実と母に向き直り、目を合わせずに呟いた。

――これから、生活が変わることになる。

そのとき初めて父は、何が起きたのかを説明した。

三ヶ月前、中江間建設が二の橋の向こうで進めている護岸整備工事で、事故が起きたのだという。夜間作業中、作業員のミスにより、工事に使う薬剤が西取川に流出し、たくさんの魚が死んだ。流出したのは消石灰――コンクリートを固める際などに使われ、水に溶けると、その水を強いアルカリ性に変えてしまうものだった。父は事故を隠蔽しようとし、一部の従業員を集め、死んだ魚たちを早朝までに回収して処分した。しかし三ヶ月後のいまになって週刊誌が情報を摑み、すべてが露呈してしまったのだ。

事故は事件になった。

以来、父とは一度も同じ食卓についていない。あれから父は毎日深夜まで帰ってこなかったし、たまに家にいるときも二階の仕事部屋に閉じこもって、ほとんど出てくることがない。父が部屋で何をしているのかはわからないが、ときおり母が言葉をかけにいったとき、内容の聞き取れない、低くこもった、苛立ちに満ちた声が聞こえてくる。父の食事は母が二階までお盆に載せて運んでいくこともあれば、父が唐突に下りてきて、誰もいないキッチンで冷蔵庫を探っているようなこともある。そんなときは奈津実のほうが、足音をさせないように二階へ上がり、部屋に閉じこもるのだった。

父の会社が起こした事件のことは、テレビのニュースでも、新聞でも報道された。もともと西取川の水質の悪化が問題になっていたこともあり、住民たちの反応は大きかった。すぐに抗議運動が起き、県の指導により、護岸工事は野方《のかた》建設という同規模の建設会社に引き継がれた。中江間建設には仕事の依頼が入らなくなり、従業員にも給料が払えず、みんな辞めていった。父が会社をたたんだのは、野方建設が西取川の護岸工事を完了させた、今年の春のことだった。

その後、父は県外で就職先を見つけ、奈津実たちはこの秋に家族で町を出る。引っ越し予定は二ヶ月半後の十月十六日だ。父が働くことになるのは、神奈川県にある家族経営の小さな工務店で、以前に父が何かで世話をしたことのある人が社長をやっている。父がずっとその会社に勤めつづけるのか、あるいはいずれまた自分の会社をつくるつもりなのかはわからないが、とにかく当面はその社長に全面的に世話をしてもらうことになっていた。奈津実たちが暮らす借家も、そのあたりの相場よりもずっと安い家賃で用意してくれているので、生活も心配ないらしい。

事件が露呈した日から、知り合って間もない高校のクラスメイトたちは、みんな奈津実と距離を置くようになった。直接の怒りや悪意ではないのかもしれない。単に、どう付き合えばいいのかがわからないだけなのかもしれない。しかし奈津実にとっては同じことで、日が経つごとに教室で言葉を発せなくなり、みんなと目を合わせるのが難しくなっていった。何も変わらずに接してくれるのは、真也子だけだ。

中江間という苗字は珍しく、このあたりではほかにない。しかも崎村の家は川漁師だ。あの消石灰の流出では、県の調査によると、実際の水質汚染はほとんど生じなかったのだが、鮎の市場にはかなりの風評被害があったと聞いている。

——秋川？　ほんとに？

崎村は眼鏡の奥の両目を丸くした。嘘がばれたのかと思ってどきっとしたが、どうやら違ったらしい。

——秋で夏で、変わってるね。

気づかなかった。確かにアキカワナツミは妙な響きだ。

——よく言われます。

ベッドに放り出してあったショルダーバッグを取り、中からトクサの皮をつまみ上げる。河原で崎村から渡され、どうしていいかわからなかったので、そこに仕舞い込んでいたのだ。くるんと丸まっているトクサの皮を、奈津実はひらいてみた。水気がなくなって少しかさついている皮を、右手の人差し指に巻いて、左手の爪を磨いた。昔の人、と意味もなく呟いてみると、宛先不明のその言葉は、しんとした部屋の中でやけに大きく響き、ぽつんと一人きりでいることが急に意識された。やがて窓の外から雨の音が聞こえはじめた。火振り漁に出ない夜、崎村は家で何をしているのだろう。

（六）

「でも、あたし明日、友達と会う約束がある」

胸の中が真っ白になっていく思いで、奈津実は言葉を返した。

「でもね、お父さんが、挨拶は家族揃って行くものだって――」

「何であたしの予定も聞かないで決めるの？」

明日、家族三人で神奈川へ行き、これから世話になる工務店の社長に挨拶をするのだという。でも明日は崎村と会う約束をした満月の日だ。

「ごめんね、なーちゃん。とにかく、決まったことだから」

話しても無駄だということが、これまでのいくつもの経験から、奈津実にもわかっていた。奈津実が直接話しに行っても、父はまともに声を返してさえくれないだろう。かといって母づてに頼んだら、母が怒鳴られるかもしれない。

「……わかった」

硬いものを無理に折るように、奈津実は頷いた。それからすぐにリビングを出て玄関に向かった。

「なーちゃん――」

「約束、断ってくる」

「電話すればいいじゃない。もう夜になるし」

「知らないの」

「え?」

「電話番号知らないの」

何か言いかける母に背を向け、奈津実はスニーカーに足を入れた。下駄箱の上のトレーから自転車の鍵を取り、ドアを出て自転車にまたがったときにはもう、涙の先触れで鼻の奥が痛かった。路地にこぎ出すと、涙はぎりぎりまでこみ上げた。両目と唇にせいいっぱい力を入れながら、奈津実は夕暮れの道を走った。しかし、二の橋が近づいて、崎村と話した河原が見えたとき、とうとう涙はあふれてしまった。それからは流れっぱなしになり、何度も洟《はな》をすすりながらペダルをこいだ。上上町に入り、山のほうへ向かうと、山沿いの道は舗装が古くなり、ところどころ割れて凸凹《でこぼこ》だった。

崎村の家はこのあたりのはずだ。

民家は互いに間隔をあけ、道の右手にばかり建っていて、左手には延々と畑が広がっている。空が暗くなっていく。似たようなつくりの古い家の前を、奈津実はどんどん通り過ぎていった。一様に黒ずんだ門柱に、どの家も表札を掲げている。しかし「崎村」と書かれた家はない。これも違う。これも。これも――あ。

サンゴジュの生垣に寄せて自転車を停め、奈津実は手の甲で涙を丹念に拭ってから、表札に「崎村」と書かれたその門柱に近づいていった。

左右に並ぶほかの家と同様、門柱はあるけれど、門はない。大きな黒松が頭の上に覆い被さるように枝葉を伸ばし、その幹と門柱とのあいだが出入り口になっていた。正面に古い二階建ての家。右手にあるのは木造の、あれは倉庫だろうか。両びらきの大きな扉が開け放たれ、その手前に軽トラックが一台停められている。

緊張と気まずさで、胸がぎゅっと縮こまるのを意識しながら、奈津実は家の敷地に入った。太陽はもうだいぶ低くなり、見ているものの輪郭がぼやけている。振り返ってみると、遠い木々の上端に、夕陽の残りが溶け広がっていた。しかしその光も、吸い込まれるようにして、みるみる消えていく。どこかで犬が吠えている。

縁側の向こうにある居間が、白々と明るかった。障子戸が中途半端な位置に閉《た》てられていて、部屋の中はよく見えない。網戸の向こうには、四角い座卓の端と、大きな簞笥《たんす》。ほかの窓に明かりがともっていないので、崎村はあそこにいるのだろうか。

そのとき、大声が響いてきた。

「俺のせいだろうが!」

崎村ではない、もっと年配の男の人の声。

つぎに聞こえてきたのは崎村の声だった。

「違うよ、ねえ違うでしょ？」

まるで懇願するような――。

「何度も言ってるじゃない、お父さんのせいじゃないよ」

「俺のせいなんだよ！」

声に重なって、何かを強く叩く音がした。同じ音がもう一度聞こえた。今度はそれに、食器がぶつかり合って割れる音がつづいた。その場に立ち尽くしたまま奈津実は動けなかった。聞こえてきた怒号は、父の声を思い出させた。去年の夏、消石灰の流出が露呈して以来、何度も耳にした声。怒り。哀しさ。悔しさ。そのすべてに近いけれど、どれでもない感情が、身体の中で急に爆発して、咽喉《のど》から言葉を噴き出させたような声。奈津実は目の前にある居間の隅で、自分が身を縮こまらせている気がした。どうしてみんな、こんな声を出すのだろう。どうして誰かをこんな気持ちにさせるのだろう。

やがて、声も物音も聞こえなくなった。

まるで何も起きなかったかのような静けさだった。ゆるい風が吹き、背後で黒松の葉が動いた。

崎村の家に背中を向け、奈津実は暗い路地へと戻った。自転車のハンドルに手をかけようとしたとき、割れた食器を片付けるような、微かな音を耳の後ろに聞いた。

(七)

翌日、神奈川での挨拶を済ませて家に帰り着いたときには、もう八時を過ぎていた。帰りの車で終始無言だった父は、家に入るなり、日本酒の一升瓶と湯呑みを摑んで二階へ上がっていった。少し間を置いてから奈津実も二階の自室に入ったが、父が部屋から出てくる気配がないのを確認すると、そっと階段を下りた。風呂場で水音がしていた。足音を殺して暗い廊下を抜け、自転車の鍵を摑んで玄関を出た。

街灯のほとんどない夜道を、自転車のライトで照らしながら走る。満月に助けられながら、奈津実は全力でペダルをこいで二の橋を目指した。

橋の真ん中あたりに人影がある。欄干に両腕をのせてうつむいている。ブレーキをかけると、その人影はむくりと頭を持ち上げた。奈津実は橋の手前で停まったまま目をこらした。人影は手を振っていた。

自転車のスタンドを立て、橋の上を進んだ。

海から飛んでくる砂のせいで、コンクリートがざらざらしている。

「ごめんなさい、今日……」

「なんか用事ができたんだよね。平気だよべつに」

約束をすっぽかされたというのに、どうしてこんなふうに笑えるのだろう。

「どうしても、家族で行かなきゃならないところがあって……」

それをゆうべ伝えに行ったことを、奈津実は言い出せなかった。門柱と黒松のそばで聞いてしまった、あの声のせいだった。

「これ」

と崎村はショルダーバッグから封筒を取り出す。

「写真持ってきたんだけど、暗くて見えないかな」

「すみません……こんな時間になっちゃったから」

どこか街灯のある場所まで行こうかと奈津実が言うと、崎村はちょっと迷ってから首を横に振った。

「街灯の光だと、あんまり綺麗じゃないかも。それより、家に持って帰ってもらって、あとでじっくり見てくれるとありがたいかな」

崎村が差し出した封筒を、奈津実は両手で受け取った。

「感想は、今度また聞かせて」

少し離れた場所に、欄干に寄せて自転車が停めてある。崎村が乗ってきたのだろう。いまにも崎村が、じゃあ、と手を挙げて背を向け、その自転車のほうに歩いていってしまいそうだったので、奈津実は咄嗟に口をひらいた。

「この前みたいに」

そう、この前みたいに。

「少し、喋りませんか？」

（八）

二人で土手を下りた。

河原の石を渡っていくと、月映えの川面がきらきらと輝いていた。

崎村がいきなり立ち止まり、振り向くと同時に奈津実の腕を摑んだ。思わず身を固くすると、崎村は自分の眼鏡と奈津実の腕時計をほとんどくっつきそうなくらい近づけた。

「満月」

「え」

見て、と顎を上げる。対岸の土手に生えた木々が細かいシルエットになり、その上に、皿のように丸い月がぽっかりと浮かんでいる。

「満月の日って言うけど、ほんとは、満月になる時間があるんだよ」

言われたことの意味は、少し経ってから理解できた。そうか、月はずっと満月でいるわけではなくて、少しずつふくらんで、ある瞬間にだけ満月になるのか。

「いまがそうなんですか？」

「そう。ほら、まん丸」

きっと、目で見てわかるほどには変わらなかったのだろう。しかし崎村が指さした満月は、いままで何度も見てきた満月の、どれよりも丸くて明るかった。いや、それはたぶん、奈津実が生まれて初めて見る本当の満月だった。月の光が、自分の肌に音もなく染み込んでくるようで、奈津実は言葉を口にしたかったが、できなかった。隣で崎村も、ただまん丸の月を見上げていた。

水際に並んでいた大きな石に、二人で腰を下ろすと、水滴が流れ飛んでいるあの場所が、すぐそこにあった。忍び笑いみたいに微かな音を立てながら、ビーズに似た水滴は、月の下でみんな銀色に輝いている。

「秋川さんは、何年生？」

「二年です」

「三つ違いか」

嘘の苗字で呼ばれることは、想像していたよりもずっと嫌だった。もしかしたらそれは、秋川というのが女友達の苗字だったからかもしれない。

「あたし、自分の苗字が好きじゃないんです」

「秋だったり夏だったりするから？」

「あ、いえ、名前は季節の夏じゃなくて、奈良の奈に、さんずいの津に、果物の実で」

「奈、津……実さんか。じゃあもしかして、名前で呼んだほうがいい？」

奈津実が「すみません」と謝ると、崎村もきまり悪そうに笑った。

「崎村さんのお家は――」

昨日聞いた声のことが気になるけれど、切り出しかたがわからない。

「どういうお家なんですか？」

え、と崎村は訊き返したが、奈津実が言い直す前につづけた。

「僕が小学生のときに、お母さんが病気で死んじゃって、家族はお父さんだけ。お父さん、ずっと一人で農業と火振り漁をやってきて、いつか僕にそれを継がせるつもりでいて、こっちもそのつもりだったんだけど……高校生のときに、僕、夢ができちゃってさ」

いつか映画をつくりたいと思うようになったのだという。

その夢の話を、崎村は思い切って父親に打ち明けてみた。すると、反対されるどころか、協力すると言ってくれた。

「お父さん、借金してまで僕の学費を用意してくれて。それで僕、学校に通えたんだ。僕が出ていったら一人きりになっちゃうのに、応援してくれて、すごくありがたかった」

は明るい。

　崎村は川の向こうに浮かぶ丸い月を見た。耳の後ろや顎の下に影ができるくらい、月は明るい。

「でも、去年の秋にお父さんが大きな怪我をしちゃって、畑仕事も火振り漁もできなくなってね。だから僕、学校やめて戻ってきたんだ。お父さんは戻ってこないでいいって反対したんだけど、そんなこと言ったって、働けないから生活できないでしょ。学費だって払えなくなるだろうし」

　昨日、崎村の家でどんなやりとりがあったのか、奈津実はわかった気がした。

「こっち来てからたまに撮ってる、そういう写真――」

　崎村は奈津実が膝の上に置いている封筒を見る。

「上上町にある、真鍋《まなべ》カメラ店っていうところで現像してるんだ。店主の真鍋さんって人、すごい無愛想なんだけど、僕の万華鏡写真に興味を持ってくれて、現像に行くたびあれこれ話をするんだよね。それで、ついこないだ、本格的に写真の勉強をしたらどうだなんて言われて……じつは映像の学校に通っていたんですって話になって、家の事情のことを話した。そしたら、馬鹿だって言われちゃった」

「どうしてですか？」

「父親が怪我をしたのは自分のせいなんだから、息子が夢をあきらめてこんな田舎町に戻ってくることなんてなかったんだって。学費なんて親戚中まわってでも掻き集めればよかったんだって。……でも、そんなの、できないよね」

　奈津実は中途半端に頷いた。

　後悔はしていないのだという。

「お父さん、昔からほんとに真っ直ぐな人で、息子に夢ができて、応援したいって思ったら、もうほかのことはなんにも考えないで、ほんとに全力で応援してくれてさ。学校には行けなくなっちゃったけど、そんなふうにしてもらった事実は変わらないから、こっちも全力で恩返ししたいと思って、農作業とか火振り漁とか、頑張ってるつもり。頑張ってるなんて、自分で言っちゃいけないんだけど」

　しばらく月を見上げ、崎村は何かに思いをめぐらせていたが、やがてそっと奈津実に顔を向けた。頬笑んでいた。この人は、いつも頬笑む。

「きいてくれて、ありがと」

　話を聞いてくれてありがとうという意味なのか、家のことを訊いてくれてありがとうという意味なのか、わからなかった。曖昧に首を振りながら奈津実は、崎村がこんな時間まで自分を待ってくれていた理由を知ったように思った。この町に戻ってきてから、同世代の話し相手がいないのだと崎村は言っていた。もしかしたら、三日前の夜から、崎村は奈津実に父親のことや、あきらめた夢のことを、話したいと思ってくれていたのではないか。大遅刻をしたくせに、そんなふうに考えるのは、ずるいのかもしれないけれど、それまで感じていた申し訳なさが、少しだけやわらいだ。そのぶん奈津実は、崎村のために何かをしたい気持ちになった。しかし、どうすればいいのだろう。迷いながら何も言えずにいると、その無言を気にしたのか、急に弱々しい顔をされた。まるで小さな子供が自分の失敗に気づいてしまったときのように、崎村はそのまま目をそらす。そんな顔をしないでほしい。片手が勝手に持ち上がって横へ伸び、崎村の背中にふれそうになった。指先に体温を感じた。しかし奈津実はその手をまた自分のほうへ引き戻し、夜空に顔を向けた。

「満月、終わっちゃいました?」

「うん、たぶん」

それでもまだ月は、目を洗うような光を放ちつづけ、対岸の木々の枝先を白く溶かしている。

「また、何でも話聞きます」

「ほんと?」

「はい」

とはいえ、崎村のほうが忙しくて時間がつくれないだろう。昼は農作業をし、夜は火振り漁に出なければいけないのだから。火振り漁が休みになるつぎの満月まで、一ヶ月もある。

しかしそのとき崎村が訊いた。

「雨の日にまた会える?」

「はい、会えます」

「じゃあ、雨の予報があったら、連絡してもいい?」

でも、崎村が家に電話をしてきたら、苗字を偽っていることがばれてしまうし、もし父が出た場合、あとで何を言われるかわからない。

「あたしが電話します」

奈津実に渡した封筒の端に、崎村は自宅の電話番号を書いてくれた。

（九）

「わ、すごい濡れちゃってるね」

「でも写真は大丈夫です。ビニールにくるんできました」

「ちょっと待ってて、タオル持ってくる。あれ、自転車どこに置いた?」

「外の、植え込みのとこに」

「錆びちゃうから倉庫に入れとこう」

傘をさしながら自転車をこいできたのだが、雨が強すぎて、崎村の家に着いたときにはお腹から下がびしょ濡れになっていた。家を出るとき丁寧に梳《と》かしてきた髪も、さわってみると、はね散らかってぼさぼさだ。

あの夜以来、奈津実は部屋のテレビで天気予報を毎日チェックしていた。晴れマークばかりだった週間予報に、一日だけ雨のマークがまじり、そのマークが消えないことを祈りつつ日々を過ごしていたのだが、とうとう前日になっても消えなかった。そして崎村に電話をかけたのが昨日の夕方のことだ。崎村の父親が出たらどうしよう。網戸ごしに聞いた怒鳴り声を思い出し、奈津実は不安だった。しかしその不安は、相手の声が聞こえた途端に消えてしまった。

――あい、あい崎村です。

父親の声はひどくやわらかで、ちょっとふざけているような調子だった。

秋川奈津実と名乗ったあと、崎村の下の名前を聞いていなかったことをいまさら思い出し、息子さんはいますかと訊くと、あいあい待っててね、と父親はなにやら嬉しそうに言い、しばらくして崎村が電話を代わった。最初に奈津実は、崎村から預かった万華鏡写真の感想を伝えた。用意していた感想だったけれど、話しているうちに写真を見たときの感動がよみがえって、自分の声がはずんでくるのがわかった。タンポポの綿毛。並び咲く菜の花。真っ赤な夕陽。土の上に円く並べられた小石。鳩だけはちょっと怖かったけれど、万華鏡写真はどれも本当に綺麗で、不思議だった。このまえ見たのとは別の場所で撮られたのかもしれないが、丸い小さな水滴が無数に流れ飛んでいる一枚もあった。崎村が言ったとおり、水滴は写真の中で細い尾を引き、いっそう美しかった。奈津実がそれらのことを話しているあいだ、崎村は嬉しそうに相槌《あいづち》を返してくれた。写真の話が落ち着いたとき、奈津実が天気予報のことを切り出すと、崎村も今日の雨を知っていた。

倉庫に自転車を移動させてから、また玄関に戻り、崎村が持ってきてくれたタオルで髪と身体を拭いた。おじゃましますと言いながら、テレビの音が聞こえている居間に入ると、痩せた、白髪を短く刈り込んだ男の人が、座卓の向こうで笑っていた。

「おう、おう、息子がどうもね」

父親は顔の半分を持ち上げるようにして、に、と笑いかける。崎村が奈津実を紹介すると、心得たようにうんうん頷いた。

「噂のお友達ね」

「え」

「いや、奈津実さん、僕ただ友達が来るって言っただけだよ。お父さん、変な言い方しないでよ」

しししし、と父親は歯を食いしばるようにして笑い、日に焼けた手で湯呑みを持ち上げると、必要以上の音を立ててお茶を飲んだ。つかれた半袖のTシャツを着て、首から古い御守り袋のようなものをぶら下げている。顔には笑いが染みついているようで、あのとき暗がりで聞いた声がこの人のものだとは、とても信じられなかった。どこかに電話をかけたばかりなのか、電話機がすぐそばに置かれている。いや、いつもそこにあるのかもしれない。農作業や火振り漁ができなくなるほどの怪我をしたのだから、きっと、家の中を行き来するのも大変なことだろう。ただ、その怪我がどこにあるのかはわからなかった。見たところ傷痕などはない。シャツの内側だろうか。それとも座卓で隠れた足に、傷痕はあるのだろうか。

「これ、ありがとうございました」

万華鏡写真が入った封筒を崎村に返した。

「ほかにもあるから、いま持ってくるよ。見るの、ここでもいい？」

崎村の部屋で二人きりになったりするのだろうかと、雨の中で自転車をこぎながら内心びくびくしていた奈津実は、ちょっとほっとした。

「なんだよ、いいよ気にしないで。上であれすりゃいいじゃんか。おっさんといっしょじゃ嫌だよねえカツミさん」

「いえ、ほんとに平気です。奈津実です」

「奈津実さん。失敬」

「写真とってくるね」

崎村が二階へ上がっていった。

「じゃまあ、座んな。ね。そこ座って」

父親は自分の正面を顎で示したが、その場所に座ると父親からテレビが見えなくなってしまうので、奈津実は斜め前に腰を下ろした。

崎村の父親は頓着なくテレビに顔を向けてバラエティ番組を眺め、はは、と小さく笑ったり、どすと面白えな、と呟いたりした。どすというのは数年前から人気の、どストレート佐藤という若手お笑い芸人のことだ。

「あ、ごめん。せっかくお客さん来て、テレビ見てちゃ駄目だな」

「いえ」

「ほい、と」

父親は傍らに置いてあった細い竹竿を持ち上げ、奈津実の肩口に突き出した。竹竿の先端がぴたっと電源ボタンをとらえ、テレビが消える。

「……上手ですね」

「毎日やってるもん。先っぽに、あれだよ、切り込み入れてあるから、そこでボリュームのつまみ回したりもできるんだよ。ほら見て、ね。でもいまさ、知ってる？　リモコンテレビってんだっけ、離れたとこから点けたり消したり、チャンネル替えられたりするやつがあんだよ」

「あるみたいですね」

　自宅のリビングにあるテレビがそうだとは、なんとなく言えなかった。

　テレビの音が消えてみると、急にしんとして、雨音しか聞こえない。二階から崎村の足音が微かに響いてくるが、なかなか下りてこなかった。座卓の向こうの父親は、自分でテレビを消したくせに、静かなのが苦手なのか、急に落ち着きなく天井を見上げたり、ぼりぼり顎をかいたり、窓の外の雨に目をやったりしはじめる。こういうときに話題を見つけるのが苦手な奈津実は、早く崎村が下りてきてくれないかと、そればかり考えていたが、座卓の向こうで父親がお茶をすすったとき、やっと一つ話題を見つけた。

「左利きなんですね」

　そういえばさっきテレビに竹竿を伸ばしたときも、左手だった。

「おん？　おお、そうそう、ぜんぶ左手。あっちのほうも左利き」

「あっち？」

「こっち」

　と父親は左手で盃を傾ける仕草をしてみせる。

「酒飲みのこと左利きって言うの、知らない？　ほら、大工は左手で鑿《のみ》を使うでしょ、右手に槌《つち》持って。だから左手は〝ノミ手〟だってんで、酒飲みのことを左利きって言うようになったんだって」

喋るときとそうでないときと、ずいぶん差のある人だ。その緩急がなんだか面白くて、奈津実は自然に口がほぐれた。

「じゃあ、お父さんは、左利きで、左利きなんですね」

「うん、そうそう。そういうこってす」

「何の話？」

アルバムを手に崎村が戻ってきたが、とくに返事も待たず、今度は台所に入ってお茶の用意をしはじめる。

「ゲン、なんか、お菓子とかも出せば？」

ゲン。少々意外だった。ここへ来る前、下の名前はどんなだろうとあれこれ思い浮かべてみたのだが、ゲンは候補になかった。

「お菓子なんてあったたっけ？」

「冷蔵庫にほれ、漁協でもらった水ようかんとか」

「水ようかんなんて奈津実さん食べる？」

「はい、好きです」

冷蔵庫のひらく音。食器のふれ合う音。

「ゲンっていうんですね」

声を落として言うと、父親はうんうん頷いたあと、首を横に振り、左手で上のほうを指さした。壁の天井際に、額縁に入れて写真が飾ってある。つるんとした顔の赤ん坊と、いまより極端に若い父親と、色白で細身の女の人。二人は赤ん坊の頭の上に半紙を掲げていて、そこに達筆の筆文字で「源人」と書いてあった。

「源人《げんと》ね、源人」

「苦労させられたよ、この名前で」

聞こえていたらしく、台所から崎村が言う。

「〝原人〟に見えるし、ほんとにそう読んじゃう人もいるから」

「死んだかみさんにも反対されたんだ」

父親は声をひそめる。

「でも、源《みなもと》の人って、いいでしょ？　何かをはじめそうで。源って字、水源とか根源とか、大事なものにばっかし使われるしさ、俺もう、思いついたらすっかり気に入っちゃって」

「おかげで小学校の頃なんて、みんなにウホウホいってからかわれたよ」

お盆にお茶と水ようかんを載せ、アルバムをわきの下に挟んで崎村が入ってきた。

「家まで行ってどやしつけてやったろうが。みんないっぺんで大人しくなっただろ？」

「変な父親がいるやつに関わるのやめようと思っただけでしょ」

「源人さんをからかった子供たちの家に行ったんですか？」

「行った。一軒一軒」

　父親は胸を張る。

「だって俺、許せなくてさ。大事な息子の大事な名前を馬鹿にするなんてのは、最低《さいてい》の底《てい》だよ。俺はね、自分の気持ちに嘘つくの嫌なんだよマサミさん」

「奈津実です」

「わざとです」

「お父さん、昔から嘘とか絶対につかないよね。人にも自分にも。僕、小学校の頃に作文でお父さんのこと書いたんだけど、そのときのタイトルが『正直なお父さん』だったもん」

「上に馬鹿をつけなかったのは偉い」

「それも考えたんだけど、提出したあとだったから直せなかった」

　二人とも笑った。父親のほうは、笑うと目尻に深い皺ができた。崎村も歳をとったら同じような目で笑うのかなと想像しながら、奈津実もいっしょに笑った。まだこの家に来て十分も経っていないとはとても思えなかった。笑いの余韻で頬を持ち上げていると、胸がじわっとあたたかくなるのを感じた。自宅で過ごす厭《いと》わしさや緊張感が、なんだか遠い思い出みたいだった。

　崎村が見せてくれたアルバムには、万華鏡写真だけではなく、この町で撮った様々なスナップ写真もおさめられていた。雪の河原。春のヤマザクラ。潮干狩りをする人々や、夏の向日葵畑。秋の写真も、これからここにおさめられていくのだろうか。

「ゲン、ちょっと、いいか」

捲《めく》っていたアルバムのページが残り少なくなった頃、父親が内緒話でもするように言った。

「トイレ?」

「そう。お茶、飲みすぎちゃって」

崎村が立ち上がって父親の隣に移動した。自分の左肩を父親の右肩にくっつけるようにしながら身体を支える。父親が左足を曲げたあと、二人はタイミングよく同時に膝を立てた。

崎村に支えられ、不安定に部屋を出ていきながら、父親は奈津実を振り返って苦笑した。

「ちょっと、怪我しちまってさ」

去年の秋に負った怪我の後遺症が残り、父親は身体の右半分が不自由になってしまったのだと、その日の帰り際に崎村が教えてくれた。飲み食いや会話などは、もう以前と変わらないくらいできるようになったが、手足に関しては回復が遅れ、もとどおりになるのかどうかもわかっていないのだという。

奈津実の自転車を取りに行ったとき、崎村は倉庫の前に停まっている軽トラックをぼんやり眺め、免許とらないとな、と独り言のように呟いた。軽トラックは雨に打たれ、荷台にかけられた幌の凹みに濁った水が溜まっていた。

（十）

雨を待ち望むというのは、奈津実にとって生まれて初めての経験だった。

きちんと約束したわけではない。しかし奈津実は、晴れの日と曇りの日を過ごしながら、毎日部屋のテレビで天気予報を確認し、雨のマークを見つけては胸を高鳴らせ、前日までそのマークが消えずにいると、もっとどきどきしながら崎村に電話をかけた。笑顔の声というのがあるのだと、奈津実は初めて知った。崎村の声はいつもそう聞こえたし、奈津実の声も、たぶん同じだった。

窓辺に吊した逆さまのてるてる坊主のおかげか、雨の多い夏だった。空からは雨粒といっしょに嬉しさも降ってきた。四日、ときには三日ほどの間をあけて、奈津実は崎村の家を訪ねた。

着いたときにはいつも服が濡れ、癖っ毛がはねていた。服に関しては雨合羽で解決しようとしたが、自転車をこぐと暑くなってしまい、崎村の家にいるあいだずっと自分が汗くさいのではないかと気になって仕方がなかったので、一回きりでやめた。癖っ毛は帽子で抑えようとして、これも実行してみたのだけれど、トイレを借りたときに鏡を見たら何も変わらなかったので、同じく一回でやめた。

過ごすのはいつも一階の居間で、父親と三人で座卓を囲んだ。二階にある崎村の部屋で過ごしてみたいという思いもちょっとはあったけれど、父親といっしょにお喋りをしている時間はとても楽しかった。崎村のほうはどうなのだろう。たとえば小学校の卒業アルバムや、高校の美術部で描いたという自信作の絵を見せようかという話になり、それらを取りに二階へ行くとき、崎村はいつも居間を出る前に立ち止まり、いったん振り返る。しかし、たぶん気遣いから、いつもそのとき父親のほうがあれこれと話題をつくって奈津実に話しかけてくるので、けっきょく崎村は一人で二階へ行き、卒業アルバムや絵を取ってくるのだった。見せてくれた絵は、二の橋から西取川を見下ろした構図で、まるで写真のように細密だった。卒業アルバムには、いまの崎村を縮小コピーしたような少年が、いつもみんなから少し離れて写っていた。

「ほんとだよ、こういうさ、拾ってきた枝を束ねて火をつけて、夜の西取川に近づいていくと、ザーって音がすんだ」

父親は鮎の話をするのが好きだった。

「鮎が動く音がですか？」

「そう、水を鳴らすんだよ。昔はさ、もっといっぱいいたんだ。それがどんどん減っちゃったわけ。水清けりゃ大魚なしなんて言うけど、鮎は逆で、水がほんとに綺麗じゃないと居着かないんだなこれ。いまなんてさ、漁協が稚魚を放流しなきゃならなくなって、二千キロくらい毎年放してるんだよ。あれ何匹くらいいるんだろ。稚魚って奈津実さん、魚のあかんぼね」

「わかります」

「でも、鮎がいっぱいいても、漁師がみんなたくさん獲れてたわけじゃないんでしょ?」

崎村は父親の話をするのが好きだった。

「お父さんがいつも一番獲ってたんだよね。みんな、いまも言ってるよ。松澤《まつざわ》さんも言ってる。お父さん、ほんとすごかったって」

松澤というのは、崎村が操舵する舟で振り手を務めている先輩漁師だという。以前は父親のほうと組んで漁をしていたらしい。

「おう、いつも一番。二番になったのはあれだな、お前が生まれたすぐあとと、お前のお母さんが死んじまったときだけだ。どっちも夏だったからさ」

父親は歯をほじりながら笑う。こういったことでも大袈裟な言い方をせず、まるで日常的な出来事のように口にしてしまう父親の喋り方が、奈津実は好きだった。もちろん、乗り越えてきたものがあるのだろうけれど。

「僕も頑張らないとなあ……なんか血筋で期待されて、かなりがっかりされてるみたいだから。とくに松澤さんには」

「ゲンは新米だからいいんだよ。これからゆっくり、コツだのなんだの覚えてきゃいいんだ」

「覚えても、お父さんみたいになれる気がしないんだよね。僕これまで、何かで一番になったっていう経験まったくないし。お父さんは子供の頃から何やっても一番だったでしょ？」

「くらげパチンコとか？」

初めて崎村に会ったときの会話を思い出して言ってみると、父親が「お」と生真面目な顔を向けた。

「あんたもやんのかい」

「いえ、あたしはやらないです。お父さんすごい上手いって、崎村さんが」

「あれもコツよ、コツ。くらげ当ても川漁師もコツ。人生みんなコツ」

怪我をして不自由な身体になりながら、こうして笑って暮らしていることにも、コツが必要なのかもしれない。でもきっと、そのコツを思い出せなくなってしまうことも、ときどきあるのだろう。奈津実が庭ごしに大声を聞いたあのときみたいに。

隣に目をやると、崎村は屈託なく笑っていた。夢をあきらめてこの町に戻ってきたと奈津実に打ち明けたときの、寂しげな表情は、あれから一度も見ない。二人は、互いにコツを覚えたり、思い出せなくなったり、また思い出したりしながら、ここで暮らしているのかもしれない。

雨が降るたび、奈津実は自分が大人になっていく気がした。

（十一）

夏休みが後半に入った頃のことだった。

自転車を走らせてやってきた奈津実が、いつものように崎村が用意してくれていたタオルで手足を拭いていると、近所の人がやってきて、父親を車に乗せていった。病院へ定期診察に出かけるのだという。

崎村の部屋を見てみたいと言ったのは奈津実だった。それは別段深い意味のある言葉ではなかったし、崎村もきっと気軽に頷いて二階へ案内したのだろうけど、部屋に入った瞬間、どちらも無言になった。さっきまでどうやって普通に喋っていたのか不可解に思うほど、言葉が出てこず、かわりに、部屋のにおいが家のほかの場所と違うこととか、自分が生まれて初めて男の人の部屋に入っていることとか、床に直接座らないとしたらベッドに腰掛けるしかないとか、いつも自分が寝ているベッドに人が座るのは嫌じゃないだろうかとか、そうしたことばかりが頭の中を埋め、余計に喋れなくなった。崎村が軽く洟をすすったが、べつに鼻水が出ているわけでもなさそうだった。そのあと崎村は網戸の外に目をやり、何かもやもやと聞き取れないことを呟いた。

几帳面に整頓された、崎村らしい部屋だ。デスクと丸椅子はセットになっていて、どちらも黒いパイプ製。本棚にはたくさん本が並んでいる。いや、本だけじゃなく、映画のタイトルが背に手書きされたビデオテープもいっぱいある。一番下の段を占領しているのは、映画雑誌のようだ。腰窓の下に置かれた木製のオープンシェルフには、フィルムの箱や、ペン立てや、セロハンテープ――あ、万華鏡とカメラがある。

「写真、いつからやってるんですか？」

やっと言葉が出た。

「一眼レフは、高校三年生から」

「じゃあ、東京で撮った写真もあるんですね」

「うん、あるよ」

見たいかどうか訊いてくるかと思ったが、訊いてこない。

「ちょっと、見てみたいです」

「そう？」

崎村は本棚の前に立った。並んだ本の右端に、アルバムが二冊。右側の一冊は、前回見せてもらったものだ。もう一冊のほうを抜き出すと、崎村は床に胡座《あぐら》をかき、ベッドを背もたれにした。奈津実も隣に腰を下ろした。アルバムは、ちょうど二人と三角形になる場所に置いてひらいた。

古い倉庫の出入り口に並べられた裸のマネキン。大きな神社の境内を行き交う人たち。夏祭りの露店。飲み屋通りのアーチ。自分の尻尾を嗅いでいるらしい犬。駅の構内に並んで座り込んでいるのは、修学旅行の中学生たちだろうか。白黒フィルムで撮られたものが多かったせいもあり、どれもなんだか寂しげだったけれど、見終わってつぎのページを捲ると、また戻って見てみたくなるような写真ばかりだった。もっと派手な、ネオンなどがきんきらした写真があるかと思っていたので、奈津実はちょっと安心した。

「都会っぽい写真、ないんですね」

声につい滲《にじ》んでしまった安堵に、崎村は気づいたらしく、寄り添うような口調になった。

「そういうとこ、行かなかったから」

学校のキャンパス内で撮られた写真もあった。奈津実の知らない、崎村の友達らしき人たちが、たくさん写っている。女の子もいて、中にはすごく綺麗な人もいた。いや、全体的に綺麗だった。急に胸がしんと冷たくなった。みんなでどこかへ遊びに行ったり、ご飯を食べたりしていたのだろうか。もしかして、彼女がいて、この町に戻ってくることが決まったとき、何か劇的な別れがあったりしたのだろうか。

「四六時中、映画の話ばっかりしてる人たちがいてさ、そういう人たちとよくいっしょに、休み時間とか、夜どっかに集まってちょっとビール飲んだりしながら、いろんな話してたんだ。好きな監督のこととか、隠れた名場面のこととか、ほんとにいろいろ。それで、自分たちでも短編映画つくったりして」

うんうん頷きながら話を聞くべきだったのだろうけど、アルバムに写っていた女の人たちのことがまだ気になって、上手く相槌が打てなかった。奈津実がこんなふうになるかもしれないと思って、崎村は東京にいたときの写真を見せなかったのだろうか。

「……でも、こういう話、お父さんにしないでね」

「え？」

「僕が、あっちの学校で過ごしたときのこと、嬉しそうに喋ってたって」

もし父親が聞いたら、たしかに哀しむかもしれない。でも、奈津実だって哀しかった。写真の中に写っていた東京で、そのまま過ごしていたら、奈津実なんかよりももっと可愛かったり綺麗だったり大人っぽかったりする人と、こうして二人で会っていたかもしれない。

「この町に戻ってきたこと、残念ですか？」

「ううん、そういうわけじゃない。それはまた別の話」

そうだろうか。

「ここでだって勉強できるしね。バスに乗れば図書館も、ビデオ屋もあるし」

崎村は両手を持ち上げてのびをし、正面にある本棚を眺めた。

「そこに並んでる映画も、まだ見てないやつがけっこうあるんだ。テレビで夜中にやってるやつを録画してるんだけど、なかなか暇がなくて」

自分が邪魔をしているのではないかと思い、奈津実はますます哀しくなった。

「火振り漁の漁期が終わったら時間ができるから、それが楽しみでさ」

「漁期って、いつまでなんですか?」

「毎年、七月頭から十月の半ばまでで、そのあとはまた来年の夏まで禁漁になる。今年の最終日は十月十五日だって」

十月十五日。

奈津実が一家でこの町を出ていくのは、十月十六日の予定だった。

引っ越しのことは、まだ崎村に話していない。何度か切り出そうとしたのだが、自分が崎村に対して抱いているような気持ちを、崎村も奈津実に対して抱いてくれているかもしれないという期待から、言い出せなかった。もし秋にいなくなることを知ってしまったら――これからたとえお互いの距離が近づいても、奈津実がやがていなくなってしまうと知ってしまったら、別の女の人と時間を過ごしたほうがいいと、崎村は思うかもしれない。崎村がそんなふうに考えるはずがないと、わかってはいるのだけれど、それでも奈津実は言い出す勇気が持てなかった。

遠くへ行ってしまったら、崎村とはもう会えないのだろうか。

アルバムは二人の膝のそばで、最後のページをひらかれたままだった。崎村のほうは、何を考えているのだろう。気になったが、相手の顔を見たら、余計に沈黙が意識されそうで、できなかった。雨音ばかりが聞こえる。いつもは嬉しい雨の日なのに、今日はその雨が胸の中にも降っているようだった。崎村の目は、いまどこを向いているのだろう。何か言ってほしい。いっそ、東京での楽しい思い出話でもいいから聞かせてほしい。思い切って、奈津実は顔を動かさないようにしながら、目をせいいっぱい横に向けて崎村のほうを見た。崎村はうつむいている。少しだけ首を回してみると、相手の横顔がちゃんと見えた。びっくりした。崎村は口を半びらきにして眠っていた。

いや、起きた。自分でも驚いたように両目を大きくし、さっとこちらを見る。

「もしかして……すごく疲れてますか？」

意地悪でも何でもなく、本当に心配だった。いま崎村がこちらを向いたとき、その顔に一瞬、それまで気づかなかった疲れが露わになったように思った。

わざと眉毛を上下させながら、崎村は笑った。

「ゆうべちょっと、夜更かししちゃって」

「勉強ですか？」

「いやいや違うよ、いろいろとまあ、準備っていうか」

「何の準備です？」

「うんまあいろいろ」

崎村は曖昧に答えて目をそらした。奈津実は余計に気になってしまい、相手の言葉を待つ格好で、その横顔に目を向けていた。そのことに崎村も気づき、ちらっと奈津実を見て、弱々しく笑う。

「雨の日に作業を残したくなくて、前日にぜんぶやっちゃうことにしてるから」

でも、雨の日は農作業などもできることがかぎられているから、時間がつくれると言っていたじゃないか。だから、雨の日に会おうということになったのに。奈津実がそれを言うと、崎村はますます困ったようにうつむいた。

「うん、そうだよ。でもその……ゼロになるわけでもなくて」

そのとき、ようやく奈津実は理解した。

なんて自分は能天気だったのだろう。

「ほんとは忙しいんですか？」

「そんなことないよ」

崎村は驚いたように首を振った。眼鏡がちょっと斜めになるほどの勢いだった。今度は慌ててその眼鏡を直しながら、窓のほうを見て、奈津実の顔を見て、最後にその中間くらいで目を泳がせた。

時間をつくってくれていたのだ。雨の日は農作業が少ないといっても、去年の暮れに初めてそれらをやりはじめた崎村には、きっと時間がかかる。いや、農作業は季節によってやることが違うだろうから、いまだに崎村は、いつだって初めてのことに取り組んでいるのだ。それを、奈津実が来るからと、寝不足になってまで、前の日にやってくれていたのだ。

身勝手かもしれないけれど、嬉しかった。胸が一杯になるということが本当に起きるのだと、奈津実は初めて知った。ありがたさと嬉しさで胸のぜんぶが一杯になって、もう少しであふれてしまいそうだった。それがあふれてしまわないよう、表面の水がふくれあがったコップを支える思いで、気づけば奈津実は身体に力を込めていた。どうしてか思い出したのは、小学二年生のとき、父に車で連れていってもらったデパートのショーウィンドーだった。そこには子供用の帽子とバッグが並んでいた。でも奈津実が見つけたのは、その奥に飾られた、真っ白な仔猫のぬいぐるみだった。赤い帽子のすぐ脇に、仔猫はちょこんと座って、奈津実を見ていた。いままで目にしたどんなぬいぐるみよりも可愛いと思った。こっちが動くと、仔猫の目が自分の顔を追ってきた。本当にそう見えた。あのぬいぐるみがほしいと父に言った。父はレジまで行って店員に訊ねてくれたが、それは売りものではなく、飾りとしてそこに置いてあるだけらしかった。でも奈津実はあきらめきれなかった。何かを強く主張することが苦手なのに、そのときは、珍しくだだをこねた。どうしてもほしかった。誰かが手に入れてしまう前に、ほしかった。やりとりを見ていた店員が、別のフロアに連絡をし、そのぬいぐるみを販売しているテナントがデパートの中にあることを調べてくれた。奈津実は父といっしょにそこへ行き、ぬいぐるみを買ってもらった。帰りの車の中で、ずっと抱きしめて、話しかけて、家に帰ってからも放さなかった。風呂にも持って入ろうとし、母に叱られて大泣きした。けっきょくぬいぐるみを脱衣所に座らせ、風呂のドアを開けっ放しにして湯船につかった。隣に座る崎村のTシャツを、奈津実は指でつまんでいた。崎村は不思議そうな顔を向けた。その顔に奈津実は近づき、相手の唇に自分の唇をふれさせた。ほんの二秒か、もっと短い時間だった。

(十二)

九月に入った。

しばらくぶりのクラスメイトたちや教室が、奈津実にはずいぶん違って見えた。それは、一ヶ月以上、目にしていなかったからというわけではなさそうだった。

休み時間は気がまぎれた。しかし授業がはじまると、奈津実はシャープペンシルを握ったまま、崎村の顔や声を思い出し、吐息を思い出し、クラスメイトたちの頭ごしに空を見ては、つぎの雨を待ち望んだ。予報に雨マークがついた日でも、午後の授業中に雲が逃げていきそうになると、心の中で両手を伸ばして灰色の雲を引っ張り戻そうとした。本当の力仕事をしているように、制服のブラウスの下に汗がにじんだ。その力仕事は、成功するときもあれば、失敗するときもあった。

崎村のことを考えると、乾いたスポンジでも呑み込んだように、苦しさと、何かぐっと縮こまるような感触を同時におぼえた。明け方、自分が鮎になって、松明で照らされた崎村の顔を、水の中から見上げているという夢を何度か見た。起きてみると、いつも寝間着の内側で左胸が鳴っていた。そっと注げばこぼれないはずの水が、いっぺんにコップに注がれたせいで、まわりへこぼれてしまうように、奈津実はときおり自分の感情をもてあまし、一人でいるとき急に泣きたくなったり、そうかと思えばくすくす笑ったりした。

「しっかし、なんにも変わんないもんだね」

昼休み、隣の席に来た真也子が腕組みして教室を眺めた。

「新学期はじまったけどさ、久々に見ても、やっぱりクラスの男子ってぱっとしないよね。一人くらい、格好よくなってる人いてもいいのに」

これじゃ彼氏候補いないわあと言いながら、真也子は思い切ったあくびをした。

崎村のことは真也子にも話していない。気恥ずかしさもあったが、何より苗字を勝手に借りているという心苦しさからだった。それに加えて、真也子がしょっちゅう彼氏がほしいと言っているせいも、じつはあった。

崎村と会えるのは、やはり雨の日だったが、過ごし方は以前と変わっていた。奈津実が倉庫で、できる範囲で農作業を手伝ったり、火振り漁に使う道具の準備や整備をいっしょにやるようになったのだ。崎村を寝不足にさせたくないという思いから、奈津実が思い切って言い出したことだったが、崎村も父親も、意外なほど抵抗なく受けいれてくれた。雨滴《あましだり》に包まれた倉庫で、奈津実は液肥をつくるのを手伝ったり、植えつけに使うジャガイモの種芋を半分に切ったり、その切り口に灰を塗ったり、鮎を捕らえるタテアミにからみついたゴミや落ち葉をとったり、ほつれているところを、崎村や父親にやり方を習いながら繕ったりもした。タテアミは「建て網」で、魚の通り道に「建てる」からだと、崎村の父親が教えてくれた。それぞれの舟が、それぞれ仕掛けた建て網に、鮎を追いこんで捕まえるのだという。トタンが張られた両びらきの大きな戸は、泥棒が入ることもないだろうからと、いつも開け放たれていた。戸はそれぞれ、子供の頭ほどの石で押さえられていて、何かの拍子に奈津実がそれを「ドアストッパー」と呼んだら、べつに冗談を言ったつもりはなかったのに、崎村も父親もげらげら笑った。

夕方前になると、三人で居間の座卓を囲んだ。倉庫と家を行き来するとき、父親は崎村に支えてもらうこともあったが、たいていは杖をついて一人で歩いた。居間では、以前と同じように三人でお喋りをしたり、漬け物をつまんだり、食べ物の名前だけでしりとりをしたり、七並べをした。火振り漁、満月、月の重力と話題がつながり、そのとき初めて奈津実は、潮が満ちたり引いたりするのは月の引力のせいだと知った。月が地球に近づくと海面が引っ張られて潮が引くことを崎村が教えてくれ、だから干潮の夜に体重を量ると、いつもより少し軽いのだと父親が教えてくれた。父親のほうは冗談だった。その冗談を信じた奈津実を、二人は笑っていいのか悪いのかわからないような顔で見た。そういえばずっと昔、何かの折に父と秋の夜道を歩いていたとき、草むらから聞こえてくる虫の声は死んだ仲間へお経をとなえているのだと言われ、それをしばらく信じきっていたことを、奈津実は久しぶりに思い出した。思い出して、それだけだった。

帰り際には、玄関で崎村と唇を合わせた。

崎村の父親はいつも、そこからは見えない居間にいた。そうして父親から見えない場所でキスをすることが、なんだか相手を騙しているようで、いつも罪悪感があった。しかし、居間から「雨も冷たくなってきたろ」とか「帰ったらすぐ風呂入りなよ」などと声をかけられ、慌てて互いに顔を離し、そのあと共犯者みたいに二人で声を出さずに笑い合ったりすると、その罪悪感はあっさりどこかへ消えるのだった。

「あさって、満月なんだ」

あるとき玄関で崎村が切り出した。

「だから、いっしょに、どっか行けないかなと思って」

「どっか……」

「二人でご飯食べに」

初めての、デートの誘いだった。

何度もこっそり唇を合わせておきながら、奈津実は身体が熱くなり、数秒後には、その身体がどこかへ消えて胸だけがふわふわ浮いているような気がした。

「でも」

奈津実は居間にいる父親のことを気にしたが、それと同時に「行っといで」と声が飛んできた。

「なんも気にすることねえよ、子供じゃねえんだから」

奈津実と崎村のことを言ったのか、それとも身体が悪い自分のことを言ったのか、わからなかった。わからないまま、奈津実は崎村が開けた引き戸を出て傘をひらいた。

「ほんとに平気ですか？」

平気、と奈津実の先で飛び石を渡りはじめながら崎村は笑う。

「僕が農作業とか漁に出てるときだって、いつも一人なんだから。僕がこっちに戻ってくるまでもそうだったし」

父親が怪我をした直後は、専門の人が来ていろいろと手伝っていたが、お金がもったいないということで父親が自ら断り、そのあと崎村がこの家に戻ってくるまでの二ヶ月ほどのあいだは、一人でやっていたのだという。

「じつは、お父さんが言ったんだよね。たまには二人で出かけてこいって」

「そうなんですか？」

「そう。だから、もし奈津実さんさえ大丈夫だったら――」

崎村は傘の下から奈津実の顔を覗いた。

考えてみたら、大丈夫でないのは、むしろ奈津実のほうかもしれなかった。

（十三）

二日後の午後四時前。

奈津実は待ち合わせたバス停に向かっていた。

晴れの日に崎村の顔を見るのが、土手で出会ったあの日以来だと、秋のにおいがする路地を歩きながら気がついた。これから知らない人に会いに行くようで、いや、知らない崎村に会いに行くようで、いや、懐かしい崎村に会いに行くようで――奈津実は緊張と嬉しさをもてあまし、溜息をつき、深呼吸をし、そんな奈津実の心に合わせて歩調も速まったり遅くなったりした。空気が食べ物みたいにおいしくて、目に映るものがみんな、自分の世界の中に確かにあるという、漠然とした実感があった。鰯雲《いわしぐも》が広がる空は、綺麗な一枚の絵みたいで、そこに輪を描くトンビも、奈津実に気づいていながら知らんぷりをしているような気がした。道路脇の並木から、蟬がチチッと鳴いて飛ぶ。去年の夏、中江間建設の事件がニュースになってから、景色がみんな薄膜を一枚通したように遠々しいものに見えていたのに、いまは反対だった。

——火振り漁を見に行こうって話になって。今度はクラスの友達何人かと。

母と二人きりの食事中、奈津実は切り出した。満月の夜に火振り漁が行われないことは、母も父も知らないだろうし、満月の日がいつかなんて、きっともっと知らない。

——あたしがほら、最後だから、みんなで見に行こうって言ってくれて。

母はすんなり信じてくれた。

自分にこんなに大胆な嘘がつけるなんて、思ってもみなかった。

バス停が近づいてきたとき、腕時計を覗いた。待ち合わせをした四時まで、まだ二十分もある。停留所のベンチに座って崎村を待ちたくて、ずっと早目に家を出てきたのだ。

が、崎村はもうそこにいた。

ベンチの前に立って誰かと話している。

奈津実は歩調をゆるめた。崎村と向き合っているのは、白いTシャツ姿の、野卑な印象の人だった。四十代前半くらいだろうか。顔がずいぶん日に焼けているから、漁師かもしれない。そういえばここは漁協が近い。

その男の人の前で、崎村はじっとうつむいていた。半袖のワイシャツの背中が、まるでいじめられっ子のように丸くなり、ときおり相手の言葉に頷くたび、その背中が小さくなっていく。あれは誰なのだろう。何を言われているのだろう。

そのとき、崎村の左肩がぐっとこちらへ引かれ、両足が一歩ずつ後ろにたたらを踏んだ。崎村の身体に隠れ、男の動きは見えなかったが、少し遅れて奈津実は気がついた。男の手が崎村を押したのだ。崎村が後退したぶん、男はまた距離を詰め、聞き取れない低い声でまた何か言う。奈津実はスカートの下の両足が針金か何かになってしまったように動けなかった。男がまた崎村の身体を押した。冗談なのか本気なのかはわからないが、たぶん、さっきよりも強い力だった。よろけそうになった崎村を見た瞬間、咽喉から勝手に声が出ていた。

「崎村さん」

はっと崎村が振り向いた。

二人のほうへ歩を進めていくと、男は奈津実をしばらく見ていたが、やがてその顔にぐっと力がこもった。距離が近くなって、初めて顔立ちがはっきりとわかった。両目がている。
内側に切れ込んだ、怖い顔だ。路傍に立つ標識の影が、ちょうどその顔を斜めに区切っ

男が崎村に目を戻して何か言った。何を言ったのかはわからなかったが、奈津実についての言葉だということは感じられた。子供の声がした。離れた自動販売機の前に、小学校低学年くらいの男の子が、缶ジュースを片手に立っている。パパなんとかかんとか、ともう一度男の子は声を飛ばした。男が振り返り、ぞんざいに声を返す。

男は最後に奈津実のほうを一瞥すると、もう崎村には何も言わず、背中を向けて子供のほうへ歩いていった。男の子は父親のズボンを片手で摑み、並んで歩きながら、何かぽんぽんと話しかけ、二人の姿は遠ざかっていく。

「いまの、誰ですか？」

奈津実がそばまで来ると、崎村は笑っていた。

「ああ、松澤さん」

以前は崎村の父親と組んで火振り漁に出ていたが、いまは崎村の舟で振り手を務めているという先輩漁師だ。

「たまたま会ってさ。僕があんまり憶えが悪いもんだから、ちょっと叱られてた。ゆうべは松澤さん、家の事情で、漁が終わったらすぐ帰らなきゃならなかったから、叱る暇がなかったみたいで」

「すごい、意地悪な感じ」

松澤が歩き去った路地のほうを向き、仕返しでもするつもりで言ってやった。

「松澤さんは僕の指導役だから、いつも厳しくしてくれてるんだよ。お父さんに頼まれて指導役についたっていうのも、あるのかもしれないけど。お父さん、漁師やってたとき、すごい指導熱心で、そのおかげでみんな、松澤さんとかも、鮎をいっぱい獲れるようになったって、いろんな先輩が言ってるし」

「最後に、何て言われたんですか？」

え、と崎村は訊き返してから、誤魔化せないと思ったのか、反省でもするような声で答えた。

「……遊んでる場合じゃねえだろって」

本当はその台詞《せりふ》の前に、「女と」とかそういう言葉があったのかもしれない。でも、松澤が言った台詞そのものよりも、いま崎村がそれを口にしたときの言い方が、奈津実は哀しかった。何が悪いのだと言ってやりたかった。今日はたしかに遊びに行くけれど、いつもはいっしょに倉庫で農作業をしたり、漁具の手入れをしたりしている。でも、いまそんなことを言ったら、自分まで崎村を責めているように聞こえそうで、奈津実はその言葉をなんとかのみ込んだ。

「今日は、どこまで行くんですか？」

「バスで駅まで行って、そこからちょっとだけ電車」

二つ先の駅の近くにラザニアを出す店があるのだと崎村は言ったが、奈津実はそれが何だか知らなかった。

「僕も食べたことないんだけど、聞いたことはあってさ。前に、写真集を探しに大きい本屋に行ったとき、そのレストランの前を通って、そしたら店の外に置いてあったメニューに書いてあったんだよ。すごく美味しいんだって。ミートソースがかかってて、スパゲッティのかわりに四角い餃子の皮みたいなのが重なって入ってて」

あまり美味しそうには聞こえなかったが、そんな奈津実の表情を見て崎村は、ほんとに美味しいからと念を押した。疑うような目を、今度はわざとしてみると、さっきまでの楽しい気分がいっぺんに戻ってきてくれた。想像の中に最初に浮かんだ、餃子をほぐしてケチャップをかけたような食べ物のイメージは、奈津実の頭の中で、ほかほかの湯気を上げるお洒落な料理に早くも変わっていた。その料理は、木目をいかした丸いテーブルの上で、繊細な絵付けが施されたお皿に盛られていた。ラザニアといっしょに、飲み物も頼むのだろうか。崎村が何か頼んだら、同じものをくださいと言ってみようか。レストランはどんな雰囲気なのだろう。

（十四）

レストランの雰囲気はとてもよかった。

ただし、ドアのレバーに「本日定休日」という木札が下がっていた。

「ごめん……確認しとけばよかった」

世紀の大失敗をしたように、崎村はドアの前で頭を実際に抱えていた。

「どっか、別の店にしましょうよ」

どの「別の店」がいいかと道の左右を見渡したとき、しかし奈津実は、選択肢がものすごく少ないことを知った。飲食店がほかにほとんど見当たらない。同じ並びの右側に居酒屋、道の先の反対側にラーメン屋。

「ラーメンだと、すぐ食べ終わっちゃうよね」

崎村の目が居酒屋のほうに動いたが、

「でもあたし、高校生だから……」

入っても大丈夫なのだろうか。

「ジュースもあると思うよ」

「なら、大丈夫ですかね」

薄暮れの路地を戻り、二人で小さな居酒屋の前まで移動した。ガラスが黄ばんだ引き戸に、崎村が手をかけ、ひと呼吸置いてからスライドさせる。天井の低い店内から、にぎやかな話し声と煙草のにおいが流れてきた。それにまじって、馴染みのある香りがする。魚を焼いているらしい。

入ってすぐ右側にあるカウンターは、客でいっぱいだった。店主らしい男の人が、カウンターの向こうで忙しそうに白髪頭を上下させながら何かつくっている。母と同年配くらいの女の人が近づいてきて、奈津実と崎村を小上がりに案内してくれた。

そこには座卓が二つ並び、どちらも人はいない。こちらにどうぞ、と入り口側の座卓を示されたので、奈津実と崎村は向き合って腰を下ろした。互いにそれとなく店内を見渡す。卓上にはメニューが置かれておらず、黄ばんだ壁に黄ばんだ短冊がたくさん貼られ、そこに料理や飲み物の名前が書かれている。テーブルがちょっとべとついていて、座布団にも畳にも煙草の焦げ跡があった。自分が急に大人になったようで、奈津実はわくわくした。でも、この店に本当にジュースなんて置いてあるのだろうか。

「お飲み物どうされます？」

さっきの女性店員がおしぼりを手に戻ってきた。崎村が生ビールとジュースを注文すると、ジュースにはオレンジとリンゴがあると言われたので、奈津実はリンゴと答えた。今度は急に子供になった気がした。

料理は海産物が多かったけれど、鮎もあった。「塩焼き」……「背ごし」……「天ぷら」……「炊き込みご飯」。西取川の鮎を使うのだろうか。崎村の舟で獲った鮎も、こういった店で出されるのだろうか。訊いてみると、崎村は嬉しそうに頷いた。

「鮎に漁師の名前が書いてあるわけじゃないから、わかんないけどね」

せっかくなので鮎料理を注文してみようということになったが、背ごしというのは何だろう。

「お刺身のこと。鮎を背骨ごと薄くスライスして、骨も皮もいっしょに食べるんだよ。鮎って、骨にも香りがあるから、いちばん贅沢な食べ方なんだって」

そのとき、カウンターから店主が呼びかけた。

「秋川さん」

奈津実よりも先に、崎村が反応して顔を向けた。さっきの女性店員がすたすたとカウンターのほうへ近づいていくところだった。

「おんなじ苗字だね」

奈津実と女性店員を交互に指さして微笑う。

「あ、ほんとですね」

奈津実は一瞬遅れて笑い返した。秋川というらしい女性店員は、カウンターでビールとリンゴジュースを用意し、お盆に載せて持ってきた。そのとき奈津実の頭に、ある可能性がよぎり、咄嗟にうつむいて顔を隠した。いつだったか真也子は、母親が居酒屋のホール係として働いていると言っていたのではなかったか。

が、考えてみたら、もし店員が真也子の母親だったとしても、会ったことがないのだから、べつに顔を隠す必要はないのだった。

「お飲み物と、お通しです」

「食べ物を頼んでいいですか？」

崎村が訊くと、真也子の母親かもしれない秋川さんは、ちょっと待っててくださいねと言ってカウンターにメモ帳を取りに行った。真也子と顔立ちが似ているかどうか確めようと、そちらを覗き見ていたら、入り口の引き戸が乱暴な音を立ててスライドした。あまり人相のよくない中年男性が二人、入ってくる。そちらを振り返った秋川さんが一瞬、「またか」というように眉を寄せた。

一人は髪を角刈りにしていて、もう一人は大仏のようなパーマ。二人はややわざとらしく店主と客を一瞥すると、奈津実たちの隣の席へ近づいてきた。そこへ座るのだろうか。そこしかあいていないから、たぶん座るのだろう。

「ビール二杯と背ごし」

まだ席に着く前に、大仏パーマのほうが横柄に注文した。秋川さんが何故か、あ、という顔をして、店主がすみませんとカウンターの向こうで謝る。

「今日じつは、鮎がお出しできないいんですよ。昼間、貸し切りで大勢さんが入っちゃって、ぜんぶ出ちゃったもんで」

「……ないんだね」

崎村が顔を近づけて囁く。

大仏パーマと角刈りは、口の中で何か言ってから、立ったまま別の料理を注文した。店主がもう一度謝り、二人は隣のテーブルに腰を下ろす。角刈りのほうが、崎村と背中合わせになる格好だった。

秋川さんが料理の注文を取りに来た。崎村と二人で壁の短冊を見上げながら、唐揚げと焼き鳥を注文した。短冊の一枚に「とんぺい焼き」と書かれていたので、どんなものかと崎村が訊いたら、お好み焼きみたいな卵焼きだと説明され、美味しそうなのでそれも頼んだ。

二人で静かに乾杯したところで、隣のテーブルの二人が同時に煙草に火をつけた。服に煙草のにおいがついたらどうしよう。家に帰って、父がそれに気づいたらどうしよう。

「とんぺい焼きが一番楽しみだね」

崎村の言葉に頷いたとき、向こうの壁際に座った大仏パーマの男が、角刈りの男に何か言った。確かではないが、ソガネと聞こえた。しかし、あとで考えて奈津実は、それはイソガネだったのではないかと思い直した。磯に張りつく貝などを剥がす、金属製のヘラのことだ。

「お好み焼きみたいな卵焼きって、リンゴジュースと合いますかね」

自分のグラスを見ながら言ってみたが、崎村は返事をしなかった。あれ、と思って目をやると、何故だかぼんやりした顔をしている。

隣の席の会話が聞こえてくる。

……どっかで、こないだも何人か捕まってましたよね。

手前に座った角刈りのほうが言う。

……昼間にやりゃ、パクられて当然だ。

奥の大仏パーマが咽喉に引っかかったような声で笑う。

……ああ、夜やるんすか。

……夜中だよ。

……警察だの漁協の連中に見られたら……。

……獲ったもんと道具を、水ん中に捨てりゃいい。それがなきゃ連中は捕まえられやしねえんだ。夜中に海に潜っちゃいけねえ決まりがあるわけじゃなし。

こういうのを何と呼ぶのだったか。

そうだ、密漁。部屋のテレビで天気予報を見ていたとき、それに関するニュースをやっていたのを憶えている。海でアワビとサザエの密漁が増え、下上町と上上町の漁業は経済的に大きな打撃を受けているのだとか。

……でも、たとえば車に載せてるとこを見つかったらどうするんすか？

……そのへんに落ちてたのを拾ったって言やいいんだ。とにかく現行犯じゃなきゃ絶対に捕まらねえ。それにな――。

大仏パーマは鼻で嗤《わら》ってつづける。

……捕まったところで大したことねえんだよ。初犯なら罰金払やいいし、その罰金だって、儲けを考えたらゼロに近い額だ。たとえ再犯で捕まっても、一年もすりゃ刑務所から出てこられる。薄い利益でよ、正規ルートで商売してる連中なんて、みんな阿呆《あほ》だよ。

奈津実に聞こえるほどの音で、崎村が息を吸った。両目は卓上の一点を見つめて動かない。

「お料理キャンセルして、出ますか？」

小声で訊くと、崎村は目線をそのままに、強く首を横に振る。奥に座った大仏パーマの男が煙草をひと喫《す》いし、煙を吐き出しながらまた何か言おうとしている。

そのとき、すぐそばで声がした。

「帰ってもらっていいですかね」

はっとそちらを見ると、さっきまでカウンターの後ろにいた店主が、隣のテーブルのすぐそばに立っていた。

「お出しできる酒も料理も、ないんで」

大仏パーマが斜めに顎を持ち上げて店主を見る。唇を横に結び、どういう意味だと、目だけで訊ねる。

「お出ししたくないんです。帰ってもらっていいですか」

白髪頭の店主は穏やかにそう言った。

手前の角刈りの男がゆっくりと腰を上げ、相手のすぐそばに立った。しかし店主はそれが見えていないように、まったく身体を動かさず、大仏パーマのほうを見下ろしたままだ。

「警察呼ばれちゃ、おたくさんもまずいでしょ」

角刈りの男の顔がふくらんだようになり、もうすでにかなり至近距離にいた店主に、さらに詰め寄った。相手は今度も動かなかったので、もう少しで顔がくっつきそうになった。大仏パーマの男が膝を立て、店主へ近づいていく。あの人は暴力をふるう。——実際に誰かが暴力をふるうところを奈津実は生まれて一度も見たことがないけれど、そう思った。手足が冷たくなり、息を吸うことができなかった。しかし大仏パーマの男は、角刈りの男の肩に手をかけた。

「出るぞ」

大仏パーマは卓上に置いてあった煙草のパックとライターを摑むと、背中を向けて座敷を出た。視線を合わせまいとする客たちを一瞥し、そのまま出口のほうへ向かう。残された角刈りの男も、自分の煙草とライターを卓上からひったくるようにして取り、あとにつづいた。引き戸が乱暴な音を立てて閉まる。

「……嫌ですね、ああいう人たち」

やっと声が出た。しかしまだ身体は冷たくて、声が震えていた。店主はカウンターの後ろに戻り、ほかの客たちはぽつぽつと口をひらいて言葉を交わしはじめる。奈津実も何か喋って安心したかった。でも何を言っていいかわからない。どうして崎村はこっちを見てくれないのだろう。どうしてさっきから、じっと一点を見つめたまま動かないで――。

急に崎村が立ち上がって座敷を出た。その動きはまるで、顔と肩が前へ進んでいき、そこから下が無理やり引っ張られているようだった。崎村が戸を払って店の外に出たとき、奈津実はようやく我に返り、立ち上がって追いかけた。外から大きな声が聞こえる。崎村の声だ。何を言ったのかは聞き取れない。ひらかれたままの引き戸を出ると、また同じ声がした。右手の路地に崎村の背中がある。さっきの男たちと向き合っている。何か言おうとして奈津実が口をあけるのと同時に、まるで吸い込まれるように、崎村の身体が男たちに接近していった。

（十五）

崎村の父親は、奈津実の顔を見ずにそう言った。

父親の左手は、いつも胸に下げている御守り袋を握り、目は、先ほど奈津実が崎村の傷を消毒するのに使った、赤い脱脂綿を見つめている。いや、見つめているのは脱脂綿ではなかったのかもしれない。

「あるんだよ、理由が」

密漁者の二人組に突然飛びかかっていった崎村は、猛烈な返り討ちに遭った。男たちはあの居酒屋の中で溜め込んだものを一気に吐き出すように、崎村を地面に放り投げ、蹴り飛ばした。崎村が立ち上がると、また同じように打ちのめした。駅前は人通りが少なく、道の先からこちらへ歩いてきていた人影は、騒ぎに気づいて踵《きびす》を返した。奈津実は足がすくんで動けなかった。動けなかったから、大声を上げようとした。しかし、咽喉をふさがれたように、それもできなかった。崎村は立ち上がり、地面に転がされ、また立ち上がり、しかし何度目かで立ち上がらなくなった。そのとき大声が奈津実の咽喉を割って飛び出した。何と叫んだのかは憶えていない。言葉ではなかったのかもしれな

「……あるんだよ」

い。

　男たちが道の先へ去ったあと、奈津実の腕を借りて起き上がった崎村は、そのまま体重をあずけながら、そばに見えていた細い路地へと向かい、自動販売機の陰に座り込んだ。その直後、居酒屋の店主が店から出てきて、心配そうにあたりを確認しているのが見えた。しかし奈津実と崎村には気づかず、そのまま店のほうへ戻っていった。

　骨が折れている感じはないか、頭を打ったかと、奈津実がいくら訊いても、崎村は曖昧に首を振るばかりで何も答えず、そうして言葉に反応しているだけでもひどくつらそうだった。奈津実は地面に膝をついたまま、崎村の様子をただ見守ることしかできなかった。

　三十分ほど座り込んでいただろうか、やがて崎村は尻のポケットに手を回し、そこから半分はみ出していた財布を奈津実に渡すと、居酒屋にお金を払ってきてほしいと言った。ただし騒ぎのことは話さないでくれと。どうすればいいのかわからず戸惑っていたら、もう一度同じことを頼まれたので、奈津実は居酒屋まで走って、言われたとおりにした。レジで応対したのは秋川さんで、彼女は外で何があったのかをしきりに気にしていたが、奈津実は必死に誤魔化して、崎村のもとへ戻った。そのときには、崎村は自力で立ち上がっていた。しかし歩くのは支えが必要だった。怪我そのもののせいと、両足に力が入らないせいもあるようだった。

その後、電車とバスを乗り継いで、なんとか崎村の家までたどり着いた。家に入る直前、父親には怪我の理由を話さないでくれと言われ、じっさい崎村は、奈津実が傷の手当てをしているあいだ、父親に何を訊かれても無言だった。しかし奈津実には、黙っているなんて無理だった。

腹を蹴られたせいか、帰り道でずっと吐き気を堪えていた崎村がトイレに入ったとき、奈津実は父親に経緯を説明した。父親は奈津実を睨みつけるようにしながら聞いていたが、話が終わると、その目を静かにそらして長い息を吐いた。実際のところ、説明がほしいのは奈津実のほうだった。どうして崎村はあんなふうに急に飛びかかったりしたのか。あの二人組は、漁師を馬鹿にするようなことを言ったけれど、崎村の性格を考えたら、あんなふうに突然飛びかかっていくなんておかしい。――しかし、奈津実がそれを言うと、理由があると父親は答えたのだ。左手で、古い御守り袋を握り締めるようにしながら。

が、そのまま何も話してくれない。

崎村がトイレから出てきた。居間に戻らず、そのまま階段を上がっていこうとするので、奈津実は急いで立ち上がり、身体を支えて部屋まで連れていった。

ベッドに横になると、崎村は奈津実に、今日は帰ってほしいと言った。

その言葉を聞いて、ずっと堪えていた涙がとうとう溢れた。

「教えてください……何であんなことしたんですか?」

「いつか話すよ」

暗い天井を見つめたまま呟く。

「今日は、ごめん」

「いつかじゃ駄目なんです」

相手があちこちに怪我をして苦しんでいるのはわかっていたけれど、涙や鼻水といっしょに、言葉も止まらなかった。胸が握りつぶされているように痛かった。

「あたし、もうすぐ遠くに行っちゃうんです。引っ越すんです。それまでしかいられないんです」

枕の上で頭を傾け、崎村がこちらを見た。

「それまでに、崎村さんのこと、できるだけ知りたいんです」

崎村がふたたび口をひらくまで、長い時間がかかった。

（十六）

――お父さん、密漁者にやられたんだ。

あれから崎村は教えてくれた。

去年の秋、父親があいう状態になったのは、密漁者にふるわれた暴力が原因だったのだという。

火振り漁が行われない、満月の日だった。夕刻前、崎村の父親は軽トラックで西取川沿いの道を走っていた。松明に使う松の木っ端が残り少なくなっていたので、上流にある材木業者の倉庫まで、買い付けに行くところだったらしい。業者の倉庫がほど近くなってきたとき、父親はふと、誰かが川沿いの木々の中にいるのを見た気がした。上流まで行くと、西取川は鬱蒼と生い茂る木々に挟まれ、川沿いの道からはまったくその姿が見えなくなる。そんな場所でわざわざ川遊びをする者はいないし、禁漁区なので、漁師さえまず入ることはない。気にはなったが、父親はそのまま材木業者の倉庫へ向かい、松の木っ端を買い付けた。しかし気がかりは消えず、帰り道、人影を見たあたりで軽トラックを停め、茂みの中に入り込んで河原を覗いてみた。

——そしたら、鮎を獲ってるやつがいた。しかも最悪のやり方で。

毒を使って鮎を獲る方法があるのだという。

有害物質を、上流側から川に流し込むと、鮎はそれを避けようとして、いっせいに水面近くへと姿を現す。さらに川岸へ向かって逃げはじめるので、そこへ網を投げ、大量の鮎を捕らえる。有害物質が鮎の身体に回りきる前に、腹を裂いて内臓を取り出してしまえば、食べた人間に害はないらしいのだが、

——その密漁者がそれをやろうとしてたのかどうかはわからない。もしかしたら内臓がついたまま、どっかに売りさばこうとしてたのかもしれない。人が死ぬほどの毒じゃないし。

漁協を通さない魚は安価なので、それを買い取りたがる人もいれば、仕入れたがる飲食店もあり、売りつけたほうは、量によってはかなりの金が手に入るのだという。

——何より最悪なのは、毒を流すと、川の生態系がいっぺんに崩れちゃうんだ。

中江間建設が起こした事件でも、それは報道されていた。

——その密漁者、マスクにサングラス姿で、かなり慣れた手つきで網を構えてたって、お父さん言ってた。たぶん、常習犯だったんだと思う。

父親は茂みから飛び出して密漁者を怒鳴りつけた。

——お父さん、そのとき、ほんとに生活が大変だったんだ。僕に夢を叶えさせるために学校へ行かせて、その学費をなんとかしなきゃならなかったから。一人でこの家で暮らしながら、一生懸命働いて、節約して……。

密漁者は茂みの中に逃げ込もうとした。しかし父親は相手を追いかけ、追いつき、腕を摑んで逃がさなかった。男は身体をよじり、もがき、それでも放さずにいると、とうとう父親の腹を片足で蹴るようにしながら暴れた。父親は男の身体を抱え込み、警察を呼ぶぞと叫んだ。実際にそんな場所で警察を呼べるはずもないのだが、その言葉で密漁

者はさらに激しく暴れはじめ、最後には父親の身体を突き放した。父親はすぐさまふたたび相手に摑みかかろうとしたが、

――そうしないと逃げられないと思ったんだろうね……その密漁者、お父さんを蹴り飛ばしたんだ。すごい勢いで、思いっきり、胸のあたりを。

そのあとのことを、父親は憶えていないのだという。

しかし、状況からして、どうやら茂みを転げ落ち、首の後ろを河原の石に打ちつけて気を失ったらしい。

――夜になって、川沿いの道に停まってる軽トラを見つけた漁師がいて、その人、それがお父さんの車だって知ってたから、声をかけながら近くを捜したんだって。でも返事がなくて、大声で呼んでも何も聞こえてこなくて――。

何事か起きたのではないかと、その漁師は、仲間を集めて軽トラックが停まっていた周囲を捜した。満月だったので視界は利き、ほどなくして、河原のへり、茂みを下りきったあたりに倒れている父親の姿が見つかった。父親はすぐに病院へ運ばれたが、脊髄を損傷しており、回復したあとも、半身に麻痺が残った。

――警察には……。

――連絡してない。

驚く奈津実に、崎村は説明した。

──僕も、お父さんの漁師仲間もみんな、警察に連絡しなきゃ駄目だって言ったんだ。でもお父さん、先に摑みかかったのは自分なんだからって。自分も悪いんだからって。だから絶対警察には言うなって。

疲れたような笑いが、崎村の唇から洩れた。

──ああいうの、馬鹿正直っていうんだろうね。

（十七）

九月も終わり、町を出ていく日はさらに近づいた。

奈津実はそれまでと変わらず、雨の日の放課後を崎村の家で過ごした。倉庫で農作業を手伝い、漁具の手入れをし、夕刻には父親と三人で座卓を囲んだ。あの夜の話や、父親に怪我をさせた密漁者の話はしなかった。しかし、三人のうち一人があの夜の出来事を意識すると、それがほかの二人にすぐさま伝染して、まるで雲が太陽を隠したように、空気が変わった。

帰り際には玄関で崎村と唇を合わせた。唇が触れ合っているとき、崎村は奈津実の肩に、まるでとても柔らかいもののかたちを崩さないよう気をつけているように、そっとふれた。奈津実も崎村のシャツを指先でつまんだ。そうしているあいだ、あるいは帰宅して部屋で一人きり過ごしているとき、羞恥《はじらい》とともに何か漠然とした欲求を内側に感じたが、奈津実は気づかないふりをした。夜の布団の中で、天井の豆電球がいつのまにかどこかへ消えるような感覚をおぼえるときもあった。嬉しいようで、哀しいようで、自分の心臓の音が、びっしょりと汗ばんだ背中にまで響いた。

引っ越したあとも会いに行くと、崎村は奈津実に約束してくれた。父親も、崎村が車の免許を取ったら奈津実が暮らす町までドライブに連れていってもらうと言って笑った。それが本当になったら、どんなに嬉しいだろう。

——新しい住所、教えます。

しかし、それを伝えるのは、町を出るその日にしようと決めていた。崎村にもそう言ってある。

本当の苗字や、父の会社が起こした事件のことといっしょに、すべてを伝えたかった。いま中江間建設の話をしてしまったら、二人はもう奈津実に会おうと思わなくなってしまうかもしれない。そんなことはきっとないと、信じてはいるけれど、この町で二人と過ごせる残り少ない日々が、哀しい時間に変わってしまうのが怖かった。

「だから最近ずっとぼんやりしてたのか」

真也子に崎村のことを打ち明けたのは、晴れた日の昼休みだった。真也子の母親が働いている居酒屋を訊き、やっぱりあの店員がそうだったということがわかり、その話の流れから、ぜんぶ話したのだ。

最初は、ちょっとした報告のつもりだったのに、気がつけばみんな話していた。ただ一つ、真也子の苗字を勝手に借りていることだけは、申し訳なくて言えなかったけれど、それ以外はすべて。会うたびキスをしていることも。いや、これは真也子に訊かれたから答えただけなのだが。

「奈津実に先越されたなあ」

真也子の顔は、しかし悔しそうではなく、嬉しそうだった。

「雨の日と満月の夜に会う二人かあ……いいわあ」

「でも、二人きりで会うことって、あんまりない。さっき言った、夜の河原と、居酒屋に行ったときの二回だけ」

「あたしだったら、どうにかして二人きりになろうとするけどね」

鼻に皺を寄せて笑う。そのあとなにやら黙り込み、急に含み笑いをして、上目づかいで奈津実を見る。

「……何？」

真也子はすぐに答えず、机ごしに身を乗り出し、前髪同士がふれるほど顔を近づけてきた。

「ここまできたらさ、こっちにいるうちに、思い出つくっとけば？」

「思い出？」

「思い出」

　夜の河原も、崎村の家で父親と三人で過ごした時間も、ぜんぶ思い出のつもりだったので、真也子の言っていることがよくわからなかった。それに、「ここまできたら」というのは何だ。返す言葉に迷っていると、真也子はぽんと手を叩き合わせた。

「あたしの家、使う？」

「何に？」

「だってほら、その人の家はいつもお父さんがいるんでしょ？」

「いる」

「あたしの家なら、お母さんは仕事で夜遅くまで帰ってこないし、あたしもどっかで適当に時間つぶすから、使っていいよ。そういうのに協力するの、なんかどきどきするし」

　しばらく考えてから奈津実は、真也子がさっきから言っている「思い出」が、その言葉が本来意味するものではなく、ある具体的なことを意味していたのだと、遅ればせながら気づいた。

「いやそんな、友達の家で会うなんて変だよ。いいよ」

　襟元が熱くなった。

「なら、自分の家だって嘘つくとか。あ、でもドアのとこに秋川って書いてあるから駄目か。ばれちゃうか」

という真也子の言葉に、奈津実はどきっとした。

ばれない。

何故なら崎村は奈津実の苗字を秋川だと思っているからだ。

急に心臓がとんとん鳴りはじめた。こんな偶然があるだろうか。真也子が考えているようなことを――何を考えているのかは訊いていないけれど――したいわけではない。でも、この偶然を素直に利用して、真也子の作戦に乗ってみたら、崎村と、何というか、新婚生活の真似事みたいな時間が過ごせるかもしれない。それはとても魅力的だ。

「ちょっと……やってみたいかも」

ほとんど呟くような奈津実の声に、真也子の両目がふくらんだ。

「やる？　やってみる？」

台風が日本に近づいてきているらしく、天気予報は四日後から雨だった。

一日経ち、二日経ち、三日目が来てもその予報は変わらなかった。

（十八）

「僕、こっちのほう来たことないから、ぜんぜんわかんないよ。もう近いの？」

「もうちょっとです。この先」

　雨の中を、崎村と並んで歩いていた。それぞれ傘をさし、崎村は肩からクーラーボックスを下げている。中身は、ゆうべ崎村の舟で獲れた鮎だ。家で過ごすということで、手製の鮎料理をつくってくれるのだという。昨日の電話でそのことを提案されたときから奈津実は、崎村が料理をつくっているところを見るのも、それを二人で向かい合って食べるのも、楽しみで仕方がなかった。

「一本だけ、缶ビールも入れてきちゃった」

「昼間なのに」

「たまにはね」

　崎村は頬を持ち上げてみせるが、その表情は少々硬い。奈津実もちょっと緊張していた。いや、かなり緊張していた。そのくせ胸の中心のあたりはわくわくして、崎村と反対に、さっきから勝手に頬が持ち上がってくるのだった。傘を後ろへ傾けてみると、目の前の景色は十月の雨に溶け消えて、まるで崎村と二人きりの世界にいるようだ。

「引っ越しちゃう前に、家に行けてよかった。一回くらい、奈津実さんが暮らしてる家、見てみたかったから」

黙って頷きながら、奈津実は斜めがけにしたショルダーバッグにふれた。中には真也子から借りたアパートの鍵が入っている。三十分ほど前、教室で、真也子が表彰状でも渡すように差し出し、奈津実もきをつけをして両手で受け取った、玄関の鍵だ。

「このアパートです」

傘を閉じ、二人で外階段を上った。アパートは三階建てで、真也子と母親が暮らす部屋は二階にある。何度も遊びに来てはいたが、自分でドアを開けるのは初めてだったし、ましてや鍵を使うことがあるなんて考えてもみなかった。

ドアを引くと、無人の家に特有の空気がそこにあった。奈津実の家庭は母がずっと専業主婦で、無人の家に帰るという経験が子供の頃からほとんどなかったけれど、たとえば母が買い物か何かで出かけているときに帰宅すると、玄関の靴を数える前に、いつもこの空気を感じる。

「いま紅茶淹れますね」

崎村は缶ビールを持ってきてあると言っていたが、奈津実は紅茶を二杯淹れたかった。崎村には、いつも真也子といっしょに過ごす奥の部屋で座っていてもらい、台所でお湯を沸かした。

湯気の立つカップを盆に載せて運び、座卓に置くあいだ、崎村はクーラーボックスの上に屈み込んで中を探っていた。なんだかわざと奈津実と目を合わせないようにしているみたいで、そうされると奈津実のほうも崎村の顔を見るのが恥ずかしかった。クーラーボックスの中には、ビニール袋にくるまれて、大きな鮎が四匹入っている。

「これ、すぐ食べる?」

「でも、いま紅茶淹れたから」

「あ、そうだよね。まず飲もう」

座卓を挟んで二人で向かい合った。

この部屋は、居間と、母親の寝室を兼ねている。襖でつながった隣の部屋は真也子の自室だが、そっちに入ると本人の私物が多すぎてボロがでるかもしれないので、入らないということで真也子と話がまとまっていた。襖が閉じられているのは、朝、真也子がそうしておいてくれたからだ。それにしても会話のはじめかたがわからない。紅茶をひと口飲むと、崎村も飲んだ。カップをソーサーに戻す音がやけに大きく響く。窓の外では雨音がつづいている。こうして二人で向かい合っても、部屋がまだ無人の空気に満ちている気がするのは、他人の家だからだろうか。崎村もこの違和感に気づいているということはないだろうか。ふとそんな不安にかられたとき、崎村が眼鏡の奥の両目をしばたたきながら周囲を見た。

「うちと違って、なんか、いいにおいがする」

ちょっと嫌だった。

「狭いからだと思います」

会話が途切れ、互いに紅茶をまたひとすすりした。「思い出つくっとけば？」と言ったときの、真也子の含み笑いが急に思い出された。真也子が具体的に何を思い浮かべていたのか、そのとき訊かなかったし、それからもわざわざ訊いてはいないけれど、単に奈津実は、ただ崎村と二人きりで過ごすためにこの部屋を借りたのだ。二人で、新婚生活の真似事のような時間を過ごしたくて。

崎村がカップを置いた。直後、何か意を決したように膝立ちになったので、奈津実はどきっとして身構えた。トイレを借りていいかと崎村は言った。

「そこのドアです。脱衣所に入って左にあるやつ」

崎村がトイレに入っているあいだ、奈津実は早くも後悔しはじめていた。こんなに落ち着かないとは思わなかった。しかし、せっかく真也子が場所を提供してくれたのだし、台無しにはしたくない。水を流す音が聞こえ、崎村がトイレから出てきた。じっと待っていたように思われたくなくて、奈津実は急いで紅茶のカップを持ち上げ、いまひと口飲んだところ、といった仕草でソーサーに戻した。

ふたたび向かい合った。雨の話をし、台風の話をして、漁期の話と、奈津実の引っ越しの話をした。崎村が部屋の中を漠然と見回して、まだ引っ越しの準備をしてないんだねと言ったので、ぎりぎりまでしたくないのだと奈津実は答えた。実際、奈津実の家は、母が進めている引っ越し準備で段ボールがあちこちに置かれてはいるけれど、奈津実の部屋は何も手をつけていない。

「そろそろ、つくろうかな」

クーラーボックスを持って立ち上がる崎村に、奈津実もついていった。

「包丁とか俎板《まないた》とか、適当に使っちゃっても平気?」

「平気です」

最後に洗っておくからと真也子には言ってある。

崎村が鮎をビニール袋から俎板の上に移した。四匹の鮎のうち二匹の口と口が、たまたまくっつき合っているのを見て、崎村は驚いた顔で二匹を引き離し、奈津実は見なかったふりをした。

「じゃあまず、背ごしから」

俎板に寝かせた鮎の腹に包丁を刺し、小さく前後に動かしながら横へスライドさせていく。どろんと出てきた内臓を、鮎を入れてきたビニール袋に捨て、流水で腹の中を洗う。あまり慣れていない手つきだった。二匹の内臓を取ると、崎村はそれぞれの身をスライスしていった。こり、こり、と背骨が切れる微かな音を聞いているうちに、ふわりと新鮮な植物のようないいにおいがしはじめた。そのにおいに、奈津実は何かを思い出した。

「あ、スイカ」

「似てるでしょ」

鮎は川底の石についた藻を食べて生きているので、こんなにおいがするのだという。

「天然の鮎って、一日で自分の体重と同じくらいの藻を食べるんだって」

新鮮な藻を食べるほど、スイカのにおいは強くなる。そういった藻を食べるためには、なわばり争いに勝たなければいけないので、つまりこのにおいは身体がしまって美味しい、強い鮎である証拠らしい。

「ティッシュペーパー使ってもいい？　布巾で俎板を拭いちゃうと、ゆすいでも生臭さがとれないから」

「持ってきますね」

部屋に戻ってティッシュペーパーの箱を取り、ついでに、強まってきた雨の様子を見てみようと、窓の外を覗いた。そちら側はアパートの駐車場になっていて、いまちょうど、ウィンカーを点滅させた軽自動車が路地から入ってくるところだ。ワイパーごしに運転手の顔が見える。どこかで見たことがある女の人がハンドルを——。

「崎村さん！」

「うん？」

「お母さん帰ってきた！」

軽自動車を運転しているのは真也子の母親だった。今日の午後はずっと仕事に行っているはずだったのに。

「え、まずい？」

「まずい！　すみません片付けないと」

奈津実は猛スピードで紅茶のカップを台所に運び、じゃっと水で流して水切り籠に伏せ、これでは駄目だと思い直して布巾で拭き、もとあった食器戸棚に突っ込んだ。

「崎村さんそれ、ごめんなさい、鮎！」

奈津実がクーラーボックスを持ち上げると、崎村はそこへ、スライスした鮎としていない鮎をいっしょくたにして入れ、内臓を入れたビニール袋も上から放り込んだ。崎村がクーラーボックスに蓋をしているあいだに奈津実が大急ぎで俎板を洗う。あとは何だ。いや、これで全部のはずだ。部屋に置いてあった自分のバッグを引っ掴み、中から家の鍵を取り出して玄関へ急いだ。——待て。

「先に出ててください！」

奈津実はトイレに駆け込んだ。ドアを開けてみると、やはり便座が上がったままになっている。叩きつけるようにそれを戻し、ふたたび玄関に走る。ドアを抜け、振り返りざま鍵をかける。しまった、傘。ほとんど叫びだしそうになりながら鍵を開け、玄関の傘立てに入れた二本の傘をまとめて掴み、またドアを閉めて鍵をかけた。そのあいだ崎村は傍らで、両手を胸のあたりに持ち上げて無意味に息を荒くしていたが、奈津実が腕を摑んで階段のほうへ急ぐと、ばたばたとついてきた。下へ向かおうとしたとき、傘の水を切る音と、階段を踏む足音が聞こえた。真也子の母親が上がってこようとしている。奈津実は崎村の腕を引いて咄嗟に階段の上へ向かい、三階に出た。立ち止まり、息を殺して耳をすます。足音が聞こえる。二階の廊下を歩いていく。鍵を差し込む音。ドアが開いて閉まる音。奈津実と崎村は忍び足で階段を下りた。二階を過ぎてからは急ぎ足になっていた。

「ごめん、お母さん……厳しいから」

苦し紛れに言うと、崎村は肩で息をしながら首を横に振る。

「びっくりしたね」

その口許には笑いが浮かんでいた。何か心ゆくまでスポーツをしたあとみたいな、場違いに素直な、ほとんど爽やかといってもいい笑顔だった。それを見ていたら、奈津実の唇の両端も持ち上がった。気がつけば二人で身体を重ね合うようにして笑っていた。

笑いがおさまるのを待たず、アパートをあとにした。ちょっと歩いたところで奈津実はいったん引き返し、真也子との約束どおり、借りていた鍵を郵便受けに入れ、また崎村の隣に戻った。母親が何か怪しんだかどうか、明日学校で真也子に訊かなければ。

「ほんとにごめんなさい。鮎も、せっかく持ってきてくれたのに」

傘を打つ雨の音が、さっきよりも強くなっている。

「いいよ。でもこれ、鮎、どうしようかね」

クーラーボックスを見下ろして崎村は思案したが、「あ」とすぐに思いついた。奈津実も同時に思いついた。互いに考えを言ってみたら、どちらも同じ意見だった。

（十九）

上上町に移動するバスは空いていた。

「あと十日か」

一番後ろの座席に並んで座った崎村が、白く煙《けぶ》った町を眺めて呟く。

「十日です」

頷きながら、奈津実は濡れた袖口をハンカチで叩いた。

車通りの少ない道を、バスは走っていく。窓にくっついた無数の水滴が、千切れながら流れる。みんな風になぶられて震えている。それを眺めていると、ふと自分が砂時計になって、胸の中でさらさらと残りの砂が減っていくような感覚をおぼえた。

「ずっと昔、地球ができたばっかりの頃ね」

エンジン音の中で崎村が言う。

「自転のスピードがもっと速くて、五時間くらいで一回転してたらしいよ」

「一日が五時間ってことですか？」

「そう。でも、その回転にだんだんブレーキがかけられて、いまは一回転するのに二十四時間かかるようになったみたい。それで、そのブレーキをかけてるのが月なんだって」

「どうやって？」

引力なのだという。

「月が地球の水を引っ張って、水面がふくらむでしょ。でもそれはすぐには起こらないで、実際にふくらむときには、地球が少し回っちゃってる。だから、海がふくらむのは、月が行き過ぎてからになるんだ」

そのふくらんだ海は、陸よりも強く、月の引力の影響を受ける。

「それが地球の自転にブレーキをかけつづけてるんだって。月が海を引っ張って」

もっと強く引っ張ってくれればいいのに。そうすれば、もっと地球はゆっくり回ってくれて、引っ越しの日が近づくのも遅くなる。崎村とも、もっと長い時間いっしょにいられる。

バスが目的の停留所に着くまで、崎村はずっと黙り込んでいた。奈津実も唇を閉じたまま、引っ越しと、崎村と過ごした時間と、嘘の苗字のことを思いながら、エンジン音を聞いていた。引っ越し前日に行われる、今年最後の火振り漁は、必ず見に行こう。崎村が漁師として働いているところを、この目でしっかり見ておこう。

そして、来年も見に来よう。

（二十）

「遅くなるって言ってきたから、お父さん、びっくりするよ」

笑いながら崎村が引き戸を開け、ただいまと声をかけた。しかし返事がない。

「倉庫に行ってるのかな」

「あたし見てきます」

「そう？　じゃ僕、料理してる」

崎村はクーラーボックスを抱えて暗い台所に入っていった。

奈津実はまた傘をひらいて倉庫へ向かった。いつもどおり入り口は開けっ放しで、奈津実がドアストッパーと呼んだ石が、雨に濡れながら左右の戸を支えている。

「……」

倉庫の中から父親の声がした。

誰か来ているのだろうか。

奈津実がなんとなく歩調を緩めると、雨音にまぎれて別の声が聞こえてきた。

「……嘘じゃねえ」

首を伸ばして倉庫の中を覗いた。しかし、そこにいたのが、以前にバス停で見た崎村の先輩漁師だったので、急いで顔を引っ込めた。

松澤は農作業に使うコンテナの端に尻をのせて座り、倉庫の奥に顔を向けていた。そちらに父親がいるようだ。

「こんな嘘ついたって、何の意味もねえだろうが」

低い、感情を抑え込んでいるような声。

「驚いたろ」

父親は答えない。

いや、声を返した。

「何でお前、あんな――」

「生きてくためだよ。ああやって嵩を増さねえと、生活だってままならねえんだ。養殖の魚がここまで出回ってくりゃ、川漁師の実入りは減るいっぽうだ。あんたんとこと違って、俺は川漁師だけで食ってる。副業をはじめようにも、土地なんて持ってねえし、働き口を見つけようとしても、使ってくれるところなんてありゃしねえ」

「だからって、川に毒を流すなんてのは――」

どういうことだ。

「人が死ぬほどの毒じゃねえだろ」

「川の生きもんがお前――」

「人間のほうが大事だ。生きてくほうが。そうだろ、親父さんよ？」

ぬかるんだ土に両足が埋まったように、奈津実は動けなかった。雨音がどこかへ遠ざかり、胸の中でどっどっどっどっと心臓が鳴っていた。

「これ以上黙ってんのが怖くなっちまってな……あんたの前でぜんぶ喋っちまうしかねえと思って、こうして来たんだ。あんたにだけじゃねえ。俺は、今年の火振り漁が終わったら、警察に行くつもりだ。行って、ぜんぶ話すつもりだ。もちろん、あんただって、行きたきゃ警察に行ってもいい。いますぐにでも一一〇番して、ぜんぶ話したって構わねえ」

ここで松澤は微かな含み笑いを聞かせた。

「まあ……言えねえよな、あんたには」

つづく声が現実のものであることが、奈津実には信じられなかった。

「河原で自分を突き飛ばした密漁者は、同じ舟に乗って火振り漁やってた男だったなんてよ」

靴がコンクリートの床をこする音。松澤の姿が倉庫の入り口に現れ、奈津実は壁際に素早く身を寄せた。松澤は傘を広げ、後ろを振り返らず、泥を踏んで門柱のほうへと向かう。Tシャツの背中と濡れた足音が、ゆっくりと遠ざかっていく。

（二十一）

翌日、奈津実の高校を含め、地域の学校はすべて台風のため休校となった。ローカル局のニュース番組で、雨風による被害の状況が報じられていた。一部地域では家屋が損壊し、港の水揚場にもいくらか被害が出て、西取川では土砂により一の橋の橋脚が損傷を受け、橋が全面通行止めとなっていた。雨が弱まりしだい復旧作業が行われる予定だが、それがどのくらい時間のかかるものなのかは、はっきりしていないらしい。

引っ越しまでの日数を、指を折って数えてみる。もう何度も数えたので、間違っているはずなどなく、九日間。たったの九日間しかない。

昨日、松澤が立ち去ったあと、奈津実は崎村のもとへ戻った。台所で鮎に串を刺していた崎村に、父親のことを訊かれたので、松澤が来て何か話し込んでいるようだから、邪魔するのが申し訳なくて戻ってきたと嘘をついた。目が、崎村の顔を見られなかった。その後、せっかく崎村がつくってくれた鮎料理を、奈津実はただ口を動かし、飲み込んだ。そうしながら、雨の中で聞いた松澤の声ばかりを思い出していた。頑張って普段どおりの顔をつくろうとしても駄目で、崎村はそんな奈津実の様子を勘違いし、アパートでのことは全然気にしてないよと、しきりに言ってくれた。けっきょく笑うことも上手く話すこともできず、奈津実は荒れてきた空を言い訳にして崎村の家を辞した。そのあいだ、父親は倉庫から戻ってこなかった。

去年の秋、崎村の父親に大怪我を負わせたのは、あの人だった。

マスクとサングラスを身に着けた密漁者は、当時父親と同じ舟に乗り、いまは崎村と同じ舟に乗っている、松澤だった。

父親は、あれから崎村に話しただろうか。いま崎村の家はどのような空気に包まれているのだろう。昨夜から何度も、奈津実は電話の前に立った。しかし受話器を持ち上げても、崎村の家の番号を押すことができなかった。

自室のベッドの脇で、自分の膝を抱き寄せて額を伏せる。強風が自分の中にも吹いて、胸の奥をきしきしと鳴らしている気がする。三面鏡。N・Nというイニシャルが彫られたブラシ。ベッドの端に座っている白い仔猫のぬいぐるみ。いくつもの出来事が頭の中を流れる。暗い庭の向こうから聞こえてきた、崎村の父親の怒鳴り声。三人で座卓を囲んで喋った時間。崎村に支えられながら歩く父親の姿。いつもの陽気な話しぶり。密漁者たちに飛びかかっていった崎村。血を吸った脱脂綿をじっと見つめていた父親。最初の満月の夜に、崎村はかつての夢を教えてくれた。あきらめなければならなかった夢。専門学校にいた頃の話を、楽しそうに、懐かしそうに、崎村は聞かせてくれた。

怖かった。どうしようもない怒りも感じていた。しかし同時に奈津実は、いくつかの疑問もおぼえるのだった。

松澤は、どうしてあんなことを崎村の父親に話したのだろう。これ以上黙っているのが怖くなったと言っていたが、いったい何が怖いというのか。警察に捕まったり、漁師仲間にすべてばれてしまうほうが、よっぽど怖いことなのではないか。

八日後、引っ越しの前日は、西取川で行われる火振り漁の最終日だ。必ず崎村の漁を見に行こうと決めたその気持ちは、いまも変わらない。もしそのときまで、父親が崎村に松澤のことを話していなかったら、自分はどうすればいいのだろう。打ち明けるべきなのだろうか。もし打ち明けたら、何が起きるのだろう。

（二十二）

何もわからないまま、その日はやってきた。

夕刻前、奈津実は崎村の家の倉庫にいた。

「今日は新月だから、火振り漁の締めくくりに最高だって、みんな言ってる。空が暗いおかげで、鮎が松明の火に反応しやすくて、よく獲れるんだ」

崎村は建て網と松明の準備をしていた。その様子からして、父親が松澤の話をしていないのは明らかだった。この八日間、奈津実が会いに来なかったことについても、崎村は何も訊ねてこない。台風の翌日から晴天がつづいていたから、そのせいだと思ってくれているのだろう。もちろん、実際にそのせいもある。しかし、本当は奈津実は、最後の何日間かは、たとえ雨が降らなくてもここへ来て、仕事の邪魔をしないように、崎村の顔を見るつもりでいたのだ。

倉庫の奥では崎村の父親が、コンクリートの床に直接座り、左手で湯呑みを摑んでいた。傍らには一升瓶が置いてある。奈津実が来てからずっと、いや、たぶん来る前から、そうして飲みつづけている。

「お茶淹れてこようかな」

作業が一段落したとき、崎村が倉庫を出て行こうとしたので、奈津実もついていった。

台所で食器戸棚から湯呑みを取り出しながら、崎村は溜息まじりに言った。

「お父さん、ここ何日か、ずっとああして昼間から飲んでるんだよね。それで、けっきょくいつも寝ちゃって、僕がごはんつくってもろくに食べないし、どうしたんだって訊いても、なんにも言わないし」

急須とポットが立てる物音だけがしばらくつづいた。

「じつは前に一度、何かの拍子にお父さんが深酒したことがあってさ、そのとき変な酔っ払いかたして、ちょっと大変だったんだよ」

「……いつですか？」

「僕が奈津実さんと初めて会った、何日かあと。お父さん、僕が学校やめてこっちに帰ってくることになったのが、自分のせいだって言って、僕がいくら違うって言っても聞かなくて」

奈津実が庭ごしに怒鳴り声を聞いたときのことらしい。

「そのとき僕、すごく哀しかったし、あとからお父さんもかなり後悔してたみたいだから、ああやって深酒してるの見ると、心配でさ。いま何を考えてるんだろうって。今回は今回で、何も言わないから、それもまた不安で」

湯呑みにお茶を注ぎながら、急に冗談めかして笑う。

「奈津実さんが引っ越しちゃうのが、寂しいのかな」

努力して頬を持ち上げたが、言葉は出てこない。崎村が急須を持った手を止め、すっとこちらに顔を向ける。

「明日の朝、町を出る前に、必ずここに寄ってね」

もちろん、その約束は忘れていない。

「新しい住所、書いて持ってきます」

自分の本当のフルネームを添えて。

お盆に急須と湯吞みを載せて倉庫へ戻った。崎村がお茶を三人分淹れたのは、父親に酒を飲むのをやめてほしいからだろう。しかし父親は仕草だけでお茶を断り、左手に持った一升瓶から、また置き酌で酒を注いだ。伏せられた両目は、ずっと前からそこに開いている二つの穴のようだった。穴の底には何かがあった。何かがいた。奈津実は崎村の隣でお茶を飲みながら、ときおり倉庫の奥を盗み見た。父親の左手が、何度か湯吞みを離れ、胸のほうへ動いた。そして、いつもそこに下げているあの古い御守り袋を、まるで本当にそこにあるかどうかを確かめるように、指先で探るのだった。

「そうだ、奈津実さんにお願いがあってさ」

無理に明るくした声とともに、崎村が作業棚の上を振り向く。そこには一眼レフカメラが置いてあった。レンズに、あの万華鏡がくっついている。

「今夜の漁、記念に写真を撮ってもらいたくて」

川岸から、奈津実に万華鏡写真を撮ってほしいのだという。

「いままでずっと撮ってみたかったんだけど、なにしろ自分が舟に乗っちゃってるから、できなかったんだよね」

真っ暗な胸の中に、ふっと小さく光が灯った。出会ったばかりの頃、崎村が見せてくれた万華鏡写真。タンポポの綿毛。並び咲く菜の花。真っ赤な夕陽。土の上に円く並べられた小石。丸い小さな水滴が、尾を引きながら無数に流れ飛んでいる様子。火振り漁の松明が、あんなふうに万華鏡の中に広がったら、どんなに綺麗だろう。

「あたしでよければ、やってみます」

「ほんと？」

崎村は、今度は本当に明るい声を聞かせた。

「カメラの使い方はあとで教えるね。シャッター速度をちょっと遅くして、松明の光が尾を引くように撮ってもらいたいんだけど、そのへんは奈津実さんが自分でやらなくてもいいように、最初からつまみをセロハンテープか何かで固定しておく。それで、できれば僕の舟を真ん中にして撮ってもらいたくてさ。振り手はまあ松澤さんだけど、僕もその舟に乗ってるから」

「でも、どれが崎村さんの舟か――」

真也子と二人で火振り漁を見に行った夜のことを思い出す。川面に浮かんでいたのは松明の光だけで、舟に乗っている漁師の姿はほとんど見えなかった。

「そうか。目印も何もないもんね」

と、そのとき倉庫の奥で父親がぼそりと声を洩らした。言葉のはじめと終わりが不明瞭で、聞き取れなかった。なんとかを余計になんとか……と言ったようだ。二人でそちらを見ると、父親はコンクリートの床に目を向けたまま、もう一度同じ言葉を繰り返した。

「カゴに木っ端を余計に入れときゃいい」

どういう意味なのか、崎村が先に気づいた。

「松明を明るくするのか」

なるほど、それならば岸からでも見分けられるかもしれない。

「明るくすると、鮎もたくさん獲れますか?」

思いついて訊いてみたが、どうやらそういうわけではないらしい。

「だといいんだけど、あれって火が明るいほど鮎が獲れるってわけじゃないみたいなんだよね。前に、僕も松澤さんに同じこと訊いたら、そう言われた。だから普通はみんな必要最小限しか入れないみたい。木っ端もただじゃないし、だいいちあんまり入れると、松明が重たくなっちゃって……あ、そうか。重たくなっちゃうか。松澤さんに申し訳ないな」

「あいつはいい」

倉庫の奥で、また父親が呟いた。

「あいつには、それが――」

半びらきにしたままの唇からは、つづく声は聞こえてこなかった。

（二十三）

夕間暮れの河原に漁師たちが集まっていた。

崎村と松澤を含め、振り手が五人、漕ぎ手が五人。

気の早い見物客たちはすでに河原にやってきて、互いに知り合いを見つけて喋ったり、水際に近づいて舟を覗き込んだりしている。空では羊雲が橙色に染まり、風は大人しい。

あれから、崎村が奈津実にカメラの使い方を教え、そのあと松澤が軽トラックで漁具を積み込みに来た。積み込みのあいだ、崎村の父親は床に座り込んだまま一度も顔を上げず、松澤のほうも父親を見なかった。作業が終わると、崎村は軽トラックの助手席に乗り込んで西取川へと向かい、奈津実は乗ってきた自転車で、一足遅れで河原に到着した。崎村の家を出るとき、最後に振り返ると、倉庫の奥に見える父親の姿はまったく動かず、いまにもその暗がりに溶け込んでいくようだった。

「今日は、河原の見物客がすごく多くなりそうだって」

崎村は松澤とともに出漁の準備を進めていた。

「最終日だっていうのと、ほら、一の橋が通行止めで、あそこから川を見下ろすことができないでしょ、だから、そのぶんの見物客も河原に集まるんじゃないかって」

台風で橋脚を損傷した一の橋の補修工事は、いまだつづいている。火振り漁の建て網が橋のそばに設置されるため、夜間は工事が行えず、時間がかかっているのだという。工事が完了するまでは、本来は一方通行である二の橋が交互通行となっており、下上町と上上町、どちらの側にも、渋滞というほどではないが車の列ができていた。さっき自転車でここへ来るとき、橋の手前に車が並んでいるのを奈津実も見た。

あたりが急激に暗くなっていく。

振り返ると、太陽は土手の向こうに沈もうとし、最後の一瞬の、真っ赤な光がそこに凝縮していた。

「教えただろ」

松澤の低い声。

「多けりゃいいってもんじゃねえ」

舟に目を戻すと、松澤は舟底に寝かされた松明を見て眉根を寄せていた。

「あ、はいあのこれ——」

どうやら崎村は、まだ松澤に木っ端のことを説明していなかったらしい。慌てて何か言おうとし、しかし言葉を継げないまま松明を見下ろし、しばらくそうしていたあと、カゴに片手を伸ばす。木っ端をいくらか摑み、カゴから取り出そうとしたので、思わず奈津実は言った。

「写真を撮りたいんです」

首から下げたカメラを持ち上げてつづけた。

「火振り漁の写真を、岸から撮りたいって言ったんです。でも、どれが崎村さんの舟だかわからないから、松明を明るくしたらいいんじゃないかって」

全部自分のせいにしようと、明確に思ったわけではないが、ついそんな言い方になってしまった。しかし崎村がすぐに訂正した。

「撮ってくれって言ったのは僕で、お父さんが木っ端のこと言ってくれたんです」

松澤は露骨な苛立ちを顔に浮かべ、崎村を見て、奈津実を見て、また崎村を見た。そして舌打ちをした。自然に出てしまったというよりも、相手にわざと聞かせるような舌打ちだった。それが奈津実には意外だった。なんというか、可愛がっている目下の相手に対して見せるような仕草だったのだ。

「なら、お前が振れ」

顔をそむけて川のほうへ目をやり、ぶっきらぼうに言う。

「え」

「お前が振り手をやれ」

驚いた崎村の顔に、みるみる喜びの色が浮かんだ。

「いいんですか?」

松澤は声を返さず、そっぽを向いたままぞんざいに頷いた。

やがて夕陽は姿を消し、河原の景色が鳩羽色《はとばいろ》に沈んだ。月は現れず、驚くほどの勢いで闇が降り、川の姿が消えて見物人たちは声だけの存在になった。

目の前の暗がりに、小さな火が浮かぶ。その火が横へ動いた瞬間、わっと明るい炎がそこに生じ、ぱちぱちと音を立てながら、どんどん大きくなっていく。それとまったく同じものが、左右の闇に二つずつ、合計五つ、ほぼ同時に闇の中に浮かんだ。誰が合図を出したわけでもないのに、申し合わせたようなタイミングで、それぞれの舟で松明が点火されたのだ。見物客たちが静かに声を洩らす。

松明の炎の下で、崎村の硬い顔がこちらを向いていた。

奈津実は胸に下げたカメラを両手で持ち上げた。

ファインダーを覗き込む。ぼんやりとしたオレンジ色の光が、万華鏡の中で無数に広がっている。崎村に教えてもらったやり方で、奈津実はフォーカスのつまみを回した。すべての曖昧な光がさっと鮮明になり、暗闇との境界が瞬時に際立った。ファインダーの中で、たくさんの崎村の顔が、いっせいに奈津実に頬笑みかける。奈津実がシャッターボタンを押すと、ばしゃりと乾いた音がしてファインダーの中が暗くなり、すぐにまた同じ光景が広がった。

違和感があった。

こうした一眼レフカメラを使うのは初めてだけど、普通のコンパクトカメラでなら何度も撮ったことがある。いつも、シャッターを押したあと、フィルムが送り出される音がカメラの中から聞こえてきた。一眼レフというのは、そのへんの仕組みも違うのだろうか。——いや、もしかして。

「崎村さん」

夕方、奈津実は倉庫でカメラの使い方を教わった。そのとき崎村は、まだいくらか枚数が残っていたフィルムを巻き戻して取り出した。火振り漁に出かける前に、新しいフィルムを入れるからと言っていたが、それをやっているところを、自分は見ただろうか。

「このカメラ、フィルム——」

松明の下で、崎村の顔がすっと硬くなり、そのあとくしゃっと歪んだ。いまにも泣いてしまいそうな顔だった。

「ごめん、奈津実さん」

どうやら思ったとおりだったらしい。

「写真のことは気にしないで。カメラ持たせておいて申し訳ないけど……フィルムがなかったら、撮れないもんね」

「でもあたし、撮りたいです。フィルム買ってきます。前に教えてくれた上上町のカメラ屋さんに売ってますか？」

「売ってるけど——」

乗れ、と松澤が低く声を飛ばす。崎村はもう一度ごめんと奈津実に謝り、松明を掲げて舟に乗り込んだ。松澤が舟を水面に押し出し、河原を蹴って中に乗り込む。松明の光が少しずつ遠ざかっていく。

やっぱり撮りたい。

奈津実は身をひるがえして土手を駆け上ると、停めておいた自転車にまたがり、川沿いの道にこぎ出した。川面に浮かぶ火振り漁の光を追い越しながら、ペダルを回しつづけると、一の橋が見えてきた。通行止めになっているため、車や人の姿はなく、いつもはぽつぽつと灯っている街灯も消され、橋は大きな横長の影になっていた。その影の脇を走り抜ける。入り口には黄色いプラスチックのチェーンが張り渡されている。火振り漁の建て網は、この橋の少し下流に仕掛けてあるはずだ。舟がそこへたどり着く前に戻ってこなければ、崎村が振る松明を撮ることができなくなってしまう。奈津実は夢中でペダルをこいだ。やがて見えてきた二の橋は、前後に相変わらず車の列ができていた。しかし自転車は歩道を走れるので問題はない。

一の橋よりもずっと明るい二の橋を、奈津実は全速力で渡った。以前に聞いた真鍋カメラ店は、ここを越えて上上町に入り、坂を登ったところにあるという。しかし、それがすぐに見つかるかどうか、奈津実は不安だった。崎村からは、だいたいの場所しか聞いていない。坂の脇に菜の花畑が広がっていると、以前に話の中で聞いたことがあるけれど、もう秋だから、きっと枯れている。それに、この時間、カメラ屋さんというものはまだやっているのだろうか。店の前まで行って、もし明かりが消えていたらどうしよう。

そのとき奈津実は気がついた。ここからなら、真鍋カメラ店よりも崎村の家のほうが近い。崎村の部屋に入ったとき、フィルムの箱が棚にたくさん置かれているのを見た。父親に事情を話して、そのフィルムを取ってきたほうが早いのではないか。

橋を渡りきると、奈津実は山沿いの道に向かってペダルをこいだ。崎村と知り合って以来、自転車で走り慣れた道だが、夜に通るのは初めてだった。こんなに暗かったのか。少しスピードを落としたほうがいいだろうか。でも、車なんてどこにも走っていないし、きっと大丈夫だ。奈津実は速度をそのままに、円錐状に放たれるライトを追いかけるようにして、真っ暗な道に自転車を走らせた。

崎村の家の前でブレーキを握り込む。タイヤが砂利をこすり、その音が周囲に響く。自転車のスタンドを立て、門柱と黒松のあいだに駆け込んで玄関へ急いだ。家の明かりがついていない。まさか留守なのだろうか。家に入ることができなければ、ここまで来た意味がない。玄関の戸を叩いたが返事はなかった。手をかけてみると、がらりと動いた。

声をかけたが、やはり返事がなかったので、奈津実は靴を脱いで勝手に上がり込み、壁のスイッチを叩いて明かりをつけた。二階に駆け上がって崎村の部屋の電気をつけると、憶えていたとおりの場所に、フィルムはあった。奈津実は首から下げたカメラを引っ繰り返し、裏側の蓋を開けた。フィルムの入れ方は、コンパクトカメラと同じようだ。棚から箱を一つ掴んで開け、プラスチックの丸い容器から中身を取り出す。フィルムの端をつまんで少し引っ張り、それをカメラに入れて蓋を戻すと、じーとカメラが音を立てた。どうやら正しくセットできたらしい。

またいつか、崎村の部屋を見ることがあるだろうか。玄関へ引き返そうとしたとき、そんな思いが胸をかすめた。いままでのどの瞬間よりも、崎村と離れてしまうことが哀しかった。急にこみ上げた涙をぐっとのみ込んで、奈津実は部屋に背を向けて階段を駆け下りた。靴を履いて玄関を飛び出し、左手の倉庫を短く振り返る。崎村の父親は、いったいどうしたのだろう。ずいぶん酒を飲んでいたので、まさかあのまま倉庫で寝入りでもしてしまったのではないか。このまま河原へ戻ってもいいのだろうか。

奈津実は倉庫へと走った。開けっ放しになっている両びらきの扉の、手前の一枚が、風で閉じかけている。その戸に手をかけて中を覗き込んだが、真っ暗でほとんど何も見えない。しかし、そこに人がいないことはわかった。念のため奥のほうまで入ってみたが、やはり父親の姿はない。安堵と不安が胸の中で同時にふくらんだが、奈津実は踵を返して倉庫を出た。倉庫の前に広がる砂利の一帯が、どうしてかひどくがらんとして見えた。

庭を駆け出て自転車にまたがり、ハンドルを引っ張って反転させる。真っ暗な道にこぎ出したとき、門柱の隣にある黒松が、自転車のライトの中に一瞬だけ浮かび上がった。強くこすられたように、一部分だけ幹の皮が剝《む》けている。

何か、胸の奥に響くものがある。しかしそれが何なのかがわからない。そのとき奈津実はまだ、自分が見たものばかりを気にして、自分が見ていないものがあったことに気づいていなかったのだ。

二の橋を渡り、川沿いの道を引き返していくと、火振り漁の光は予想していたよりもずっと下流までやってきていた。奈津実はブレーキを握り込み、スタンドを立てるのももどかしく、自転車を土手の上に横倒しにしてカメラを構えた。シャッターを押すと、ばしゃりと乾いた音がし、カメラがフィルムを送り出す音が、今度はちゃんと聞こえた。つづけざまに何度かシャッターを押したあと、草の斜面を駆け下りる。派手に石を鳴らしながら川のそばへ走る奈津実を、見物客たちが暗がりの中で振り返った。

左手から火振り漁の光が接近してくる。息が切れ、肺の中が真っ白になっていくようで、足下は少しふらついていた。松明が川面を近づいてくる。間隔をあけて五つ、ゆっくりと横向きの8の字を描いている。崎村が振っている松明がどれなのかは、すぐにわかった。手前から二番目に、ほかよりも明るい光がある。その松明の動きにつれて、対岸の茂みがときおり照らされている。カメラを構えてファインダーを覗くと、五つの光が無数の光に変わり、崎村の松明が茂みを照らした瞬間、視界全体がわっと明るくなった。こんなに綺麗なものを、自分は見たことがあっただろうか。シャッターを押す。フィルムが巻かれるのを待ち、また押す。この写真は、あとできっと送ってもらおう。新しい住所と本当の苗字は、明日、引っ越しのトラックがやってくるよりも早く、朝一番で崎村の家へ行って教えることになっている。その宛先に、この写真を送ってほしいと言おう。奈津実が中江間建設のことを打ち明けても、崎村は写真を送ってくれるだろうか。もし、いくら待っても届かなかったら、電話をかければいい。そのあと、電車賃を貯めて、この町に来ればいい。——と、そのとき、もう一度シャッターを押そうとした奈津実の指が、中途半端な位置で止まった。そして、そのまま動かなくなった。

自分が見たものと、見なかったもの。

それが、いちどきに脳裡《のうり》をめぐっていた。

崎村の父親は家にいなかった。倉庫の扉が片方、風で閉じかけていた。倉庫の前は、ひどくがらんとして見えた。そして門柱の隣にある黒松の幹に、何かに強くこすられたような傷があった。

いつも停めてあった軽トラックを、自分は見ただろうか。

ドアストッパーのように倉庫の扉を支えていたあの石を、二つとも見ただろうか。

——カゴに木っ端を余計に入れときゃいい。

倉庫の奥で酒を飲んでいた父親。

——あいつはいい。

両目と同じように、暗くて虚ろな声。

——あいつには、それが——。

火振り漁の松明はもう目の前にあったが、奈津実はカメラのシャッターを切ることができなかった。

——子供の頃、お父さん、チャンピオンだったんです。なんか、友達同士でやったコンテストみたいなやつで。当時は〝くらげ当て〟って呼んでたみたいだけど。

五つの光が流れていく。

一の橋の先、建て網を仕掛けてある場所へ向かって動いていく。

——河原で自分を突き飛ばした密漁者は、同じ舟に乗って火振り漁やってた男だったなんてよ。

奈津実は背後の暗がりを振り仰いだ。

——お前が振り手をやれ。

そして走り出していた。

土手の斜面を駆け上り、横倒しにしてあった自転車を起こすと同時にペダルに足をかける。火振り漁の光は、もう一の橋のすぐそばまで近づきつつある。奈津実が一の橋にたどり着いたときには、五つ並んだ光のうち、最初の光が橋の下に消えようとするところだった。自転車を放り出し、橋の入り口に張られたチェーンを跳び越える。暗闇の中に何かが見える。橋の真ん中あたり、そこに歪《いびつ》な瘤《こぶ》が生じたように、人影がある。その人影がすっと動くと、直後、橋の下で大声が響いた。奈津実は欄干に飛びつくようにして川を見た。火振り漁の松明は、どれも8の字を描いておらず、ただ戸惑うように暗闇に揺れている。いや、一つだけ、まったく動いていない松明がある。また大声が聞こえた。今度はいくつもの声がそれに重なった。視界の端で、人影が欄干を離れ、ぎくしゃくと小刻みに伸び縮みするような動きで、闇の向こうへ消えていった。

(二十四)

「……ここにいて」

病院の駐車場で、父の車を降りた。

「お願いだから」

やっとのことでそれだけ言うと、口をひらきかけた父に背を向け、奈津実は真っ暗な駐車場に足を踏み出した。いまは何時なのだろう。きっと、もう真夜中になっている。周囲の暗がりの中で、そこだけ明るく光っているのは、救急病棟の玄関口だった。

あのあと奈津実が河原に駆け下りたときには、火振り漁の舟がすべて岸に着けられ、見物人たちが疑問の声を洩らしながら集まっていくところだった。やがて、五艘の舟のうち一艘に、人だかりができた。その舟の中には二人の人間がいた。跪《ひざまず》き、つづけざまに大声を発しているのは松澤だった。その松澤の前に、松明に全身を照らされて、崎村が横たわっていた。身体のどこも動いていなかった。いや、一度だけ、まるでゼンマイ仕掛けの玩具の最後の動きのように、片腕が微かに舟の床をこすった。頭部から流れた血が顔のほとんどを覆い、松明の炎を真っ赤に跳ね返していた。

救急車が到着し、救急隊員たちが慌ただしく声を交わしながら崎村を担架に乗せた。松澤が同乗し、救急車はあたりの景色を断続的に赤く照らしながら、サイレンを鳴らして走り去っていった。奈津実は周囲の大人たちに、救急車が向かった先を訊いて回った。誰の答えも曖昧だった。最も近い救急病院が、ここから二十キロほど離れた場所にあるけれど、救急患者がみんなそこへ搬送されるわけではないのだという。どうすればいいのかわからなかった。父を頼ろうと思った。崎村が運ばれた救急病院の場所さえわかれば、父に車を出してもらえるかもしれない。

自転車で家にたどり着くと、駐車場に父の車がなかった。

——辞めてもらった従業員たちが、送別会をやってくれたみたいなの。

リビングで段ボールにガムテープを貼っていた母は、奈津実の様子を気にしながら腰を上げた。

——なーちゃん……何かあった?

どうしても車で連れていってほしい場所があるのだと、奈津実は言った。

——車で行ってるから、お酒は飲んでこないと思うけど……。

何時に帰ってくるのかはわからず、送別会をやっている店の場所も聞いていないのだという。

幸い電話機はまだ段ボールに仕舞われていなかったので、奈津実は救急病院に電話をかけようとした。しかし電話帳がどこにもなく、母に訊くと、どの段ボールに仕舞ったのか憶えていないという。奈津実は家を飛び出し、一番近くの電話ボックスまで走ると、そこに置いてあった電話帳を見ながら、方々の救急病院に電話をかけた。すると三つ目の病院が崎村の搬送先だった。崎村がどんな状態でいるのかは、電話ではわからなかった。奈津実は病院の住所を憶え、口の中で何度も繰り返しながら家に戻り、メモ紙に書きつけた。

母と、真夜中になってようやく帰ってきた父には、知り合いが怪我をして病院に運ばれたのだと説明した。父は車を出してくれ、一時間ほどかけて、この病院までやってきた。

四角く光る玄関のガラスドアを入る。

つい何時間か前に、血だらけの崎村が運ばれてきた場所だとは信じられないくらい、病院は静まり返っていた。受付の窓口にも人はいない。カウンターデスクにインターホンがあるが、あれで職員を呼び出せばいいのだろうか。

そちらへ向かおうとしたとき、奥の壁際に立つ人影に気がついた。

杖で身体を支え、じっとこちらに目を向けているのは、崎村の父親だった。

物音のしないロビーで、奈津実はただ相手の視線を受け止めた。父親の両目は濁っていた。しかし、その奥から、射るような鋭さが奈津実に向けられていた。そのとき奈津実の胸に一つの確信が降りた。この人は、欄干に立つ自分の姿を、わたしに見られたことを知っている。

「崎村さんは……」

両足を交互に押し出すようにして、奈津実は相手に近づいていった。父親は奈津実を見据えたまま、表情を変えなかった。表面に何本もの血管が浮いた目が奈津実に向けられていた。

「死んだ」

甲高い耳鳴りが耳孔《じこう》の奥に突き刺さり、とめどなく反響しながら頭の中を埋め尽くした。それはまるで、すべてが終わってしまったあとに鳴り出した警報だった。父親が視線を外す。タイルに杖を突き立てながら、少しずつ、少しずつ身体を回し、やがて足を踏み出して、廊下の奥へと向かう。一の橋で見たあの影と同じ動きで、ぎくしゃくと伸び縮みしながら小さくなっていき、やがて吸い込まれるように角を折れて消えた。

　それからあとのことを、奈津実は思い出せない。ただ自分が、死んだ、という言葉を何度か口にしたことと、父親に身体を支えられながら車に乗り込んだこと、走る車のフロントガラスがいつのまにか雨に打たれていたこと、無数の雨滴が街灯の光の中で白い尾を引きながら、花火のように視界を覆っていったことだけを憶えている。

こんな話を聞くなんて、思ってもみなかった。

長い話を終えたお母さんは、すごく疲れたみたいで、横座りのまま部屋の壁に背中をあずけて床を見つめていた。

向かい合ったわたしたちの隣では、クローゼットのドアが少しひらいている。ビニール紐で縛られて、端のほうに仕舞われているのは、ばらばらにされたベビーベッド。わたしが赤ちゃんだったときに使っていたものらしい。

十五年前、このベビーベッドの前で、言葉のわからないわたしに、お母さんは泣きながら話をした。その話の詳細を、十五年経った今日、わたしはお母さんから聞いた。

はじめ、お母さんはずいぶん迷っていた。でも、お母さんが生きているうちに知りたいとわたしが言うと、みんな話してくれたのだ。寝室のクローゼットをひらき、ずっと前に使われなくなったベビーベッドを見つめながら。

お母さんのせいで人が死んだっていうけれど、崎村さんという人を殺したのはお母さんじゃない。崎村さんのお父さんだ。それなのに、二十七年間も、ずっと後悔しつづけながら生きてきたなんて、やっぱりお母さんは損な性格をしている。

「お祖父ちゃんがそんな感じだったなんて、なんか信じられない」

わたしは両手をお尻の後ろにつけて足を投げ出した。

「いまも厳しいは厳しいけど、昔はそんなふうに、怒鳴り声とか上げる人だったんだね。

意外」

　こんなに大事な打ち明け話をしたというのに、わたしが口にした最初の言葉がこれで、お母さんは、すごく戸惑っているだろう。

「怒鳴りたくて、怒鳴ってたわけじゃないと思う。会社がなくなって、引っ越しもしなくちゃならなくて……お父さん、あの頃ほんとに大変だったから」

「ふうん」

　神奈川県に移り住んでから、お祖父ちゃんはしばらく知り合いの工務店でお世話になったあと、また独立して新しい会社をつくった。今度は建設会社じゃなくて、水をきれいにする薬や機械をつくる会社で、いまは全国に五つの支店がある。お母さんは神奈川県内の短大を卒業してから、その会社で事務員をやり、同じ事務所で営業マンとして働いていたお父さんと知り合って結婚した。五年前、お祖父ちゃんは本社をこの下上町に移転させ、わたしたちは家族でここに引っ越してきた。お父さんはいま副社長をやっている。

「お祖父ちゃんがここに会社を動かしたの、そのなんとかってのを流して、自分が西取川を汚しちゃったからなのかな」

　訊いてみると、お母さんは頷いた。

「そう言ってた。会社をつくったときから、いつか西取川の水をきれいにするっていうのが、大きな目的だったんだって。消石灰それ自体は、水質に影響を与えるほどの量じゃなかったけど、西取川の水が悪くなってるのは、わたしたちがここに住んでた頃からのことで、そのあともなかなか改善されてないのを、ずっと気にしてたから」

お祖父ちゃんの会社がつくる水質浄化剤は、去年の春にようやく県の許可をもらって西取川でも使われるようになった。

わたしは考えてみる。消石灰を川に流してしまったとき、もしお祖父ちゃんが嘘をつかず、正直に公表していたら、もしかしたら中江間建設は護岸工事をつづけられていたかもしれないし、つぶれることもなかったかもしれない。要するに、お祖父ちゃんの嘘が、いま川の水をきれいにしているということだ。嘘が何かいいことを生む場合も、やっぱりあるらしい。それを考えて、わたしはちょっと安心した。

「でも、やっとわかった。だからお母さん、ここに引っ越してくるの嫌がってたんだね」

「……知ってたの？」

引っ越しの話が出た日、夜中に一人で泣いていたのを見たことを、わたしは話した。

「嫌ならそう言えばよかったのに。この町に引っ越したくなかったんなら」

考える時間をつくるように、ゆっくり時間をかけて、お母さんは頷いた。

「お父さんのやりたいことをやらせてあげたいっていう気持ちがあったの。この町を出なきゃならなくなったときのこと、お父さん、ほんとに後悔して、哀しんでたから」

お母さんはいつもこうだ。ぜんぶ誰かのため。これまで撮ったデジカメの写真をアルバムにまとめているのも、自分が死んだあと、家族が早く気持ちを整理できるように。遺影を事前に撮っておこうと考えたのも、みんなが少しでも心の準備ができるように。お母さんがそう言ったわけじゃないけれど、わたしにはわかる。みんなわかってる。

「死んじゃう前に、崎村さんのお墓参りでもしとけば？」

投げ出した足を組みながら言ってみた。

「あたしも付き合うし」

「でも……」

「お墓の場所がわかんなかったら、近所の人にでも訊けばいいじゃん。崎村さんって人の家、まだ憶えてるでしょ？　崎村さんのお父さんも死んじゃったから誰もいないかもしれないけど、とりあえずそこ行って、近所の人に訊いてみようよ」

お母さんが決心するまで、たっぷり一週間かかった。

「これ、お母さんがいた頃と変わってないんじゃないの？」

山沿いの道は舗装が剝がれまくって凸凹だった。

左手には一面の畑。右手には、ずいぶん距離をあけて家が並んでいる。ものすごく古い家。ときどき現れる新しい家。どの家にも、わたしたちの住んでいる市街地ではまず見ない、広い庭がある。

わたしのリュックサックには一眼レフのカメラが入っている。二十七年前、お母さんが崎村さんから預かって、そのまま返せずにいたものだ。そのカメラを、お母さんはクローゼットの一番奥、着なくなった自分の服などが入っている段ボール箱から取り出してきた。

今日、もし崎村さんのお墓の場所がわかったら、カメラをそこへ持っていきたいのだとお母さんは言った。でも、置いていったらお寺に迷惑がかかるから、そのまま持って帰ることになるだろう。そのあとどうするかは、決めていないらしい。わたしは密かに、カメラは自分がもらおうかなと考えていた。また押し入れに仕舞い込んだりしたら、お母さんが死んだあと、誰かが見つけて、これは何だろうということになるかもしれない。そのときハラハラしながら横で黙っているよりも、自分が預かっておいたほうがいい。そのあたりのことは、帰りがけにお母さんと相談するつもりだった。

お母さんの歩調がゆっくりになった。

少し先に、サンゴジュの生垣と、コンクリートの門柱がある。その門柱の手前には、あれは矢竹というのだったか、茶色くて細い、真っ直ぐな竹が何本か植えられている。竹に囲まれて地面から顔を出しているのは、古びて真っ黒くなった切り株だ。

ここなのだろうか。

門柱には表札が張られているけれど、横からなので読めない。苗字を確認しようと、わたしがそこへ近づいていくと、中からいきなり男の子が飛び出してきた。小学校の、まだ低学年だろうか。それとも幼い顔をした高学年だろうか。わたしと鉢合わせしたので、男の子は漫画みたいに両手を上げて急ブレーキをかけ、それから照れ笑いをし、まるで急ぎの用事がなくなったように、ぶらぶら歩いていく。

「ゲンヤ、水筒——」

声がした。

そちらに顔を向けると、まだ新しい二階建ての家の玄関に、眼鏡をかけた男の人が水筒を持って立っていた。

「お茶、これ」

座卓の前に、わたしとお母さんは並んで座っていた。

「そこに、饅頭《まんじゅう》ありますんで、よかったら。父のあれで、近所の人が持ってきてくれたやつなんですけど……」

崎村さんはひどく困惑していた。

でも、こっちのほうが何十倍も困惑しているなんて、きっと思っていない。

「ずいぶんあの……お久しぶりです」

崎村さんはぎこちなく笑いながら、座卓の向こう側に腰を下ろし、なつ、あき、と言ってから、眼鏡の奥でぱちぱち瞬きをした。

「いまは、苗字はその――」

「藤下です」

お母さんの声は、ほんの囁くほどだった。昔の恋人に会って照れているとか、もちろんそんな理由からじゃない。死んだはずの人が生きているからだ。

藤下さん、と鸚鵡《おうむ》返しに呟く崎村さんの顔を、わたしはじっくり眺める。お母さんから聞いて想像していた顔を、しばらく日なたで乾かした感じ。崎村さんの後ろには仏壇があり、そこに遺影が置かれている。遺影の顔は、鏡影館で見たものと、ずいぶん表情が違う。鏡影館の遺影は頬笑んでいて、こっちは大っぴらに笑っている。その遺影の表面を撫でるように流れていく煙は、さっきお母さんとわたしが挿した線香から立ちのぼっているものだ。

崎村さんのお父さんの写真をたまたま鏡影館で見て、ここへ来たのだと、玄関口でお母さんはしどろもどろに説明した。半分本当で、半分嘘だった。崎村さんが言うには、お父さんは何年か前から心臓が悪くなっていたのだけど、二ヶ月ちょっと前にとうとう亡くなったらしい。

「さっきの男の子は……息子さんですか？」

お母さんが左手の窓に顔を向ける。綺麗に芝生が敷かれた庭を、真昼の太陽が照らしている。でも家の中はクーラーが効いていて涼しい。

「はい、ええそう、十歳になります。ゲンヤっていって、僕と同じゲン――さんずいのやつに、ヤは楽しきカナとか哀しきカナとかのカナで」

無駄に両手を動かして説明してから、崎村さんは遠慮がちな目でわたしを見た。

「そちらもその――」

「はい、娘です」

そのあとは、しーんと沈黙が降りた。

お母さんも崎村さんも喋らないので、

「崎村さんって死んだんじゃないの？」

わたしはもう少しでそう言い出すところだった。

「あの」

その前にお母さんが口をひらいた。

「崎村さんは、ずっと前、火振り漁の最中に……怪我をされたかと思うんですけど」

その怪我で死んだかと思うんですけど、とわたしは心の中でつけ加えつつ、崎村さんの反応に注目した。その反応はなんとも予想外だった。崎村さんはくしゃっと表情を崩して首をすくめ、恥ずかしそうな顔をすると、そうなんですよと言って笑ったのだ。

「あれには参りました」

父親に殺されかけて、どうして笑っているんだこの人は。

「どこまでご存知かあれですけど、橋の上から石を落とされて、頭に思いっきりぶつかったんです。それで大怪我して病院に運ばれて。でもまあ頭のてっぺんを直撃したわけじゃなかったんで、骨が折れたりっていうことはなかったんですけどね」

ということは、二十七年前、崎村さんのお父さんが、病院でお母さんに嘘をついたのだろうか。崎村さんは死んでなんていないのに、「死んだ」と言って騙したのだろうか。でも何で。

「しばらくして目を覚ましたときにはもう治療も済んでいて、とはいえやっぱり頭なんで、まだ精密検査をいろいろ受けなきゃならなくて、けっきょく翌日の夕方まで病院にいたかな。いや、実際ひどい怪我だったんですよ。救急車に同乗してくれた松澤さん――憶えてますかね、松澤さん。僕の先輩漁師。目のきつい。あの漁期を最後に、何でか急に漁師をやめて引っ越して、いまは別の仕事をしながら暮らしてるらしいんですけど、あの松澤さんがえらく心配してくれるくらい、けっこうな怪我だったんです」

崎村さんは髪を両手で掻き分けて、額の横、右耳に近いあたりをわたしたちに見せた。縦に引き裂いたような傷が、そこにある。長さは四、五センチくらいだろうか。

「直撃したら、死んじゃってたかもしれません」

わたしと同じように、お母さんの頭も疑問符でいっぱいだったのだろう。しばらく言葉を失くしたまま、ただ崎村さんの顔を眺めていた。それを横目で見ながら、わたしは考える。崎村さんのお父さんが、お母さんに嘘をついた理由は、もしかしたら、こうだったのではないか。崎村さんのお父さんは、自分に大怪我を負わせ、息子に夢をあきらめさせた松澤さんへの怨みを晴らそうとした。しかし間違って、実の息子の頭に石を落としてしまった。とんでもなく馬鹿な失敗をしてしまった。こんな父親がいる男といっしょにいては、きっとお母さんに迷惑がかかる。だから、崎村さんが死んだことにして、ぜんぶ忘れて神奈川に引っ越してもらおう——。

いや、ちょっとしっくりこない。

お母さんが隣でゆっくりと息を吸う。そして、喋るというよりも、吸った息が自然に出ていくように声を洩らした。

「誰が……そんなことをしたかというのは……」

それがね、と崎村さんは、ここが大事とでもいうように身を乗り出す。

「わからないんです」

わからない、とお母さんが繰り返す。

「あのときほら、台風で橋がやられて、通行止めになってたじゃないですか。一の橋が。

だから橋の上にも周りにも、まったく人がいなくて、石を落としたやつを誰も見てないんです。誰一人。警察が聞き込みなんかもやってくれたらしいんですけどね」

嘘をついている感じではなかった。

いま隣でお母さんが考えていることが、わたしには手に取るようにわかった。何から訊こう。どうやって訊こう。あの夜自分が見た、橋の上の人影は、崎村さんのお父さんではなかったのだろうか。いや、あれは絶対にそうだった。それに、崎村さんのお父さんが関係していないはずがない。自分が病院へ行ったとき、お父さんは待ち構えるようにそこに立っていて、崎村さんは死んだと、自分に嘘をついたのだから。

「わたし……あれから家に戻って、崎村さんが運ばれた病院の場所を調べたんです」

崎村さんが意外そうな顔をし、眼鏡の上に眉毛が浮かんだように見えた。

「それで、父の車で、その病院まで行きました」

「そうなんですか？」

「はい。そしたら、病院に――」

お母さんは言葉を切った。

しかし、やがてまた唇がひらかれて、そこから嘘が飛び出した。

「病院にいた事務員さんに、わたし崎村さんのことを訊いて、でもいまは会えないと言われたので、仕方なく帰りました。それで、翌朝にはもう引っ越さなければならなかったので、けっきょくそのまま」

「……そうだったんですね」

崎村さんは座卓に目を落として、ゆっくりと、深々と、息を吐いた。

「あれから僕、なんとか連絡を取ろうとして、でも引っ越し先の――」

ちらっと目を上げてわたしを見る。

「平気です。この子には、崎村さんの話をしたことがあって」

それがつい一週間前だとは、わざわざお母さんは言わなかった。

崎村さんはお茶をひと口飲み、しばらく一人で考え込んでから、また口をひらいた。

「引っ越し先のご住所がわからなかったので、どうしようかと迷って、仕方なく前のご自宅を訪ねたんです。そしたら、人が住んでるんですよ。もしかしてこれは引っ越しが延びたのかなと思って、僕、玄関に出てきた女の人に、奈津実さんはいらっしゃいますかって訊いたんです。そしたら怪訝《けげん》な顔されて、うちの子はなんとかですけどって、ぜんぜん違う名前を言われて、もう、わけがわからなくて」

真也子ですけどと、たぶんその人は言ったのだろう。

真也子さんとお母さんは、あれから一度も会っていないらしい。真也子さんには神奈川の新しい住所を伝えてあったので、当時、引っ越してすぐに葉書が来た。でも、その葉書にお母さんは返事を書かなかった。それは、とても哀しいことだったけれど、この町のことを思い出すのがどうしても嫌だったのだと、お母さんは言っていた。でも、もしそのとき返事を書いて、新しい家の電話番号を教えたりもして、真也子さんとやりとりをつづけていれば、お母さんは崎村さんが生きていることを知っていたのではないか。橋から石が落ちてきて、火振り漁の漁師が大怪我をしたことは、きっとそれなりのニュースになっていただろうから。

五年前にこの町へ戻ってきたあと、お母さんは一度だけ真也子さんが住んでいたアパートへ行ってみたらしい。でも、そこは周囲一帯を含めて大きな一棟のマンションになっていて、けっきょくそのまま帰ってきたのだとか。

「部屋のプレートには、ちゃんと秋川って書いてあるし……だから、いまだに、なんというか、謎なんですよね。いや、べつにもういいんですけど」

でも、できれば謎の答えを教えてほしいのだろう。崎村さんはちらっと上目づかいにお母さんの顔を見た。

お母さんはぜんぶ説明するだろうか。自分の苗字が嘘だったこと。秋川というのは、そのアパートに住んでいた友達の苗字だったこと。当時の本当の名前は中江間奈津実で、川に消石灰を流して町を追い出された中江間建設の社長の娘だということ。……いや、きっと言わない。そのかわり、きっとお母さんはこう言う。

「アパートを間違えたんじゃないでしょうか」

予想どおりだった。

「それ、きっと違うアパートだったんです。たまたま秋川っていう苗字の人が住んでいたから、同じアパートだと思い込んじゃったんじゃないですか？」

「やっぱりそうかあ……」

崎村さんは見事に騙されて、あぶらっ気のない頭をごしごし掻いた。

「一回しか行ったことなかったし、しかもあれ大雨の日だったから、じつは僕も自信なかったんですよね。それで、このあたりだったなあって思いながら歩いてたところに、あのアパートがあって、秋川ってプレートが出てる部屋もあったもんで」

そっかあ、と崎村さんはもう一度頭を掻いた。そして、ちょっと笑った。そのあと、声を出して本格的に笑った。なんというか、お母さんの話どおりの人だったので、気がつけばわたしも笑っていたし、隣でお母さんも笑っていた。

みんなの笑いがおさまったとき、いよいよ核心だ、という気がした。

崎村さんのお父さんが、お母さんに嘘をついた理由。それを知らずには帰れない。

「お父様は……ご自宅で亡くなられたんですか？」

お母さんが訊いた。

「いえいえ、病院です。最近じゃあ、自宅で亡くなる人って滅多にいないですよね。例の写真館には、最後の入院をするちょっと前に、父が急に思い立って遺影を撮りに行ったんです。源哉が学校に行ってるあいだに、僕と二人で」

そのときはまさか崎村さんも、お父さんの遺影のおかげで、こうしてお母さんが娘を連れて現れることになるなんて思ってもみなかっただろう。

「そう、父のことについては、僕じつは、あなたにお話ししなきゃならないことがあって。でも、いいのかなこれ……どうしよ」

崎村さんは仏壇を振り返る。お父さんの、大っぴらに笑った顔がそこにある。わたしたちが立てた線香は、いつのまにかどちらも灰になっている。

「ま、いいか」

苦笑まじりに呟いて、崎村さんはお母さんに向き直った。

「父に代わって、謝らなきゃならないんですよ」

「わたしにですか？」

「はい。ほら、僕の父、怪我をして身体に麻痺が残ってましたよね。あれはけっきょく、少しずつよくなりながらも、最後まで完治はしなかったんですけど……謝りたいのは、密漁者にやられたっていう、その怪我のことで」

崎村さんは言葉を切り、また仏壇を振り返ろうとした。しかし途中でやめて、またこっちに顔を向ける。

「あれがなんと、嘘だったんです」

え、という声が、お母さんとわたしの口から同時に洩れた。

「……何がです？」

「密漁者にやられたっていうのが」

大きくひと呼吸してから、崎村さんは説明する。

「父が死ぬ直前、病院で急に打ち明けられました。二十八年前、父は河原で密漁者を見つけて取っ組み合いになって、そのとき怪我をさせられたんだって言ってたじゃないですか。いや、河原で密漁者と取っ組み合いがあったっていうのは本当なんですよ。でもそれは、父が怪我をした、一週間くらい前だったらしいんです」

どうして喧嘩をした一週間後に怪我をするんだ。

「密漁者を見つけたとき、父は、茂みから飛び出して怒鳴りつけて、摑み合いになったらしいんですね。そこまでは嘘じゃないんです。でも、相手にぜんぜん敵わなかったんですって。要するにまあ、体力の差で。それで、父は怖くなって、引き下がったんです。相手はそれを見て、揚々と道具をまとめて帰っていったそうで」

そのことが恥ずかしくて、崎村さんのお父さんは、誰にも話せなかったのだという。

「恥ずかしいのと同時に、やっぱり猛烈に悔しかったみたいで、父はそのあと、ケジメをつけてやろうみたいな気持ちで、翌日からずっと西取川の上流を軽トラで行ったり来たり、ときどき車を停めて川に下りてみたりして、同じ密漁者がまた現れるのを待ってたんですね。農作業で使う鉄パイプ持って。いや、実際に殴りつけるつもりなんてなくて、ただ脅しに使おうと思ってただけらしいですけど」

しかし密漁者——松澤さん——は現れなかった。

「そりゃそうですよね。また密漁するにしても、場所くらい変えますよ。もしかしたら父も、それをどこかでわかっていながら、ただ自分の悔しさとか恥ずかしさを誤魔化そうとして、そんなことしてたのかもしれません」

密漁者と取っ組み合いになった一週間後。その日も崎村さんのお父さんは、西取川の上流で車を停め、鉄パイプを片手に河原へ下りていこうとした。

「で、足を滑らせたんだそうです」

茂みの途中で体勢を崩し、斜面を転がり——。

「父もよく憶えていないんですけど、たぶん最後に、頭を後ろにして河原に倒れ込んだんだと思います。それで、そこにあった石が首の後ろを直撃して、気を失って……そのあとは、ずっと前に僕が話したとおりです」

夜になって軽トラックが見つかり、漁師が仲間を集めて崎村さんのお父さんを捜した。すると、茂みを下りきった場所に、仰向けに倒れているのが見つかった。

「それを、父は、密漁者にやられたって嘘ついたんですね。病院で意識を取り戻したときに。で、いったんそうやって嘘ついちゃうと、もうあとに引くことができなくなって」

嘘をつきつづけた。

「いつかは話そう、いつかは正直に説明しようと思ってたそうなんですが、なにしろその怪我のせいで、僕が東京から戻ってこなくちゃならなかったじゃないですか。父は、母が死んでから、僕が夢を叶えて成功することだけが生き甲斐になってたみたいで、それを自分のせいで駄目にしちゃったわけだから……まあ当時も何度か、自分のせいだ、自分のせいだって言ってはいましたけど……」

実際のところ、本当の意味で、それは自分のせいだったわけだ。

密漁者にやられたのではなく、自分で勝手に転んで怪我をしたのだから。

「じゃあ、怪我をしたあと、お父さんが警察に連絡しないように言ったのも――」

「単に、嘘がばれるのが怖かったんでしょうね」

そう言ってから、はーあと崎村さんは大きく息を吐き出す。

「……っとに、とんでもない嘘つき親父です」

わたしはいま、崎村さんが生きているのを見たときよりも、ずっと驚いていた。

きっとお母さんも。

なにしろ、いまの話を頭に入れて考えると、こういうことになるからだ。

崎村さんのお父さんは、一の橋から石を落とした。それは、自分に大怪我を負わせ、息子の人生を狂わせた松澤さんに対する怨みを晴らすためだったのだと、お母さんは思っていたし、わたしもそう思った。でも違った。最後の火振り漁が終わったら、松澤さんは警察に行って、ぜんぶ正直に話すつもりだと言っていた。たぶんそれは、自分は崎村さんのお父さんに大怪我なんて負わせていないのに、そういう話になっていて、いくら正体がばれていないとはいえ、怖かったからだ。だから、いっそ警察に行って、すべてを話してしまおうと決めたのだろう。でも、そうしたら、どうなるか。

お父さんの嘘がばれてしまう。

要するに、お父さんは、自分の嘘をばらされたくないだけだったのだ。ただそれだけの理由で、橋の上から石を落とした。しかもたまたま、松澤さんが崎村さんに振り手をゆずっていたので、その石は実の息子の頭にぶつかって大怪我をさせてしまった。

崎村さんのお父さんが、病院に現れたお母さんに嘘をついた理由も、ようやくわかった。あれもきっと、自分のためだったのだろう。お父さんは、一の橋から石を落とす瞬間を見られたことを知っていた。それを、お母さんは、崎村さんに話すかもしれない。なんとかしてそれを防ぎたい。だから、あんな嘘をついた。崎村さんが死んだと言えば、お母さんは自分が見たものをぜんぶ胸に仕舞って、誰にも何も言わないまま、遠くへ引っ越していってくれるのではないかと期待して。そして、まさにそのとおりになった。

なんて、とんでもない人なんだろう。嘘つき親父どころの話じゃない。

「まあでも……おかげさまっていうのも変ですが、こうして幸せにやってます。東京で夢を追いかけてたら、いまごろ食いっぱぐれて、どうしようもなくなってたかもしれませんからね。いまは妻と二人で、農業もなんとか上手くやっていますし、火振り漁も、僕の舟、このへんで一番の水揚げ高なんですよ」

振り手は崎村さんが、漕ぎ手は奥さんが務めているのだという。

「それに、さっきの、息子も元気にやってくれてますし」

崎村さんがそう言ったとき、わたしの中で、何かがふっと動いた気がした。上手く言えないけれど、自分の胸の中で、別の自分が首をかしげたような――でもそれが何なのかわからないでいるうちに、崎村さんが言葉をつづけた。

「父が死んだとき、僕、これを開けてみたんですけどね」

そう言って崎村さんは、座ったまま仏壇のほうに上体を伸ばし、何か古い袋のようなものを手に取った。もとは赤かったのだろうけど、いまは黒ずんで違う色になっている。

「いつも父が胸に下げていた、御守り袋です」

崎村さんはその袋の口に指を突っ込んで広げた。中からつまみ出されたのは、小さく折りたたまれた――何だろう。

崎村さんは折り目を丁寧にひらいていった。それは古い原稿用紙だった。折られすぎて、鉛筆の文字がよく読めなくなっているけれど、へろへろになった紙の右端に「崎村源人」という名前、その上に作文の題名が書かれているのがわかる。その題名を、崎村さんが声に出して読んだ。

「正直なお父さん」

笑っちゃいますよと言って、崎村さんは本当に笑う。

「これ、僕が小学生のときに書いた作文です。父親がどれだけ正直者なのか、どれだけ嘘が嫌いで、真っ直ぐな人なのか、なんか馬鹿みたいに、ずっと書いてあるんです。父はこれを、ずっと大事に胸に下げてたんですよ。いつまでも正直者でいようと思って。でも、自分が大怪我をしちゃったとき、つい嘘をついてしまって――」

崎村さんは原稿用紙を座卓の上に置いた。

「もしかしたら、この御守りのせいで、言い出せなくなったのかもしれません。いつまでも僕が、これを書いたときのまま、父を正直者だと思い込んでたから」

門柱の外まで、崎村さんはわたしたちを送ってくれた。

陽の当たる庭の隅には倉庫があった。ペンキが新しいので、昔と同じものなのかどうかはわからない。倉庫の前には、軽トラックと乗用車が並べて停められている。

そのときになってわたしは、リュックサックの中に一眼レフカメラを入れてきたことを思い出した。取り出してお母さんに渡すと、あ、と崎村さんが口をあけた。

「すみません……返しそびれてしまって」

お母さんがカメラを崎村さんに差し出す様子は、本当に申し訳なさそうだった。無理もない。崎村さんは、このカメラをお母さんが持ち逃げしたみたいに思っていただろうから。

「いえいえ、記念に差し上げたつもりでいたんですよ」

本気だろうか。

この人のことだから、本気かもしれない。

「中に、あのときのフィルムが入ったままになっているんです。現像したいという気持ちもあったんですけど、迷ってしまって」

「三十年近く経ってるから、現像はちょっと無理でしょうね。でも、今度いちおう試してみます」

わたしたちは並んで頭を下げた。崎村さんは、お気をつけて、と言って頭を下げ返した。来た道を歩きはじめ、少し歩いたところで振り返ると、崎村さんはまだ同じところにいた。三人で、また頭を下げ合った。

お母さんと並んでバス停のほうへ歩いた。

「最後まで、崎村さんのお父さん、自分が石を落としたことだけは言わなかったんだね」

「それでよかったんだと思う」

たしかにそうだなとわたしも頷く。

嘘をつきつづけることも、ときには大事だ。

「ねえ、崎村さんのお父さんのこと、どう思う?」

太陽が真っ白に地面を照らしている。

「あの嘘つきおじいさんのこと」

ずいぶん経ってから、お母さんは答えた。

「感謝してる」

「何でよ」

「あーちゃんに会えたから」

道の先に目をやり、お母さんは頬をやわらかく持ち上げていた。その横顔を見ていたら、さっきの変な感覚が思い出された。崎村さんが息子さんのことを言ったとき、自分の胸の中で何かが動いた気がしたけれど——それが何だったのか、わたしはようやくわかった。

崎村さんのお父さんが嘘をつかなければ、そのあともお母さんと崎村さんは仲良くしていたかもしれない。ひょっとしたら結婚していた可能性だってある。そうすると、わたしはいまこの世にいないことになる。わたしだけじゃなくて、さっきの源哉くんも。

わたしだって、お母さんと会えて嬉しい。

それでも、わたしの口からはこんな言葉が出てくる。

「崎村さん、もしお母さんと結婚してたら、けっこう若いうちに奥さん亡くしちゃってたね」

「そうね」

凸凹の道が眩しい。その眩しさが目の奥まで射し込んできて痛い。

お母さんは怒らない。頬はさっきまでと同じように優しく持ち上がっている。

「言わなくてよかったの？」

「何を？」

「自分がもうすぐ死んじゃうって」

駄目かもしれない。もう、駄目かもしれない。

「いいわよ、わざわざそんなこと言わないで」

お母さんは、また笑う。

自分が死んだあとも、わたしたちに元気で笑いながら暮らしてほしいと、お母さんは思っている。だからこうして、自分が死ぬのを、何でもないことみたいにしようとする。

そういうお母さんの気持ちを、わたしはわかる。全部わかる。いつもわかっている。

急に、足が動かなくなる。わたしはまた歩き出そうとするけれど、やっぱり足が持ち上がらない。力を入れても動かない。お母さんも足を止め、こっちを見て首をかしげる。

「あたし思ったんだけどさ、お母さん、人の言うこと信じ過ぎだよ」

鼻の奥に力を込める。そうしないと、ちゃんと声が出ない。

「そうかもしれないわね」

「人の嘘をぜんぶ信じてさ。馬鹿みたい」

「ね。馬鹿みたい」

「もっと、疑ったほうがいいよ」

もう駄目だ。ずっと両手で、力いっぱい、絶対に動かないようにしていたものが、ぐらぐら揺れている。もう駄目だ。

「もっと疑ってよ」

「これからそうするわ」

「疑ってよ!」

ひびが入った場所を突き破るように、声が咽喉を割って飛び出す。

「あたしが言うことだってぜんぶそのまま信じて、怒りもしないで、お母さん馬鹿みたいだよ。もっとちゃんと怒ればいいじゃん。言えばいいじゃん。もっと哀しんでって言えばいいじゃん。自分が死んだら、みんな自分のこと大好きだったんだから、大声で泣いて、学校とか会社とか行けなくなっちゃったり、そんなふうになってって言えばいいじゃん。みんな嘘つきだけど、お母さんだって嘘つきだよ。あたしたちと離れるかもしれないのに、もう会えなくなるかもしれないのに、そんなに笑ってばっかりいて、一番嘘つきだよ！」

顔が冷たくて、手足が冷たくて、どこにも力が入らない。涙も鼻水も止まらない。息が苦しい。そうね、とお母さんが言う。何か言葉を返したいけれど、何を言っても、たぶんもっと泣いてしまう。ひくひく震える胸の中に、目いっぱい息を吸い込んで、わたしは自分がなるべく泣かないような言葉を探す。

「このまま帰りたくない」

「いいわよ。どっか行く？」

「川」

「わたしも。なんとなく」

また、二人で歩きはじめた。耳鳴りが、少しずつ、地面を踏む足音と入れ替わっていく。どうして川へ行きたかったのかはわからない。でも、少しずつきれいになっているという西取川の水を、わたしは自分の両手でさわりたかった。

第二章

口笛鳥

Kuchibue-dori

鏡影館《きょうえいかん》の入り口を抜けると、小柄な女性が出迎えてくれた。

カウンターを回り込んで、にこやかにこちらへ近づいてくる。私より少しばかり年下だろうか。三十代半ばほどの、下瞼《したまぶた》のふくらみが可愛らしい人だ。あのふくらみを涙袋と呼ぶけれど、名前と相違して、持ち主の笑顔を際立たせていることが多い。ひょっとすると、だからこそ涙袋という名前がついたのだろうか。――などと考えているうちに、彼女が目の前までやってきた。

「いらっしゃいませ」

私の言葉を待つ格好で両手を重ねる。

自分から用件を訊ねないのは、この店が扱う写真の特殊性を考えてのことなのかもしれない。言葉の選びかた一つで不快な思いをしてしまう客も、きっといるだろう。あるいは、三十代後半という私の年格好から、用件に見当がつかないのだろうか。

「ちょっと、いいですか？」

私は店内を曖昧に指さして訊いた。

「はいどうぞ、ご自由にご覧になってください」

彼女の横を抜け、正面にある木製棚に沿って歩く。棚にはフォトフレームのサンプルがゆったりとした間を置いて並べられ、それぞれに添えられた説明書きの文字は、視力が低下した客を考慮してか、太く大きく書かれている。

「あの、どなたかの……」

彼女は質問の語尾を濁した。

「あ、いえ違います。といっても、自分が撮ってもらうわけでもないんですが」

「ええ」

「じつは、ここの経営者の知り合いでして」

種明かしでもする気分で言うと、彼女はえっと声を出して驚いた。

「ごめんなさい、いま主人、用事で出かけておりまして」

今度は私が驚いた。

「あ、奥様？」

「はい。いま主人に連絡を――」

慌てて言われ、私も慌てて制した。

「いいです、いいです。いきなり来たんだから」

「じき戻ってくると思うんですけど」

「なら、お店の中を見させてもらいながら、のんびり待ちますよ。差し支えなければ」

気を遣わせては申し訳ないので、私はことさら漫然とした仕草で、棚に沿って歩きはじめた。入り口から見て右側の、深い奥行きのある棚に、フレームに入った老人たちの顔写真がたくさん並んでいる。すべてカラーだが、この手の写真で白黒が一般的でなくなったのは、いつ頃からだったか。

「これ、みんな――」

振り向いて訊ねると、彼女は控えめに頬笑んで頷《うなず》いた。

「ご遺影です」

鏡影館は、全国でも珍しい遺影専門の写真館だ。いつか必要になる自分の遺影を、人はここへ撮りに来る。ときには遠方から、わざわざやってくる客もいると、経営者からの手紙には書かれていた。

「お客さんの自宅だけじゃなくて、お店にもこうやって飾るんですね。いや、飾るとは言わないのかな」

「いえ、ほとんどのお客様は、そうおっしゃいます。飾るって。どこかそぐわない気もしますけど、もともと言い方が決まっているわけでもありませんし」

彼女は私の隣に立ち、店の棚に遺影が並べられている理由《わけ》を話してくれた。ここに来る人々は、それまでの人生の記念写真を、といった気持ちでいることが多く、撮影した何枚かの中からいざ一枚を選ぶというとき、どうしても絞りきれないことが多い。それでもなんとか二択にまで絞るのだが、その二択というのがいちばん難しい。そんなとき、一枚を自宅に、もう一枚をこの店に置くということを提案するのだという。

「もちろん、お元気でいらっしゃるときに、ここに並べるわけではありません。お持ち帰りになられたお写真と同じように、残念ながらお亡くなりになってしまったとき、ご遺族の方にご連絡をいただいて、初めて並べます」

私は棚に向き直り、こちらを見つめるたくさんの顔を眺めた。みんないまは死者なのに、表情がとても活き活きしている。撮影の時点では亡くなっておらず、この写真館にやってくるほど元気なのだから、当たり前のことなのかもしれないが。

腰を屈《かが》めて棚の二段目を見る。

さらに屈めて一番下の段を見る。

死者たちの写真の奥に、私はその二枚を見つけた。木製のシンプルなフレームが、まるでほかのフレームたちで隠されるように、二つ隣り合って置かれている。腕を伸ばし、ほかのものの並びを乱さないよう注意しながら、私はそれらを手前に引き寄せた。

二人の少年の写真だった。

（一）

真鍋《まなべ》カメラ店の商品棚の前で、まめは「あっ」と小さく声を上げた。

開け放たれたガラス戸の向こう、西日に照らされた路地を見る。首を回し、レジ台の後ろに座った店主を見る。路地を見る。店主を見る。店主ははげている。しかし片方の耳の上の髪をわざと伸ばし、頭の上にのせることでそれを隠している。ああして上にのせず下に垂らしたら、ローマ字のPみたいになってしまうのだろうか。路地を見る。店主を見る。店主は手元にある何かを眺めていて、まめの仕草に気づいてくれない。

いや、顔を上げてくれた。

Tシャツの内側で胸がどきどきしている。まめというあだ名は、二年生の時に授業で読んだ『モチモチの木』という絵本に出てきた「豆太」という男の子と、見た目がひどく似ているから付けられた。背が小さくて、おでこが突き出していて、目が大きくて。でも中身は似ていない。自分はあんなに臆病じゃない。アクセントも、もし「め」についたら食べ物の豆と同じで、いかにも弱そうだけど、まめの場合は「ま」につく。

「あの」

意を決して声をかけた。

「ん」

「お金、払ってないと思います」

「……誰が？」

店主は痩せた顔を突き出した。

「いまの人。フイルムの箱、棚から持ってったけど」

まめがガラス戸の向こうを見ると、店主もそちらへ顔を向け、そのまま二秒ほど静止した。そしてガバッと立ち上がろうとしたが、レジ台の裏のどこかに膝をぶつけて唸った。

「どっち行った！」

片膝を手で押さえ、顔を妖怪みたいに歪めながら、店主はぎくしゃくと迫ってくる。

「右の道です」

「どんなやつだ」

「男の人。ワイシャツでした」

いましがた出ていった男の後ろ姿を思い出しながら、まめはできるだけ詳しく説明した。

「ひょろひょろで、首が長いみたいな感じで、髪の毛はなんか別にはげてなくて、短くて、革靴で、背はけっこう高かったです」

店主は口の中で何か聞き取れないことを呟き、尻尾を追いかける犬のように身体を回すと、黄色い西日の中へ飛び出して右に走り去った。

しんとした店内を見渡す。

ほかに客が誰もいないのを確認し、まめは目の前の棚に置かれたコダックのコンパクトカメラを手に取って、Tシャツの腹に押し込んだ。

そのまま店を出た。あたりには人けがない。左斜め前には、バス停の待合小屋。右手を見ると、真っ直ぐな道を走り去っていく店主の後ろ姿がある。思わず自分も駆け出しそうになるのを、ぐっと堪え、まめは反対方向へぶらぶら歩きはじめた。走ってしまったら、もし店主が何かの拍子で振り向いたとき、妙に思われる。ひょっとしたら一瞬で嘘を見破ってしまうかもしれない。まめは一歩一歩、手足の動きを気にしながら歩き、最初の角を右に曲がった。

そして走った。

両手でTシャツの外からカメラを押さえ込み、お腹が痛くなった人がトイレへ急ぐような格好で、菜の花畑の脇に停めておいた自転車を目指す。「犯人」について、店主にはもっとでたらめな見た目を伝えたほうがよかったのかもしれない。ワイシャツを着て、ひょろひょろで首が長く、髪が短くて背が高いあの人は、本当に直前に店を出ていった客だった。いまごろ店主に捕まり、身に憶えのないことを問いただされて面食らっているに違いない。でも、あの男の人が実際に少し前まで店内にいたからこそ、店主はまめの話を信じてくれたのかもしれない。そうだ、これでよかった。

菜の花のむっとしたにおいに包まれながら、盗んだカメラを自転車の前カゴに放り込む。サドルにまたがり、左足の踵《かかと》でスタンドを蹴り払う。ペダルに足をのせ、一気に体重をかけて道の先へとこぎ出そうとしたが、踏み込んだ右のペダルが何故か動かず、スニーカーの底がずるっと後ろに滑った。膝がペダルに激突した。走った直後で口がひらいていたせいで、「はん！」と変な声が出た。どうしてペダルが動かないのか。痛みに歯を食いしばりながら、右足をもう一度ペダルにのせて体重をかけてみる。やはり動かない。左足で地面を蹴っても、自転車はまったく前進せず、足は思い切り滑って後方へと伸びた。まめはフィギュアスケートの選手のような格好になり、全体重を支えるサドルの先端が股間にぐりんと突き刺さったが、苦悶の声は歯のあいだで咄嗟《とっさ》に押し殺した。

背中を丸め、ハンドルを握った両腕に力を込めながら、痛みが過ぎ去ってくれるのを待つ。しかし股間の痛みは急速に身体中へ広がっていく。どうして自転車は動いてくれないのか。呼吸《いき》を止めたまま前輪を見る。何も変なところはない。チェーンを見下ろす。問題ない。後輪を見る。異常なし。首をひねって後輪の上を見る。人間の左腕がある。腕は荷台を摑《つか》んでいる。

「お父さんは、大変なんだ」

全身が真っ白になる気がした。

「客が少なくてな」

迫力のある、ひどくゆっくりとした喋り方。中学生だろうか。高校生だろうか。肉付きのいい四角い顔の下に、首はほとんどなく、肩のあいだから直接頭がはえているようだ。半袖のTシャツは、それを身につけた状態で身体が大きくなったのではないかと思えるほど肌に張りついて食い込み、そうでなければどうやって着たのか見当さえつかない。荷台を摑む腕の太さは、まめの足くらいある。いや胴体くらいある。

「カメラは、ただじゃない」

いまにも殴りかかってきそうな、恐ろしい形相だった。

「かめら……」

「俺、息子。あのカメラ屋の」

左手で荷台を摑んだまま、右手を自分の顎の前あたりに持ってきて、ぐりぐりと五本の指を動かす。肘から先の筋肉が、皮膚の下に別の生き物がいるように、もこもこと動く。

「バス停のとこから見てたんだよ。お前がそれを腹に隠して出てくの」

ここまで逃げてくる途中、背後を確認しておけば、この人に気づいていただろう。気づいていれば、その瞬間に猛ダッシュして自転車までたどり着き、ペダルを踏み込んで逃げ出すことができた。こうして川を越えて上上町《かみあげちょう》まで来たのは、もしカメラを盗ったところを見られてしまっても、自分がどこの誰だかわからないと思ったからだ。下上町《しもあげちょう》の市街地にあるカメラ店だと、父がしょっちゅう出入りしていたし、まめも何度かついていったことがあるので、顔を憶えられている。だから、わざわざ川を越えてきた。捕まりさえしなければ大丈夫だと思った。

しかし、見事に捕まった。

これから、まず自分はあの店へ連れ戻される。そして怒鳴られ、胸ぐらを摑まれ、こんにゃくみたいにゆさぶられ、そのあとで警察に連絡されて、家にももちろん電話される。この時間、母はまだ仕事から帰っていないから、警察は母の会社に連絡を取ろうとするだろう。しかし生命保険会社は、春は忙しい。母は保険のパンフレットや契約書を持って、あちこち走り回っているので、すぐには捕まらない。すると、どうなる。自分はどうなる。

「お前、何年生だ」

座布団サイズの顔がぐっと接近してきた。

「五年生です」

と答えてから、

「……小学校の」

それが何かの言い訳になるというような気持ちで、つけ加えた。しかし相手は分厚い唇を枇杷《びわ》の尻みたいにすぼませて眉根を寄せた。

「小学校以外に、五年生ってないだろ」

住んでいるのはこのへんかと訊かれた。

「いえ……川向こうです」

「下上町」

「はい」

変声期がいまだに来てくれないまめの声と、胸から直接響いてくるような相手の太い声は、たとえば男の人と女の人の声よりも、もっと違うという印象があった。

巨漢はどろんと両目を濁らせて黙り込み、右手を持ち上げた。こちらに差し出された手のひらの角度が中途半端で、上に向いているのか横を向いているのかわからず、いちかばちか自分も右手を差し出してみようかと、まめは思った。ひょっとしたら、握手を求められているのかもしれない。理由はわからないが、互いに手を握り合い、何もかもなかったことにしようというつもりになってくれたのかもしれない。しかし、勇気が出なかった。まめは目を伏せて自転車の前カゴに手を伸ばし、カメラを取って相手に差し出した。どうやら正解だったらしい。巨漢はカメラを受け取ると、顔を近づけ、表を見て、裏を見て、両脇を見た。

「お前、金は？」

「持ってません」

嘘をついた。

「その尻ポケットの財布には、入ってないのか？」

「入ってません」

「ぜんぜん？」

「はい」

こんな嘘が通じるはずがない。持ち歩いている財布にまったくお金が入っていない人なんて、見つけようとしても見つけられないだろう。まめの財布にはいまたぶん、千円くらいは入っている。あるだけ持っていかれてしまうだろうか。

「……じゃあ、もういいよ」

巨漢は太い溜息をついた。

「え」

「行っていい」

本気なのだろうか。いや、本気かどうかなんて関係ない。「行っていい」と言われ、しかも相手の手が荷台から離れているこのチャンスを逃すわけにはいかない。まめは一気にペダルを踏み込んだ。そのまま振り返らず、ハンドルを胸にぐっと引き寄せるようにして頭を突き出し、どんどんスピードを上げていく。顔の横を菜の花畑が流れ、はじめは一つ一つ別々に見えていた花が、だんだんつながってきて、そのうち絵の具で塗ったような黄色い帯になった。畑の切れ目を曲がって一本道に出る。行く手は下り坂で、真っ正面に夕焼けがある。太陽が飴のように溶け、いちばん眩しい光を放っている。ペダルをこぐ足を止め、じーとチェーンの鳴る音を聞きながら、まめは風をまともに受けて坂を下った。Tシャツの胸と脇がばたばた鳴った。

（二）

「いま、廊下で待ってもらってる」

担任の曽根村《そねむら》が、教室の引き戸の外をちらっと見た。そこに、今日から加わる新入りのクラスメイトが立っているらしいが、まめの席からは姿が見えない。

黒板には「佐々原學」と縦書きで綴ってある。さっき曽根村がそれを書きつけたとき、まめは生まれて初めて「學」という字を見た。「まなぶ」と読むらしい。頭でっかちで、なんだかバランスの悪い漢字だと思ったが、もしかしたらそれは文字そのものが持つ形状というよりも、書き方のせいだったのかもしれない。曽根村は途中で二度、手元のメモを確かめ、まるで絵を写すようにして書いていた。

「入ってきなさい」

曽根村に促され、転校生が教室に入ってきた瞬間、まめは全身が凍りついた。

あの巨漢だったのだ。

ほんの数秒まめは、巨漢が何か昨日、自分に言い忘れたことがあったか、立ち去り方が気に食わなかったかして、執念深くここまで追いかけてきたという気になり、尻を浮かして身構えた。しかし、そんなことはあり得ない。

佐々原學《ささはらまなぶ》――あれで自分たちと同じ小学五年生だというのか。

が、こうして離れた場所から見てみると、巨漢はそれほど巨漢ではなかった。昨日は確かにプロレスラーくらいあるように見えたのだが。

隣に立っている曽根村はそれほど上背のあるほうではなく、さらに猫背気味なので、大人の男の人の中では小さく見える。佐々原學の身長はその曽根村と同じくらいしかない。それでももちろん小学五年生にしては馬鹿でかいし、間違いなく背の順では一番後ろになるだろうけれど、プロレスラーというのは大袈裟だった。それにしても、昨日の「真鍋カメラ店」は、店主の苗字が「真鍋」だからああいう店名なのかと思っていたが、どうやら違ったようだ。佐々原さんがやっているカメラ屋が、どうして「真鍋カメラ店」なのだ。紛らわしい。

まめは佐々原學の顔を見た。相手もこちらを見た。目が合った。

佐々原學の口がほんの少し隙間をあけ、味付け海苔のような眉がちょっと持ち上がった。

「佐々原くんはな、お父さんの仕事の都合で引っ越してきたんだ」

曽根村がそう言った瞬間、佐々原學の肩がぴくんと動いた。

「彼のお父さんは、いまほら、そこの西取川《にしとりがわ》で大きな護岸工事をやってるだろう。あの工事現場を手伝うために呼ばれたらしい。建設作業の職人さんなんだ」

「いっ」

まめは思わず首を突き出した。佐々原學は明らかにそれに気づいたくせに、すっと目をそらし、ああなるほど、これが新しいクラスメイトたちかという顔で教室を見渡した。

（三）

「……おい」

一時間目の国語の授業が終わると、まめは佐々原學の机まで行き、相手の四角い顔を睨みつけた。

「うん？」

これのどこが怖かったのだろう。昨日の自分が嘘のようだ。こんなの、ただのでかぶつで、動きものろそうだし、度胸もぜんぜんなさそうだ。

この学校での最初の休み時間を、佐々原學は曽根村が用意した一番後ろの席に座ったまま、鼻くそをほじって過ごしていた。そのほじり方も、まめたちが普通にやるように、指を直接突っ込むのではなく、人差し指をティッシュペーパーでくるんで鼻の穴に入れている。でかい図体をして女みたいなことをするやつだ。こいつに校庭を走らせたら、足は内股で、腕も内股というか、胸の前で手首をそらせる、女がやるような走り方をしてみせるに違いない。ボールを投げるときも女投げに決まってる。

ただし、頭はなかなかいいらしい。

昨日は完全に一本取られた。

「俺のカメラ、返せよ」

まめはわざと顔を少し上に向け、相手を睨み下ろして言った。

佐々原學はティッシュペーパーで包んだ人差し指を鼻の穴から抜き出しつつ、抜き出した部分が人に見えないよう残りのティッシュペーパーで上手いこと隠して、そのまま丸めた。

「べつに、お前のじゃないだろ」

ひどくゆっくりとしたこの喋り方も、昨日は迫力を感じさせたのに、いまは単にまのびして聞こえるだけだった。

「お前のでもないだろうよ。返せよ。俺がとってきたんだから」

「万引きは犯罪だ」

「かつあげだって犯罪だろ」

佐々原學は不思議そうに目を上げた。

「かつあげなんてしてないぞ」

「まあ、してないけど、だって嘘ついて、人のこと騙して、ものを取り上げて——あれだろ、何だっけあの——あ、詐欺だ。俺からカメラを取り上げただけでも詐欺なのに、お前、昨日もし俺がお金持ってるって言ったら、どうするつもりだったんだ？　カメラ取り上げて、お金も取り上げて、二倍得しようとしてたんじゃないのか？」

「してないよ。それに、二倍じゃないだろ」

「何で」

「だって……」

生真面目な顔になり、見えない何かを空中で並べ直すような仕草をしばらくつづけてから、佐々原學はまめに向き直った。

「ああそうか、二倍か」

「まあ、そんなにお金持ってなかったけどさ。千円くらいしか」

「じゃ、やっぱし二倍じゃないだろ」

面倒になってきた。

「とにかく、カメラ返せよ。返さなくても、この際もう、いっしょに使うのでもいいから」

「いいのか？」

「なんか俺も、どっちがあれだかわかんなくなったし」

「そうか」

佐々原學は宙を見つめながらのろのろと頷いていたが、急に思い出したように訊いた。

「名前、何て言ったっけ」

「まだ言ってないよ。あだ名でいい？」

「どっちでも」

「じゃあ、まめ」

標準語の「雨」とか「亀」のイントネーションで教えた。

「まめじゃなくて？」

佐々原學は食べ物の「豆」と同じ発音で訊き返した。

「そう、まめ。意味は今度教える」

「べつに意味わかんなくても呼べるからいいよ。本名は？」

「何で」

「知らなきゃ不便だろ」

「茂下駄《もげた》。しげるっていう字に、はく下駄。名前は昴《すばる》」

佐々原學は、眉根を寄せて申し訳なさそうな顔をした。

「憶えにくいから、やっぱりあだ名でいいか？」

「だから、いいって。そっちは前の学校であだ名とかあったのか？」

「でっかち」

「頭でっかち？」

「違う。でっかち」

「頭は？」

「いらない。もともと頭でっかちだったんだけど、あとから身体もでかくなったから、ただのでっかちになった」

（四）

「真下にいるやつは、点数が低いんだ。遠ければ遠いほど点数が高くなる」

西取川が海につながる直前に、二の橋という名前の、長さ五十メートルほどの橋がかかっている。

「低いって、何点？」

カブトムシ大の石を右手に握り、でっかちは橋から水面を見下ろして訊き返した。まめも隣で、同じくらいの大きさの石を手に、欄干に腕をのせて下を見ていた。このへんの小学生がみんなやっている、くらげパチンコのやり方を、でっかちに教えているところだった。二人とも、集めてきた石でジーンズのポケットが右も左もぱんぱんにふくらみ、でっかちは壺のようで、まめは水差しみたいだった。

「べつに決まってない。いつも適当にやってるから」

点数のつけ方にきちんとしたルールをつくっていないことを、もしかしたら馬鹿にされるのではないかと心配になり、まめはチラッとでっかちを見た。でっかちは鼻の下を伸ばして川を見下ろし、驚くほど何も考えていない顔をしていた。

「くらげ、いっぱいいるだろ。夏が近づいて来ると、いきなり出てくるんだ。海から来るのかな」

でっかちは答えず、右手の三本指で石をつまんで鼻先に持っていく。

「いいか？　やってみて」

「いいよ。最初はちょっと難しいと思うけど、どうしてもあれだったら、あとでコツ教えるから」

「うん」

　ふいと眉を上げ、ほんの二秒ほど静止してから、でっかちはぱっと指を放した。石は真っ直ぐに水面へ向かって落ちていき、そこに浮かんでいたくらげのど真ん中に命中した。くらげはしゅううぅぅと溶けるようにして水底に向かって消えていく。

「……いまの、狙ったくらげ？」

「そう」

　水面には丸くて白いくらげがまばらに漂っている。みんな〇の中に☆があり、いかにも的《まと》に見える。橋の高さはかなりあるので、このくらげパチンコは、簡単そうに見えてじつはけっこう難しい。くらげに石を当てることまではできても、いまのようにきれいに沈ませるには、ぴったり☆の真ん中に命中させないといけないのだ。端のほうに当ててしまうと、くらげはひしゃげて、しばらく丸いかたちに戻ってくれず、石の大きさや当たり具合によっては身体が千切れてしまう。

「なかなかいいじゃん、でっかち」

　自分の頭よりも高い位置にあるでっかちの肩を、ぱしんとやった。まだまだ俺の域には達していないけどな、というニュアンスを込めた称賛だった。しかし実のところ、あそこまできれいにくらげを沈めた経験は、まめには数えるほどしかない。

「これは、二人で順番にやるものなのか？」

「それもべつに決まってない。やりたいやつがやるんだ」

「まめ、やっていいぞ」

「そうだな。じゃあ俺はあっちの、点数高いやつ狙おうかな。遠くにいるやつ」

視線を伸ばし、海のほうを見る。そちらにも、くらげたちが漂っている。中の一匹に的を絞った顔をして、まめは石を放《ほう》った。しかし本当は、特定のくらげに狙いを定めてはいなかった。こうして遠くのくらげを狙うとき、きちんと的を絞って石を投げ、成功したためしが一度もないからだ。これまで一度もなかったものが、いま急に成功するはずがない。ならば、むしろ狙わずに投げたほうが、まぐれで成功してくれるのではないかという算段だった。しかし石はくらげの群れがちょうど途切れているあたりに、ただ消えた。まめは首をひねって右肩を回しながら、口の中で「……てるんだよなあ」というような言葉を適当に呟いた。

「調子、悪いのか？」

でっかちが唇をすぼめる。

「ああ、ちょっと。なんか腕があれしててさ」

「あんまり無理するなよ」

「気をつけてはいる。なあ、点数高いやつ、お前もやってみろよ」

「あれかあ……」

遠いなあと、でっかちは急に弱々しく眉を垂らした。尻をひねって右ポケットの中から石を一つ取り、親指と人差し指と中指で握り込むと、左右から人や自転車が来ていないかを確かめつつ、欄干から少し離れる。でっかちが豪快なフォームで石を放ち、その石がほとんど弧も描かずに風を切って飛び、突き刺さるように水面を通過して、くらげのど真ん中に命中するところを、まめは見たいような見たくないような気分だったが、そんな複雑な思いは無意味だった。でっかちは左足を不器用に持ち上げ、腰をほとんどひねらないで、肘は外へ開かず内側に引きつけるようにして、まるで操り人形のようなぎこちないフォームで石を投げた。まるで、いま生まれて初めてものを投げたという格好だった。石はくらげの群れに届きもせず、中途半端なところに着水して消えた。

女投げだ。――まめは心の中で声を上げた。胸のどこかが、ぱかっとひらいた。こいつとは仲良くなれる。そんな予感が胸にこみ上げ、相手に対する思いやりの気持ちが口から言葉を押し出した。

「惜しいな！」

「……そうか？」

それからは、二人で橋の下のくらげを狙った。石を真下に落とすのは、やっぱりでっかちのほうが上手かったが、まめは気にならなかった。ときどき、まめもでっかちも遠くのくらげに石を投げた。まめの石は当たらず、しかし一回だけはくらげの身体をかすめ、でっかちはやはり女投げで、一つもくらげの群れに届かなかった。

「このへん、いろいろ釣れるんだぜ。こんど釣り方教えてやるよ」

欄干から並んで顔を突き出し、まばらなタイミングで石を落としながら喋った。風が吹くと二人の胸で名札が揺れたが、シャツがきついせいなのか、でっかちのほうは揺れかたが小さかった。ときどきカモメがすぐ近くまでやってきて、洗濯物がはためくような羽ばたきの音を聞かせた。そのたび、でっかちは驚いた顔でそちらを見た。

「どんな魚がいるんだ？」

「ボラ、スズキ、ハゼ、フナ、フグかな。フグは普通のクサフグのほかに、サザナミフグっていって、胸んとこに波線《なみせん》が入ってるやつもいる。お前、自分の釣り竿持ってる？」

「持ってない」

「つくってやるよ」

「つくれるのか？」

「簡単。テグスと針はうちにあるから、こんど竹を探しに行こう」

「悪いな」

「ここほら、海の水と川の水が合わさってるだろ、だからいろんな魚が釣れるんだ。魚だけじゃなくて、運がいいと、岩にカキがくっついてることもある。手で剝がしてさ、地面に置いて岩で叩いて、じゃっと水で洗って食べるんだ」

大人がやっているのを一度見たことがあるだけだが、言ってみた。

「カキ以外にも、いろいろ貝が獲れるぜ。巻き貝がたくさん。でもそっちはみんな、茹でたり焼いたりしないと食えない」

「いいな、それ」

口がなかなか止まってくれなかった。

「なあこの川、西取川っていうだろ。その西って、ほんとは東西南北の西じゃないんだって。巻き貝のことを昔はニシって呼んでたんだって。たとえばタニシとかは田んぼのニシだろ、だからタニシ。この川は巻き貝がたくさん獲れて、だからニシをとる川っていう意味でニシトリ川って名前がついて、そのニシがいつのまにか東西南北の西に変わったんだってさ。いまは巻き貝なんかより、鮎が有名だけどな。火振《ひぶ》り漁っていって、松明《たいまつ》の火で鮎をおどかして網に追い込むんだ。七月の頭から秋までやってる。もう少し上流のほうだけど」

「まめは何でも知ってるな」

川下のほうから、マシンガンのような掘削機の音が聞こえてくる。揃いのヘルメットに揃いのつなぎを身につけた大人たちが、たくさん働いている。護岸の整備工事がはじまったのは一年前、まめが四年生になった春のことだ。ぜんぶで二年間くらいかけて、この橋から下流の両岸に、コンクリートの壁やフェンスが整備されることになっているらしい。護岸が整備されることになったきっかけは、二年前に起きた水難事故だ。それまで水難事故の話なんて聞いたこともなかったのに、その年は西取川で二人が事故に遭い、どちらも死んだ。一人は小学生の男の子だが、別の学校なので、よくわからない。もう一人は大人で、まめのよく知っている人だった。

「でっかちのお父さんが働いてるのって、あそこの工事現場？」

「そう。あの中にいるのかな。みんな同じ格好だからわからないな、これだけ離れちゃうと」

「そんなもん？」

訊くと、でっかちは尋ね返すように顔を向けた。

まめは工事現場を眺めたまま、別のことを訊いた。

「でっかち、引っ越してくる前はどこに住んでたんだ？」

「けっこう遠く。車で三時間くらい」

「ここより田舎？」

「田舎。だからお父さんの仕事が減って、アパートの家賃が払えなくなってな。ここの護岸工事やってる、中江間《なかえま》建設って会社の社長さんが、お父さんの高校生の頃の先輩で、助けてやるみたいな感じで声かけてくれたんだ」

「でもあの護岸工事って二年くらいで終わるんだろ。二年経ったらどうなるんだ？」

「わからない。また引っ越すのかな」

すぐ背後でクラクションの音が鳴り響いたので、まめは欄干にすがりつくようにして振り返った。でっかちはそれほど慌てず、ぼんやりと首を回して後ろを見る。乾いた土をあちこちに白くこびりつかせたトラックが、迫力満点に、縁石ぎりぎりまで車体を寄せていた。エンジン音が腹にずんずん響き、熱で顔があつくなる。トラックは右手の上上町からやってきて、左手の下上町のほうへ頭を向けていたので、運転席は奥側にあった。位置が高くて、ハンドルを握っている人の顔は見えない。

と思ったら助手席側の窓が、く、く、と下ろされ、日に灼けた顔がそこから突き出された。窓を下ろすハンドルを、運転席のほうから身を乗り出して回したらしい。

「友達できたんかあ」

どこのものかわからない訛りとともに笑ったのは、真っ黒な髪を短く刈り込んだ、木を粗く彫ってつくったような顔の男の人だった。額がせまく、余計な肉がどこにもついておらず、肌は汗に濡れて、目尻には皺《しわ》がたくさん刻まれている。

「うん、できた」

でっかちが答えた。

「そっかあ、大したもんだ。いろいろ教えてやってなあ」

途中からまめの顔を見て、男の人は言い、サイドミラーに目をやった。

「――あれ、車来ちまった。したら學、あとで」

「うん」

片手を挙げながら男の人は運転席に戻り、エンジンがぶわーんと唸った。車体をひと揺れさせ、トラックは遠ざかっていく。

「——お父さん？」

「そう」

「格好いいな」

「うん」

あまりに素直に答えられ、まめは思わず相手の顔を見た。

「……何？」

でっかちは不思議そうに見返してくる。

まめは首を横に振り、トラックの走り去ったほうへ、もう一度目をやった。

「ここ、一通なんだよな」

「いっつうって？」

「一方通行。車が、どっちかからどっちかにしか行けない道のこと」

この橋を渡る車はみんな、上上町から下上町へと向かってくる。歩きや自転車ならもちろんどちら側にも行けるし、バイクもたまに歩道を逆走していくけれど、車は向こうからこっちにしか渡れないのだと、まめは説明した。

「でも、そしたら下上町に車がたまっちゃわないか？」

「いや、ほらあそこ、上流にもう一本の橋があるだろ。あれが逆の一通なんだ。下上町から上上町に行くときは、あそこを渡る」

それが「一の橋」で、いま二人がいるのは「二の橋」だと、まめは教えた。

上上町に用事があるとき、まめはいまいるこの二の橋を行き来することがほとんどで、一の橋は滅多に渡らない。上上町の小学生と行き合うことが多いからだ。向こうは向こうで、下上町の小学生に会いたくないから一の橋を使っているのかもしれない。

「でっかち、まだ石ある？」

「あと一個」

「俺も」

ポケットに残った最後の石を、まめは遠くのくらげの群れに向かって投げたけれど、当たらなかった。でっかちは石を欄干の真下に落とし、くらげが一匹、しゅううぅと水底に消えた。

「じゃ、帰るか。でっかちの家、どっち？」

「この橋戻って、右」

「俺は左。こんど遊びに行っていい？」

「いいよ」

「明日は？」

「いいよ」

橋を戻って左右に別れるとき、誰かといっしょにくらげパチンコをやったのが、じつは初めてだったことを、でっかちに打ち明けてしまいたいという衝動にかられたが、やっと堪えて家路を歩いた。アパートへつづく路地に入ると、でっかちの女投げをこっそり真似してみた。胸の中で何かの開始を報せる花火が鳴っている気がした。

(五)

翌日、でっかちが暮らす借家の玄関で母親をひと目見た瞬間、ああなるほどと思った。横幅のある胴体に、がっしりとした手足。まるで、でっかちの顔だけをすげ替えたような——いや、ただ髪の毛を伸ばしただけというような風貌だった。本来は、でっかちが母親に似ているというべきなのだろうけど、どちらかというと母親がでっかちに生き写しという印象だった。

「學あんた、お友達を連れてくるんならくるって言えばいいじゃないの。うちいま段ボールこんなにあって恥ずかしいでしょうが。お母さんもう行かなきゃならないし。あ、いいのよ気にしないで。お名前は？」

まめ、とでっかちが先に答えた。

「食べる豆じゃなくて、まめ」

「まめくんね。え、まめ？　それでいいの？」

いいですとまめは頷いた。

「あらそ。クラスは？」

でっ、と言いかけて引っ込めた。

「學くんと同じです」

「學くん？　あんたでっかちじゃなくなったの？」

「でっかちだよ。いまのは、まめが気を遣ったんだ」

母親はハッと吼《ほ》えるように笑い、ひどく小さく見えるハンドバッグの中をせわしなく掻き回して、忘れ物がないか確認しながら言った。

「そんなもう、まめくんあんた、気ぃなんて遣うことないんだよ。この子は昔からずっとでっかちなんだから。じゃ、お母さん行ってくるからね。トモエさんにお菓子かなんか出してもらいなさい」

三和土《たたき》の端に寄ったまめとでっかちの前を、母親はずんずん進んで玄関のドアを出ていった。

「上がれよ」

でかい靴を脱ぎ、でっかちが薄暗い廊下へ入っていく。

廊下には引っ越しの荷物らしい段ボール箱がたくさん置かれていた。それらをよけながら、二人で奥へ向かう。真ん中に置かれた大きな箱を、でっかちは何かぶつぶつ言いながら片手で脇へ寄せた。後ろで、まめがその段ボール箱を押してみると、びくともしなかった。

「おばさん、どこ行ったんだ？」

「パート。さっき通ったスーパー、やせい屋？」

「やよい屋」

「弥生屋《やよいや》か。あそこでレジのパート募集してて、昨日訊きに行ったら、すぐに使ってくれることになったんだって。前の町でもレジのパートやってたからだと思うけど」

廊下の床板は、でっかちが踏んだところが大きくたわんだ。しかしそれは体重によるものだけではなく、まめが踏んだときも少したわんだ。

「あのさ」

急にでっかちが立ち止まり、片足ずつ交互に体重をのせて、身体をこちらに向ける。

「佐伯《さえき》って、どんなやつ？」

近くに立っていたので、まめは胸をそらして相手の顔を見ることになった。

「何で？」

「いや、なんか……俺のこと気に入らないみたいだから」

でっかちは出席番号順で佐伯のつぎになり、そういえば今日の理科の時間などでは二人は同じ班で電磁石の実験をしていた。

「何か言われたのか？」

「べつに。ただ、そう思っただけ」

「悔しいんだろ」

「何が？」

「いままであいつが一番でかかったから」

佐伯はクラスで最も体格がよく、背の順では一番後ろだが、それも昨日までのことだ。でっかちがいるいま、身体測定を待つまでもなく、佐伯は後ろから二番目だった。ちょっと前まで佐伯の身体は縦にも横にも広く、厚みもたっぷりあるというイメージだったのに、いまではでっかちを少し小ぶりにしたというイメージに変わっていた。

「でかいのなんて、いいこと何もないのにな」

でっかちは心底不思議そうに首をひねる。

「あいつはいつも偉そうにしてるから俺も嫌いだし、ほとんど口利かないし、ほっとけばいいよ」

でっかちは曖昧に頷きながら身体を反転させて前を向き、ひらきっ放しになっている左奥の部屋に入っていく。中からはテレビの笑い声と、本物の笑い声がどちらも聞こえていた。入ってみると、栗色の長い髪をまっすぐ顔の左右に垂らした女の人が、座卓に片肘をのせてもたれかかりながら、畳に直接置かれたテレビを見ていた。テレビは型が古く、チャンネルはまめの家と同じ〝がちゃがちゃ回し〟だ。

「どすと、うけるわあ」

テレビでは、どストレート佐藤がマイクスタンドの前に立って観客を笑わせていた。最近人気で、教室でもよく真似される、二十代半ばくらいのコメディアンだ。

「ただいま」

というでっかちの声と同時に、どストレート佐藤が何か言い、女の人はアハハッと笑ってロングスカートの右足を跳ね上げた。その足を左足の上にクロスさせて落とし、どんと踵が畳を打つ。スカートの裾から出た白い足は、十個の指先が丁寧に赤く塗られていた。

「言いすぎ、言いすぎ、怒られるっての。っと面白いわあ。なに友達来たの？」

テレビに顔を向けたまま訊く。

「そう、まめ。食べる豆じゃなくて、まめ」

「まめ、うける」

ぱちんと顔の前で手を叩き、女の人はこちらに向き直ったが、すぐに笑いを引っ込めて真顔になった。

「學、あんた友達のこと失礼な名前で呼ぶんじゃないよ」

「いや俺――」

「あ、違います」

小柄だから「まめ」なのだと、よく勘違いされるが、そうではないのだ。べつに自分は馬鹿にされてこのあだ名をつけられているわけじゃない。

「『モチモチの木』の豆太のまめです。似てるから」

「なに『モチモチの木』って」

「絵本です」

「へえ、あたし知らない」

どんな絵本か訊いてくるかと思ったら、彼女は欠伸《あくび》をし、口にぽんぽんと二回手をあてて、そのままテレビに顔を戻してしまった。

「トモエさん、お菓子かなんか……」

「あ、食べる食べる」

「……探してみる」

でっかちはまめのほうを見て、座卓の一方を手で示した。ちょうどトモエさんの向かい側だった。まめはそこに腰を下ろし、そっと相手を見た。いったい誰なのだろう。母親もでっかちも、「さん」づけで呼んでいたが。

でっかちは大きな身体を無理に曲げて座卓の下を覗《のぞ》いたり、茶箪笥《ちゃだんす》のガラスごしに中を確認したりしていたが、やがて台所へ向かった。冷蔵庫のドアが開閉する音が聞こえ、テレビでは歓声と拍手が起き、どストレート佐藤が退場していった。かわって、ずっと年配の二人組が現れると、トモエさんは足でテレビのスイッチを切った。そのまま上体をこちらへ向けて右手を伸ばし、いきなりまめの頭にすこんと手刀を振り下ろす。

「まめ」

「……はい」

「よく来たな」

「でもなんか、段ボールとかまだあって、かえって迷惑だったみたいで——」

「片付けなんて、いつまで経っても終わらないもんだよ。何かを片付けたって、またすぐに片付けなきゃならない新しいものが出てくるんだから」

意味深いようで別にそうでもないことを言い、トモエさんは肘で座卓に寄りかかった。

「あたしトモエ。學の父親の妹」

「じゃあ、おば——」

「學の父親の妹。兄貴はもうすぐ四十だけど、あたし十歳離れてるからまだ二十九。よろしく。トモエはこういう字ね」

トモエさんはまめの左手を引っ張り、つるつるした指先で掌に「智絵」と書いた。にっと笑い、反応を確かめるように目を上げたので、まめは急いで手を引っ込めた。トモエさんの右の頬には薄いホクロがあった。

「ここに、いっしょに、あれですか」

「あれです。いっしょに住んでいるんです」

智絵さんはカカカッと爪の先で天板を鳴らし、また肘で座卓にもたれかかる。

「もともと前の町で兄貴と二人で住んでてさ、兄貴が結婚したから出ていこうと思ったんだけど、いていいって言うもんだから出ていかなくて、こっちに引っ越すっていうときもそのままついてきちゃった」

一回聞いてぱっと理解できないことを、智絵さんは早口で言った。それにしても、大人の引っ越しというのはそんな気軽な感じなのか。

「お酒出す店で働きたいんだけどさ、意外とこのへんになくて——ねえ、學！　兄貴が買ってきたナンゴエリがまだあったんじゃないの？　あれ出しなよ」

「うん、いま探してるんだけど、どこにあるのかな」

「冷蔵庫の横のワゴンに焼き海苔の缶があるでしょ、筒のやつ。その後ろ。袋に入ってるじゃんかよ、洗濯ばさみでとめて」

「あ。あった」

「どのくらい残ってる？」

「中くらい」

智絵さんは「ったく」と苦笑まじりに呟く。

「まめ、あんたナンゴエリどのくらい食べる？」

「あ、普通で」

それが何だか知らなかった。

「普通って？」

「お皿に一杯くらいとか」

「どのくらいのお皿よ？」

「……魚とか載せるやつで」

えっと智絵さんは驚いた顔をした。

「あんた、いつもそんなおっきいお皿に一杯ナンゴエリ食べるの？　でも助かるわあ。あたしじつはあれ子供の頃から苦手でさあ、兄貴が好きで買ってくるんだけど、家の中に存在してるだけで嫌なんだよね」

その後まめは、生まれて初めて口にするナンゴエリを皿一杯分、助かる助かると智絵さんに感謝されながら必死に咽喉《のど》の奥へ詰め込んだ。詰め込みながら、智絵さんとでっかちの父親がもともと山形県の出身であり、そこではナンゴの佃煮をナンゴエリと呼ぶこと、その語源は「ナンゴ」を「煎《い》る」からで、「ナンゴ」は「イナゴ」のことだと教えてもらった。

それから三人でしばらくテレビを見て、日が暮れそうになったので玄関を出た。小石を蹴りながら家に帰り、夜はなんとなく智絵さんの指の感触を思い出しながら眠り、夢の中でイナゴになった。全身がべとべとで跳べず、もがいているうちに巨大なイナゴがやってきて、煮卵のような眼でまめを見下ろした。

（六）

「いまの、いいね」

まめが言うと、でっかちは困った顔をした。

「こうか？」

「そうそれ」

「もうちょっと自然なほうがよくないか？」

でっかちは河原の岩に片足をのせ、胸の前で腕を組んでいる。

「いいんだよ、そのくらいかっこつけたほうが」

まめはカメラのシャッターを切った。

「映画のほら、ポスターに載ってる写真とかで、そういうポーズしてるやつあるだろ」

「うん、わかる」

「あの感じでいこう」

つづけざまに二回、まめはシャッターボタンを押した。

日曜日の昼、西取川の河原だった。一の橋からさらに上《かみ》の、静かな場所だ。晴天つづきで川の流れも遅いので、水音がまったく聞こえない。風もなく、まだ穂を伸ばしていないススキは少しも動かず、ただ真っ直ぐに立ち並んでいた。そのススキの葉にトンボがとまり、たぶん生やしたばかりの羽を、ハの字に傾けてじっとしている。

「まめ、そろそろ交替しよう」

「そうだな」

まめはでっかちにカメラを渡しながら、気になっていたことを訊いてみた。

「あのさ。このカメラ、けっきょくどっちの持ち物ってことになるんだ?」

「どっちのでもいいだろ。二人のものにしておいて、いつかフイルムを買うときも、半分ずつお金出せばいいし」

「ああ、なるほど」

まめは周囲を見渡し、一の橋が遠景に入る格好で立った。

「そっちから撮ってくれ」

場所を指示すると、でっかちは大きな岩をよけながらガニ股で河原を移動した。やがて納得のいくアングルを見つけ、カメラを構えながらうんうん頷いて地面に片膝をつく。

「早くフイルム欲しいよな」

言いながらシャッターを切る。

「うん、欲しいな」

まめは両手を腰にあて、顔を横に向けてポーズをとった。

「なあ、まめ。フイルム入れて、ほんとに写真撮れるようになったら、俺のお父さんの工事現場なんかも撮影しに行かないか？　景色がだんだん変わっていくところとか、たくさん撮っておいたら、あとで見て面白いだろ？」

「でもあんまり撮ると、お金かかるからなあ」

まめはポーズを変えた。両手をポケットに突っ込んでカメラに身体を向け、顔だけ左に曲げてみる。空には雲がちょっと浮かんでいたけれど、そこ以外はペンキを塗ったように青い。

「何でお金かかるんだ？」

「だって、フイルムを写真にするのに、お金かかるじゃんか」

「そうなのか？」

「そうだよ。でっかちお前、ほんとに何も知らないんだな」

一瞬、でっかちの表情が止まった。

その一瞬のあいだに、ここ一週間の出来事がひとかたまりの颪のように、まめの胸を吹き抜けた。

月曜日に転校してきたでっかちが、自分以外の誰かと喋っているのを、まだ一度も見ていない。そのかわり、誰かに笑われているところは何度も見た。国語の時間に教科書を順番に朗読しているとき、でっかちは簡単な漢字を読めずに何度も声が止まり、そのたび曽根村が読み方を教えた。そうしてせっかく教えてもらった読み方なのに、でっかちはすぐに忘れてしまい、二度目に同じ漢字が出てきたときにまた止まった。止まった顔がサザナミフグに似ていると、背の順の最後尾を奪われた佐伯が言った。独り言のようで、わざとみんなに聞かせる声だった。クラスの全員といっしょに、まめもつい笑ってしまい、その顔を、でっかちがチラッと見た。いや、もしかしたらそんな気がしただけかもしれないけれど、あれからその話をしていないのでわからない。給食当番のかっぽう着をでっかちが身につけたときは、大きな枕みたいだと女子の誰かが囁き、今度はまめは笑わなかったが、一人が口を閉じているくらいでは全体の笑い声は変わらなかった。

理科の授業中、でっかちは実験台に置かれていた顕微鏡に肘をぶつけて床に落とした。慌てて拾い上げようとして、手を滑らせ、また落とした。まめはよく見なかったけれど、何かガラスが割れる音がした。あれはプレパラートだったのだろうか。クラスメイトたちはまた笑いかけたが、曽根村がすぐさま大声ででっかちを怒鳴りつけたので、理科室はしんと静まった。実験をはじめる前に、顕微鏡は高価なものだから気をつけて扱うようにと何度も注意されていたのだ。

昨日の休み時間、まめはでっかちに話しかけようとして、席へ向かった。でっかちは例のやり方で、指にティッシュペーパーを巻いて鼻をほじっていて、机の脇を通ろうとした佐伯が、わざとらしく飛び退《すさ》り、ものすごく気持ち悪いものを見たように顔を歪めた。周りの数人が小さく笑った。でっかちは鼻をほじったティッシュペーパーを丸め、ちょっと迷うような顔をしたあと、立ち上がって教室の後ろにあるゴミ箱へ捨てにいった。その歩き方を真似て、佐伯はわざとガニ股になって後ろをついていった。けっきょくまめは話しかけるタイミングを見失い、自分の席に戻った。

「そうか……フイルムを写真にするのに、お金がかかるんだな」

まめは遠くを眺めるポーズをとったまま頷き、相手が言葉をつづけるのを待った。でっかちは何も言わなかった。見ると、何かを考えている様子で黙り込み、けっきょくそのままカメラを構えてシャッターボタンを押す。

「よし、でっかち、今度はもっと自然な感じのやつを撮ってみよう。俺、歩くから」

まめはポケットから手を出し、春の太陽に照らされた河原を歩いた。自然な歩き方ができず、どうしても行進のようになってしまう。河原の石のあいだには、いろんなものが落ちていた。ひび割れて干涸《ひか》らびた洗剤のボトルや、ふくらんで広がった漫画雑誌。大きな岩の脇で見つけたロケット花火の残骸を、まめは拾い上げ、そばに生えていた緑色の変な植物を横に薙《な》ぎ払った。これは何という草なのか、地面から真っ直ぐに生えて並び、葉っぱもなく、細長いアスパラガスみたいに見える。硬そうな茎の表面に縦の皺が走っていて、プラモデルの部品を削るのに使えそうだ。

「いまのいいな」

「そう？」

「もう一回」

今度は下から上に払ってみた。でっかちは片膝を地面につけたまま、頭を低くしたり高くしたりしながら、シャッターボタンを何度か押した。まめはさらに、つづけざまに変な植物を薙ぎ払いながら、でっかちをどうにかして褒めてやりたいという、いままで誰かに対して感じたことのない衝動をおぼえていた。

これまで二度、まめはでっかちをすごいと思った。一度は、くらげパチンコで真下に向かって石を落としたとき。しかし、あの女投げ問題があるので、くらげパチンコについては思い切って褒めづらいし、だいいち橋の上に行かないと褒めることができない。もう一度は、いま使っているこのカメラを自分から首尾よく奪ったとき。いかにも嘘なんてつかなそうな、この見た目のせいもあったのだろうけれど、あれにはまんまと騙された。でっかちには間違いなく嘘の才能がある。人にでたらめを信じさせる力のようなものがある。

切り出し方に迷ったが、けっきょく単刀直入に言ってみた。

「こないだみたいにさ、また嘘ついて騙してみてくれよ」

「こないだって……ああ」

でっかちはくすぐったそうな顔をした。

「カメラのときか。でも騙すって、誰を騙すんだよ」

「とりあえず、俺を」

「何で」

「なんとなく」

褒めたいからとはさすがに言えない。

でっかちはバレーボールが詰まっているようなTシャツの両肩を揺らし、そのうちな、と笑った。

「演技するのって、すごい疲れるから」

ところで、「そのうち」という言葉が示す期間は、状況によってずいぶん違う。たとえばまめの母は、洗面所の鏡に罅《ひび》が入ってしまったのを、「そのうち」直してもらうと言ってから、もう二年くらい経っている。しかし、「そのうち」と言った直後に「そのうち」が来るときもあるのだ。

急に、でっかちが何かを思いついたような顔をした。

カメラを構えていたので、顔はほとんど隠れていたが、それでもわかるくらいだった。

「なあ、まめ。花火大会って行ったことあるか？」

「一回だけ」

あれはまだ幼稚園に通っていた頃、父と母と三人で電車に乗って、遠くの町まで見に行った。行きの空は明るく、なんだかいつもより日暮れが遅い気がして、こんなに明るいままでは花火が見えないのではないかと心配したのを憶えている。父は大丈夫大丈夫と笑ってくれたが、母は違う笑い方をしていて、それがひどく悔しかった。帰りは父の背中で眠ってしまったので憶えていない。

「あれ、花火を上げる人と、音を出す人が、別々にいるんだぞ」

聞いた瞬間、なかなか面白いぞと思った。

「へえ、そうなんだ」

「知らなかったか？」

カメラを下げて眉を上げたでっかちは、ものすごく嬉しそうな目をしていた。

「あれはな、別々なんだ。遠くから見てる人に音が届かないから、お客さんの近くで、わざわざ大きな音を出してる。だから、ずれて聞こえるときがある」

「うっかりタイミングが外れて？」

「そうそう」

「なるほど、それでか」

　言葉が自然に口から出てきた。

「じつは前から不思議だったんだよな、光と音がずれるのが」

「別々の人がやってるから仕方がない」

「うん、仕方がないな。でも、どうやって音を出してるんだろ」

　まめは腕を組んで考えるふりをした。するとでっかちは、大きな太鼓だと言った。

「太鼓かあ。もっと練習すればいいのにな。あ、そうは言っても花火はたくさん打ち上げるから、ぜんぶぴったり合わせるのは難しいか」

「難しいと思う」

　でっかちは真剣な顔で頷いた。

「だって、空に上がって、すぐ爆発するやつもあれば、なかなか爆発しないやつもあるだろ」

「一回爆発してから、また細かくはぜるやつもあるもんな」

　胸が持ち上げられているような、下の前歯がぐらぐらしているような心地よさだった。

でっかちは得意げな目をして笑っている。その表情を自分がつくったのだと思うと、まめは嬉しかった。じっとしていられず、ロケット花火の細い軸を握り直して振り回し、そばにあったススキの葉をパシッと払った。葉には蜘蛛の巣が張られていた。ロケット花火の軸はそれをからめ捕り、巣は細長い束になって空中で弧を描き、あっと思ったときには顔に張りついていた。

「ぶうううう!」

猛烈に頭を振りながら、どこに張りついているのかよくわからない蜘蛛の巣を、両手で無茶苦茶に剝いだ。いくら剝いでもまだ残っている気がした。

「……いまの、撮ったか?」

ようやく顔から糸の感触が消えたとき、まめは上体をこごめて尻を突き出したまま、顔だけで振り向いた。

でっかちは短く考えてから「撮った」と頷いた。

「勘弁してくれよ、かっこ悪いよ」

「こういうのが自然でいいんだよ」

「まあ、そうだけどさ」

花火大会の大太鼓も、カメラのフィルムも、ないとわかっているものを、あると信じてみるのは、ひどく楽しいことだった。その楽しさを味わいながらまめは、もともと自分がカメラをほしがった理由を思い出していた。

父が遺した写真を捲《めく》っていたのは、あのカメラ屋で悪事を働く一週間くらい前のことだ。

宿題で「いままでの自分とこれからの自分」という作文を五枚書かなければならなかったのだが、五枚という前代未聞の長さに圧倒され、座卓に向かって腕を組んでみても、何を書いていいのかさっぱりわからなかった。原稿用紙の予備はなかったので、失敗したからといって大きく書き直すわけにはいかない。最初の一行を、まめはなかなか書き出せなかった。

そこで思い出したのが、二年前の夏まで、父が趣味で撮りつづけていた写真のことだった。

上手いのか下手なのかはわからない。とにかく数はたくさんあった。場所は台所、居間、ベランダ、商店街、西取川、海岸、公園、どこかの野原などいろいろ。景色そのものを撮ったやつもあるが、ほとんどの写真では、それらは背景で、メインで写っているのは犬や蝉や空き缶や桜や人間だった。母もたくさん写っていた。父が写真に凝りはじめたのは結婚してからなので、それほど若い頃の母はいなかった。関西の、母方の祖父母もいた。いまよりももっと老けているように見えて、まめは驚いたが、日付を確認したら五年前だった。太陽が真上から二人に当たっていたせいで、顔の皺が目立ってしまったのかもしれない。酒屋の前にビールケースを並べ、それを椅子にして、笑いながら喋っている男の人たちもいた。縁日でTシャツを着て、鉄板の焼きそばを汗だくでひっくり返している、おじさんみたいな顔のおばさんもいた。でも、いちばん多く写っていたのはまめだった。紅白帽の白をかぶって走っているところ。カメラに向かって鼻をふくらませているところ。食べこぼしのあるシャツを着て眠たそうな顔をしているところ。得意げに自分の耳を指さしているところ。たぶん、いまでもたまにやる、耳を動かす特技を見せていたのだろうけど、写真なので意味がなかった。そのほか、歳をとった感じの猫が、何か細長い、薄茶色でしわしわのものを咥《くわ》えてどこかへ行こうとしている写真もあり、よく見たら咥えているのはたくあんだった。あれはあとで食べたのだろうか。

と、そんな感じだったので、父の写真はあまり作文の役に立たなかった。

けっきょく五枚の原稿用紙は、叱られも褒められもしなそうな文章で埋め、言い訳のように、字だけはなるべくきれいに書いておいた。

作文をランドセルにしまい、冷凍庫のパッキンアイスを半分だけ食べ、母が仕事から帰ってくるまでのあいだ、まめはカメラがほしいと、そればかり考えていた。カメラを持ち歩いて、自分もいろんな写真を撮ってみたいと。

本当は、まめはいまごろ自分のカメラを持っているはずだったのだ。

父は新しいカメラを月賦で買う予定を立てていて、それが手に入ったら、いま使っているやつはまめにくれ、使い方もみんな教えてくれると言っていた。しかしそうなる前の、日曜日の朝、西取川の下流が大雨で氾濫《はんらん》し、その氾濫の様子を撮りに行くと言って父はカメラを持って出かけ、そのまま帰ってこなかった。台所の流し台には、父が食べ残した焼き鮭の皮が載った皿が、それから何日も置きっ放しになっていて、まめはいまだに焼き鮭を食べられないし、母も食卓に出さない。

二日後、父の身体は海の中の、大人の足がつくほどの場所で、捜索隊によって見つけられた。いまでもときおり夢に、父の身体が水中に沈んでいる光景が出てくる。色のないその光景の中で、父の顔にはいつもの眼鏡があるけれど、実際には眼鏡は流されて消えていたらしい。灰色のソラマメみたいな眼鏡ケースは、空っぽのままアパートの仏壇に置いてある。

父は生命保険に入っていなかったし、貯金もそれほどしていなかった。思い出と写真と、茂下駄という、もし早い者勝ちで選べるとしたらかなり最後のほうまで残っていそうな苗字だけを遺し、父はいなくなってしまった。カメラというものがいくらするのかはわからないが、父が月賦で買うと言っていたくらいだから、きっと高いのだろう。母に買ってほしいとは言い出せず、けっきょくまめは、ああして上上町まで自転車を飛ばし、カメラ店に入ったのだ。

あの店の棚には、父が使っていたカメラよりも小さく、手軽そうなものがたくさん売られていた。父がくれると言っていたのは、もっとごつい、湯呑みたいなレンズが前に突き出たやつだった。しかしそれだと、盗んだところで、家に隠しておく場所がない。使い方も難しそうだし、教えてくれる人もいないので、扱える気がしなかった。だからまめは、このコダックの小さいカメラを狙ったのだ。緊張のあまり値段も何も見なかったけれど、いったいいくらするのだろう。こうしてあらためてデザインを見てみると、かなり高級感がある。

でっかちがそばへ来て、地面に向かってカメラを構えた。まめが放り投げたロケット花火の軸から、さっきの蜘蛛の巣が細長く伸び、まるで砂利の上を煙がたなびいているように見える。それにカメラを向けてシャッターボタンを押すでっかちの、首ではないような太い首を眺めながら、まめは、このカメラが首尾よく手に入らなくてよかったと思った。でっかちが騙し取ってくれてよかった。もしあの作戦が成功して、カメラが本当に自分のものになっていたら、なんだか父からカメラを盗んだような気持ちになってしまっていたのではないか。なんとなく、そんな気がした。そして、フィルムの入っていないカメラで、こうしてでっかちとシャッターを押し合って遊ぶこともなかった。

（七）

「でさ、大声で怒鳴ったんだって」

「熊に？」

「そう熊に。そしたらビョンってジャンプして、逃げてったらしい」

「すごいなあ」

でっかちはぽかんと口をあけ、まめの顔をまじまじと見た。そのまま何も言わないのは、話をつづけてくれという合図に違いない。

「でもお父さん、追いかけたんだぞ、走って」

えっと驚いた顔をしてみせ、それからでっかちは納得げに頷いた。

「そうか、さっき、熊に荷物を取られたって言ってたもんな」

「あ、そうそう。うん、そう。荷物を持ったまま熊が逃げたから、追いかけたんだ」

死んだ父の話を、昼休みの終わり際、教室ででっかちに聞かせているのだった。隣の席の女子がいなかったので、その椅子を引っ張り出して座り、まめはでっかちに身体を向け、前のめりになって話していた。

まめの父は小さい頃からワルで、年上の相手にいつもケンカを売っていて、負けたことは一度もなかった。人間相手だけでなく、あるとき趣味の写真を撮りに山へ入り、いきなり現れた熊に荷物を奪われたときも、一対一で戦った。相手は大人の熊だったが、父はそいつと山道で取っ組み合い、しかしさすがに熊の力は人間よりも強く、最後には木の幹に背中を押しつけられて首を嚙まれそうになったが、そのとき咄嗟の判断で怒鳴り声を上げたのだと、まめはでっかちに話した。

本当の父は、熊どころか、台所でゴキブリを見かけただけで寝不足になるような人だった。背も低く、手足も細くてつるっとしていて、小学一年生のころ弥生屋でエシャレットというものを初めて見たとき、いっしょに風呂に入っているときの父の尻を連想したくらいだ。ケンカなんて、ひょっとしたら人生で一度もしなかったのではないか。もっとも、まめもまだしたことはないが。

自分とでっかちがやっていることは、フィルムの入っていないカメラで互いを撮り合うことに似ているのかもしれないと、まめは思った。片方がポーズをとり、片方がシャッターを押す。片方が嘘の話をして、片方がそれを本当のように聞く。昨日、花火と太鼓の話をされたとき、まめが大袈裟に感心してみせたことで、でっかちは嬉しそうな顔をしてくれた。自分もそんな気分を味わってみたいと思った。そして、いまこうして嘘の話を聞かせ、うんうんと興味深げに頷かれてみると、その気分は想像以上に素晴らしかった。

「俺のお父さん、そういう人だったからさ」

「勇気あるよなあ」

この嘘は、さっき給食を食べ終わってからふと思いついたものだが、どうして思いついたのか、理由はわかっている。

格好いいお父さんがいる、でっかちがうらやましかったのだ。

昨日、でっかちとカメラのシャッターを押し合って遊んだあと、釣り竿用の竹を探しているうちに夕方になったので家に帰った。首からゴム紐でぶら下げた鍵で玄関のドアを開け、本棚の前に膝をつき、まめは『モチモチの木』を手に取った。あの話の主人公、豆太は、お祖父さんと二人暮らしをしているが、両親はいったいどうしたのだったか。それを確認してみたくなったのだ。

豆太の母親については、意外にも何も書かれていなかった。父親について書かれた場所を探し、ぱらぱらとページを捲っていたら、すぐに見つかった。豆太の父親は「クマとくみうちして、あたまをブッさかれて死んだほどのキモ助《すけ》だった」らしい。それを読みながらまめは、二の橋の上で会った、でっかちの父親のことを思い出していた。トラックの窓枠ごしにしか見ていないけれど、身体の大きな人だった。白いTシャツから突き出した腕は筋肉がぱんぱんで、こんがり日に灼けて、爪楊枝でつついたらパリッと音がしそうで、顔も粗く削った彫り物みたいで、丸い部分がどこにもなかった。頭には短くて黒い髪が、真っ直ぐぴんと尖って生え、しかもそれはスプレーなどを使ってやったのではなさそうだった。

「お父さん、足が速かったから、熊に追いつけたんだって。普通の人じゃなかなか追いつけないだろうけど」

「うん、追いつけないよなあ」

「それで、熊のこと蹴ったんだ。後ろから、こう」

まめは右足で、そこにあったでっかちの太い左足を蹴った。もちろん本気で蹴ったわけではなく、いわば説明のためのジェスチャーだったが、やろうとした強さよりも、つい強くなってしまった。でっかちは頬を少し持ち上げてまめを見た。

硬い、不安そうな笑顔だった。

「あ、ごめん」

「いいよ。それで、やり返されなかったのか？」

「ああうん、大丈夫だったらしい。熊、お父さんの荷物を放り出して逃げていったって」

「そうかあ……」

と呟いたあと、でっかちは唇をすぼめて寄り目になり、顔のパーツを真ん中に集めたような状態で何かを考えた。なかなか喋らないので、さっきまで消えていた休み時間の賑やかさが、沸くようにして聞こえてきた。誰かが椅子を動かす音がした。

「俺のお父さんもな」

やがてでっかちが、まめの胸のあたりを見て口をひらいた。

「そうやって蹴っ飛ばしてやっつけたことがあるんだぞ」

「熊を？」

「いや、犬」

「犬か」

「そう犬。でも、でかいやつ」

「どのくらい？」

でっかちは何か比較に使えそうなものを探したのだろう、ちらっと周囲に目をやった。しかし適当なものが見つからなかったようで、手のひらを頭のてっぺんにのせた。

「俺くらい」

危なくふき出すところだったのを、やっと堪えた。

「そりゃ、でかいなあ」

「俺、お父さんといっしょに歩いてるとき、その巨大な犬に襲われてさ。お父さんが助けてくれたんだ。でかい犬を蹴っ飛ばして。でももちろん、相手が怪我しないようにやった。思いっきり蹴っても大丈夫なほど、大きいやつじゃなかったし」

話しながら犬のサイズがだんだん小さくなっていくようで面白かった。

「でっかちのお父さん、キック力ありそうだしな」

「そうか、まめは一回会ってるもんな。それでな、お父さんが犬を追い払ったんだけど、そこは河原で、崖みたいになってて、俺はそこから川に落ちたんだ。かなり深い川で、流れも速くて、俺、水にのまれておぼれかけて、でも、お父さんが川に飛び込んで、泳いで助けてくれた」

「おおお」

まめは両目を広げ、顔を称賛の表情でいっぱいにした。

（八）

「来たか、豆」

「まめです」

「まめ。ごめん」

学校帰りにでっかちの家までいっしょに行くと、智絵さんがまた座卓でテレビを見ていた。

「こないだあんたがナンゴエリぜんぶ食べちゃったからさ、あとで兄貴に怒られたよ。兄貴って學の親父ね」

「すいません」

「でもあれだよ、そんなに好きなら、多めに買っといてもらおうか？　あたしは見たくもないんだけど、まめは學の大事な友達だからさ」

「大丈夫です」

先日と同じように、智絵さんは座卓に片肘をのせ、もたれかかるようにしてテレビを眺めている。番組も同じだ。どの曜日にも、この時間にやっているのだろうか。

「あんた、甘いもんとかも食べるの？」

「どちらかというと、そっちのほうが」

「守備範囲広いねえ。學、あれあったじゃん、レイコさんがパート先から持って帰ってきたあの、何だっけ」

また何か気持ちの悪いものが出てくるのではないかと、まめは警戒した。智絵さんはほとんど生えていない片眉を上げて考え、やがてぱちんと手を叩いた。

「ああパイの実」

店で見たことはあるが、まだ食べたことのないお菓子だった。

「持って帰ってきたんじゃなくて、買ってきたんだよ。ちゃんとお金出して」

でっかちが唇を尖らせる。

レイコさんというのは、でっかちの母親の名前らしい。全国のレイコさんがどんな人なのか知らないが、あの人はレイコさんっぽくないなとまめは思った。

「何でもいいから持ってきて。麦茶もね。あたしのはこれに入れてくれればいいから」

智絵さんは空っぽになったマグカップを持ち上げる。マグカップは把手《とって》が取れ、ごつごつした断面のでっぱりだけが二つ残っていた。でっかちはそれを受け取り、のしのし部屋を出ていく。

「これ、どすとが出ないと盛り上がらないんだよなあ。なんか年いった人の喋りって、早口でよくわかんないし。でもあの人、一発屋のにおいがするんだよね。まめ、家族は？」

「あ、お母さんと」

「お父さんは？」

「死んじゃって」

「そっか」

と言ったあと智絵さんは、場合によっては相手を傷つけそうな言葉を口にした。

「うちの兄貴も、學にしてみたら、いるんだかいないんだかわからないよなあ。こっちに越してきてから」

しかし、不思議と嫌な気分はしなかった。変に気にされて話題を慎重に選ばれ、それが相手にとってだんだん億劫《おっくう》になり、最後には無言になられるという経験が何度もあるせいかもしれない。

「何でですか？」

「忙しくて、ぜんぜん休めないんだよ。朝は夜明け前に出て行くし、深夜作業が入るときもあるし、土曜も日曜も現場行ってんだもん。學が寝てるあいだに帰ってきて、寝て、學が起きる前にまた出てったり。學、いつも十一時間くらい寝るからさ」

「そんなに」

「忙しいの」

睡眠時間のことを言ったつもりだったのだが、訂正するほどでもないので適当に頷いた。

「あれぜったい法律違反だね。まあここの仕事の誘いをもらったときに、やるとしたら相当忙しいって話は聞いてたんだけどさ、それでもねえ」

「夏には、遊べる日ができるといいですね」

「何で夏よ？」

この町で生まれ育ったまめには、その質問自体が意外だった。

「だってここ、海水浴場が近いから」

ああ、と智絵さんは鼻に皺を寄せて笑う。

「駄目駄目、學は行きたがるだろうけど、兄貴は行かない。あの人、カナヅチだから」

「そうなんですか」

「ほかのスポーツはたいがい小さい頃から上手で、まあべつにスポーツじゃなくても、何だって上手くこなしちゃう人なんだけど、泳ぐのだけは駄目なの。何でなのかね、あれ。水が怖いとか言うんだよ。前世と関係あったりするのかね」

台所に目をやった。でっかちは流し台に向かい、グラスに麦茶を注いでいる。その大きな背中を眺めながら、まめは思った。でっかちが自分の嘘の中で、父親に「泳いで助けられた」と言ったのは、まめが父親を「熊と取っ組み合いをするような人だった」と言ったのと同じような気持ちからだったのかもしれない。こうであってほしいという思いを、嘘に込めて話したのかもしれない。

その考えは、二人でカメラを持って家を出たあとで確信へと変わった。

西取川の河原を歩きながら、自分は野球チームのエースだったとでっかちが言い出したときは、危ないところだった。笑いのかたまりが咽喉のいちばん上まで一気にこみ上げてきたのを、なんとかねじ伏せた。

「エースかあ……へえ」

頬と口許がどうしてもひくついてしまうので、まめは感心した声を洩らしながら、隣を歩くでっかちの顔が視界に入らないよう、反対側を見た。一度うっかり笑ってしまったら、この嘘も、これからの嘘も、きっと味気ないものになってしまう。

「町のチームでさ、俺が投げると、ぜったい点取られなかったんだぞ」

「何が得意球なんだ？」

「ストレート」

　女投げのフォームから剛速球が繰り出されるところを想像し、まめはぐっと眉を上げて顎に力を込めた。

「ストレートかあ」

「そう、真っ直ぐ投げるやつ。カーブもけっこう曲げられた」

　さらにバッティングも得意だったのだと、でっかちはつけ加えた。

「ホームランたくさん打ったぞ」

「大活躍だな」

「いろいろあって、野球はやめちゃったんだけどな……」

　溜息をつき、目を細めて遠くを見る。

「いろいろかあ……」

　まめも同じほうを見た。ヘリコプターが飛んでいた。

　でっかちはそれ以上何も話を思いつかなかったのか、そのまま言葉を切った。河原の石を踏む足音だけが響き、二人の足音は、こんなに身体の大きさが違うのに、同じに聞こえた。腹の下あたりに感じる疼《うず》きが、くすぐったいようで、しかしだんだん胸のほうへ持ち上がってくると、気持ちよくなった。その気持ちよさに押されて、よく考える前に口から言葉が出た。

「俺は、橋の上から、くらげを三匹いっしょに沈めたことがあるぞ」

「三匹か」

「手に石を三つ握り込んで投げたんだ。あれだぞ、橋の下のやつにじゃないぞ、遠くのやつにだぞ」

「まめ、すごいな」

「夜中にやったから、誰も見てなかったけどな。あ、言ったっけ。夜中にやると、くらげパチンコはもっと面白いんだ。くらげが、みんな青く光ってるから。あのへんにいるの、ちょっと珍しいくらげだから」

喋りながら、まめはその光景を想像してうっとりした。そして、自分の嘘の才能にもうっとりした。

「石を命中させると、電気のスイッチを切ったみたいに、ふっと光が消えるんだ。それがすごく気持ちよくてさ」

（九）

でっかちの、もう一つの顔と呼ぶべきか。

いや、裏の顔と呼ぶべきか。

まめがそれを見たのは、その週半ばの午後だった。

学校からの帰り道、まめとでっかちは並んで歩いていた。行く手をツバメが高速で横切ったり、上空をカモメが追い越していったり、両足が気だるかったり、げっぷが給食のにおいだったり、すべてがいつもと同じだったのだが、その日は一つだけ違っていた。でっかちがほとんど喋らなかったのだ。

今日、自分は学校で一度もでっかちに話しかけなかったが、それが原因かもしれない。話しかけるのが嫌だったわけじゃなく、単に新しい〝嘘の話〟が思いつかなかったのだ。いや、それならばべつに普通の話をすればいいだけのことなのだが、嘘をどんどん考えながら交換していくあの何ともいえない楽しさを経験してしまうと、わざわざでっかちの席まで行ってテレビや授業や漫画本の話をするのはなんだか億劫に思えてしまうのだった。しかし、ぜんぶの休み時間にでっかちを一人きりにしてしまい、悪いことをした。

「そういえば、でっかちの釣り竿にする竹、いいかげん見つけような」

「うん」

「生えてるのを切るとき、ちゃんとノコギリ使わないと、あれ、竹が縦に裂けちゃうんだ。そのとき気づかなくても、釣り竿にしたあとで小さい裂け目に気づくときがあって、そこに手の皮がはさまると痛くてさ」

「うん」

「だからノコギリ持ってかないとな」

「ノコギリ。うん」

まめはでっかちのほうに身体を向け、まめはでっかちのほうに身体を向け、カニのように横歩きしながら言葉をつづけていたが、でっかちはこちらに顔を向けもしなかった。その横顔を眺めていると、全体的な凹凸や、耳のかたちや、もみあげの毛の生え方が、やけにはっきりと見えてきて、前からこんな顔をしていただろうかという気分になった。

ひょっとして、体育の時間にまめが佐伯と仲良く喋っていたのがまずかったのかもしれない。ドッジボールで同じチームになり、最後に二人で内野に残ったのだが、飛んでくるボールからまめが逃げ回っているあいだに佐伯がどんどん相手の内野を減らしてくれ、とうとう最後の一人を仕留めた。チーム全体が歓声を上げ、佐伯がいかにも仲間同士といった顔で「いえー」と手を差し出してきたので、まめはそれをぱちんと叩き、そのあと試合のハイライトを二人で競争のように言い合った。佐伯とあんなふうに口を利いたのは初めてだった。でっかちは敵チームだったが、早い段階で味方が摑みそこなった流れ玉に当たり、外野に出て、そのまま試合終了まで中に戻らなかった。

「なあ、まめ」

二人の家への分かれ道が近づいたとき、でっかちは急に言った。

「嘘の話、していいか？」

何でわざわざ断るのだろう。まめは奇妙に思いながらも頷いた。

「あのな、こんな言い方すると嫌かもしれないけど、もし――」

でっかちはチラッとこちらを見て、また顔を前に戻す。顎が、ぎこちなく強張っている。

「もしまめの父親が生きているとして、その父親が何かの理由で悪いやつらに捕まったら、お前どうする？」

「え、悪いやつらって？」

「たとえば……ええと、なんか悪者。それで、どこかに閉じ込められたら」

「自分のお父さんが？」

「そう」

すぐには答えられなかった。想像するのが難しかったというのもあるが、それ以前に、気になったのだ。

「それ……嘘の話なんだよな？」

「そう言っただろ」

なら、いつもの感じでいいのだろうか。

まめは腕を組んで考えた。

「そうだな。俺のお父さんは熊に勝ったくらいだから、人間に負けることはないだろうけど、もしそんなふうに捕まったら」

先生に相談する。警察を呼ぶ。母親に伝える。……いや。

「助けに行く」

「自分で？」

「そう自分で」

「怖くないか？」

「怖いけど仕方ないだろ」

「闘うのか？」

「まあ、俺はドッジボールのときみたいに逃げ回って、相手をあれするだろうけど、でっかちなら闘えるんじゃないか？　だってほら、でかいから」

「でも、あとで仕返しされるのが怖いだろ」

「そうだな、じゃあ——」

まめは空を見上げて考えた。

そして、カメラ店での一件を思い出した。

「俺がカメラを盗んだときみたいなのはどうだ？」

でっかちは訊ね返すような顔をする。

「あのとき俺、カメラ屋のおじさんに別の人を追いかけさせて、その隙に逃げたんだ。まあ、でっかちに捕まっちゃったけどさ、それまで上手くいってた。先に店を出ていった男の人が、お金払わないでフィルム持っていきましたよって、店のおじさんに嘘ついて、その男の人の特徴を教えて追いかけさせて。だから、仕返しが怖ければ、それと同じような感じでやればいいんだよ。でっかちじゃなくて、別の誰かを追いかけさせる、というか、捜させる」

「どうやって?」

「たとえば、でっかちは覆面をしてお父さんを助け出すだろ。それで、逃げるときに、誰か別の人間の持ち物をわざと落としていく」

「でも俺の場合、体格が憶えやすいから……」

「じゃあ、似たような身体のやつを選べばいいんだよ」

　まめは佐伯をイメージして喋った。

「たとえば誰か、でっかちと似た感じの体格のやつがいるとするだろ。そいつの名札を前もって盗んでおいて、逃げるとき現場に落としとく。すると悪者たちは、でっかちじゃなくて、その名札の持ち主を捜す。それで、見つけてみたら、体格がいっしょで、やっぱりってことになる」

「ああ、なるほど」

でっかちは大きな頭を揺らして頷き、わざわざ身体ごとこちらに向け、まめの顔を見下ろした。

「まめ、やっぱり頭いいな」

「もしほんとにこの作戦実行したら、また学校で話聞かせてくれよ」

「わかった」

「じゃあ明日」

「うん、明日」

二の橋の手前で別れた。なんとなく途中で振り返ると、でっかちの身体がむこうを向くところだった。直前までこちらを振り返っていて、いままた歩きはじめたように見えた。

（十）

一時間後。

まめはアパートの部屋で手枕をして天井を見つめていた。窓の桟のあたりで、じじじじと微かな音が聞こえるのは、蝿が死にかけているのだろうか。ごく小さいが耳障りなその音が、いっそうまめを落ち着かなくさせた。

――父親が何かの理由で悪いやつらに捕まったら、お前どうする？

さっきからずっと、畳から冷たく這い上ってくる不安を感じていた。

――助けに行く。

――自分で？

――そう自分で。

――怖くないか？

――怖いけど仕方ないだろ。

い、い、い、い、い、い。

本当に嘘だったのだろうか。

ごろりと身体を横にしてみると、本棚が目に入った。一番下の段に、捨てられない絵本たちが仕舞ってある。本の奥行きがそれぞれ違うので、背表紙は引っ込んだり飛び出したり、がたがたに並んでいる。いちばん右の一冊は、このまえ抜き出して読んだ『モチモチの木』だ。臆病で泣き虫の豆太。山の中の家で、二人きりで暮らしているお祖父さんが夜中に病気になり、豆太は勇気を振り絞って家を飛び出す。そして麓の医者まで走る。――そんな物語を思い出しているうちに、不安は身体中に染み込んで、まるで冷たい川にでも横たわっているようだった。

やがて、まめは耐えきれなくなった。

畳から跳ね起きて玄関へ向かい、父が打った壁の釘から自転車の鍵をひったくり、ドアを飛び出す。アパートの外廊下を駆けて自転車置き場へ向かい、ロックを外してサドルにまたがり、車通りも確認せず路地へ出てペダルを踏み込む。西取川沿いの道に入り、土手を脇に見ながら自転車を飛ばす。このまま二の橋の入り口を素通りし、上流にある一の橋の手前、弥生屋の角を曲がれば、でっかちの家がある。まめはサドルから浮かせた尻を、ひとこぎごとに左右に振りながら急いだ。

間に合ってくれ、い、い、い——。

焦りが燃料になって下腹《したばら》のあたりで燃えていた。まめは両足を我武者羅《がむしゃら》に動かしてペダルをこいだ。二の橋の脇を突っ切ったとき、一台のトラックがまめを追い越していった。

そのトラックに目をやった瞬間、全身の力が抜けた。

窓を全開にした運転席で、のんびり煙草をふかしながらハンドルを握っていたのは、でっかちの父親だった。まめはペダルをこぐ足を止めてチェーンを空回りさせながら、がくっとうなだれた。身体のどこにも力が入らず、いわばみなぎる脱力といった体《てい》で、じーというチェーンの音を聞いた。

「なんだよ……」

やっぱり嘘だったのだ。思わず舌打ちをしたが、でっかちは最初から「嘘の話」と言っていたのだから、勝手に変なことを想像した自分が悪い。

行く手でトラックがゆっくりと曲がり、一の橋を渡っていく。向こう岸の工事現場に、これから戻るのだろう。道の脇に弥生屋が近づいてくる。その隣に、でっかちの家へとつづく路地が延びている。まめはそちらを一瞥したが、そのまま真っ直ぐに川沿いの道を進んだ。

一の橋の手前でペダルにひとこぎ入れ、身体を倒す。橋を渡っている途中で、たぶん隣町の小学生だろう、同学年くらいの、見たことのないやつらとすれ違った。みんな、顔は前に向けたまま、目だけまめへ向けてきた。橋を渡りきると、工事現場のほうへ自転車をこいだ。もしかしたら、さっきのは見間違いで、トラックを運転していたのはでっかちの父親じゃなかったかもしれないから、念のため確認しておこうと思ったのだ。

たどり着いた工事現場は、金網のフェンスで囲まれていた。ナンゴエリみたいに日焼けした男の人たちが、揃いのヘルメットをかぶってまばらに動いている。フェンスが大きく切れている箇所があり、そこに、さっきのトラックがバックで入っていく。荷台に積んであるのは、ただの砂だろうか。砂なんて運んできてどうするのだろう。フェンスの脇で自転車を停めると、きゅっと鳴ったブレーキ音に、何人かがちらっと目を向けたが、べつに立ち入り禁止の場所ではなかったので、何も言われなかった。

トラックは荷台を三十度くらいまで傾け、中の砂をそっくり地面に落としていく。それにつれて、まわりがもくもくと真っ白になっていく。まめは運転席に目をこらした。

窓から顔を出して荷台のほうを覗き込んでいるのは、やっぱりでっかちの父親だった。

それでもまめは、何かが釈然としなかった。

（十一）

帰る前に、でっかちの家を訪ねた。

来るのは三度目だが、呼び鈴を押すのは初めてだ。

ドアを開けた智絵さんは、額に、あれは何と呼ぶのだろう、クリーム色の、ヘアバンドのタオル版みたいなものをつけて、髪を後ろに流していた。

「おう、まめ」

「こんにちは」

「ごめん、今日、學いないんだよね。なんか友達と集まって——」

そこまで言ってから、智絵さんは急に驚いたようにまめを見た。

「ていうかあんた何でいるの？」

「……はい？」

「遅れちゃうよ。あれ、もしかして學が時間を間違えてた？　びっ、くりパ、ーティ、って何時から？」

まったく意味がわからない。それをわざと表情に出して相手の顔を見返していると、智絵さんは小さく首をかしげて訊いた。

「あれ、どっきりパーティだっけ？　違う、どっきりショー？」

それでもまだ表情を変えずにいるまめを見て、智絵さんは首を真っ直ぐに戻した。

「もしかして……知らない？」

「はい」

「教えられてない」

「はい」

あらあ、と智絵さんは困った顔をする。

「じゃ、別の友達とやってんのか。いや、あいつ〝友達〟って言うもんだからさ、てっきりあんたもいっしょだと思って」

「でっかち、パーティみたいなのに行ったんですか？」

「そう、あたしに仕込み手伝わせて。でも気にすることないよ」

「べつに気にしてません」

気にしていた。

パーティというのは何なのだろう。誰と、どこでやっているのだろう。クラスの誰かといっしょなのだろうか。ひょっとしたら、前の学校の友達がこっちに来て、そいつらと集まることになっていたのかもしれない。帰り道ででっかちが黙りがちだった理由も、これでようやくわかった気がした。父親がどうのこうのと、変なことを言うもんだから、馬鹿みたいに気にして自転車を飛ばしてしまったが、何のことはない、でっかちが無口だったのは、そのパーティについて考えていたか、下手にまめと喋ってパーティのことを口にしてしまうのが心配だったのだろう。

ぽん、と智絵さんがまめの肩に手をのせた。

「大丈夫。あいつの一番の友達はまめ、あんただよ」

「べつに一番じゃなくても」

「べつに一番じゃなくても」

智絵さんは眉を下げて下唇を突き出し、ひどく不満げな顔をつくって繰り返した。何か言い返そうと思ったら、急に顔をじっと見られた。

「なんか今日、あんた白くない？」

自分の頬に手をやってみると、粉っぽい感触がある。さっき工事現場でトラックが巻き上げた砂埃が、汗でくっついてしまったらしい。

「待ってな」

智絵さんは薄暗い廊下の奥に引っ込んだ。台所できゅっと蛇口が鳴り、じゃーっと水の音がする。廊下には相変わらず段ボール箱が置いてある。玄関のすぐそばにも一つあり、ガムテープが剝がされて口があいている。側面にマジックで何か書かれているが、暗くて——ぶっ。

「ほら動かない」

戻ってきた智絵さんが、顔面に濡れタオルを押しつけてきた。そのままごしごしと頰や顎や目のまわりをこする。

「気持ちいいでしょ」

気持ちよかったので、まめはじっとしていた。靴の中で足の指が丸まった。しかしだんだん恥ずかしくなって、顔を拭かれている状態のまま訊いた。

「さっき言ってた、仕込みって何ですか？」

「いや、それがさ」

と言って、智絵さんはタオルを動かす手を止めた。片目を開けて見てみると、すぐそこにある智絵さんの口から、いまにも何かよほど面白いことが出てきそうだったが、出てこなかった。

「教えない」

唇の端から笑いがはみ出している。

「自分で見たほうが絶対面白いもん」

どういうことだろう。なんとなくまめは、でっかちがセーラー服を着て、頰をピンクに塗り、おかっぱのカツラをつけたところを思い浮かべたが、どちらかというとそれは仮装というよりも、でっかちの母親の若い頃だった。

「あいつ、ああいうやりかたで友達を笑わせるとか驚かせるとか、そういうことするやつじゃないから、最初はなんか変だなあなんて思ったんだよね」

智絵さんはまた顔をごしごしやりはじめながら、わざとなのかもしれないが、ヒントらしいことを勝手に喋ってくる。

「けど、まさか學が嘘つくわけないしさ、言われたとおりにやってやったわけ。こんなことして、先生に怒られても知らないよって言ったんだけど、それでもいいって言うから。學が先生に怒られる前に、あたしが兄貴とかレイコさんに怒られちゃうかもしれないけど、まあいずれにしても丸坊主にすれば済んじゃうことだしさ。はい終わり」

ヒントと顔拭きは同時に終了した。

智絵さんはぐっと身を引いてまめの顔を観察し、つぎに鼻先をすぐそばまで近づけてきた。そのまま傍らの壁を探って電灯のスイッチを弾《はじ》く。明るくなった玄関で、入念に拭き残しをチェックする。

「よしオッケー」

吐息が顔にかかった。そっぽを向くと、さっき見た、口のひらいた段ボール箱がそこにあった。明るくなったおかげで、今度はマジックで書かれた側面の文字が読める。

學　野球道具一式

「ああ、昼から廊下の荷物を整理してたんだよね。さすがに邪魔になってきたから」

「でっかちって、え……」

本当に野球をやっていたのか。

しかし〝野球道具一式〟くらい、まめだって持っている。グローブが一つと、C球が一つ。それと、ほとんど使ったことのない、グローブを磨くためのクリームが一缶。

「さっき開けてみたらびっくりしたよ。グローブってカビ生えんのね」

そう言って智絵さんが段ボール箱の中から二本指でつまんで取り出してみせたのは、まめのものよりずいぶん大きなサイズの、白カビが斑点状に繁殖した、ものすごく使い込まれたグローブだった。

「あれ」

まめは思わずグローブを手に取った。

「馬鹿っ、それ中もカビてるっての……ああ、入れちゃったよ」

しかし、まめの左手はグローブの奥まで入らなかった。

「これ、何で右手用なんですか？」

「だってあいつ左利きじゃん」

「え」

でっかちとは席が離れているので、ものを書いているところを見たことがないし、給食の班も違うので、箸やスプーンを持っているところも見ていない。でっかちが手を使って何かしているところを思い出してみたが、最初に浮かんできたのがカメラを構えている姿で、カメラは右利きでも左利きでも持ち方が変わらないから、参考にならなかった。

「あいつ、前に住んでた町の、野球クラブのエースでさ、學が投げると、ぜったい点取られなかったんだよ。真っ直ぐ投げるのって何だっけ、あストレート？　速かったよ、あいつのストレート。どストレート」

あはははははははと智絵さんが勝手に笑っているあいだに、まめはでっかちが披露した女投げを思い出していた。そうか、あれは利き手と逆の手で投げたせいだったのか。しかしどうして、あのくらげパチンコのとき、でっかちはわざわざ右手で投げたのだろう。左手で投げたら一発でくらげに命中させてしまうかもしれないので、まめに悪いと思ったのだろうか。

「どうしよっかな、そのグローブ。カビだらけだけど、捨てちゃうのもなあ」

「でっかち、野球やめたんですか？」

「燃えるゴミでいいのかね、そういうの。グローブとかって、なんか燃やそうとしても燃えなさそうだけど、え何？」

「野球やめたんですか？」

「うん、やめちゃった」

「何で？」

「なんか練習が大変だからとか言ってたけど――」

智絵さんの言葉が急に途切れた。グローブに視線を向けたまま、それがずっと遠くにあるもののように、じっと眺める。まめはそのグローブに手を突っ込んでいたから、なんだか智絵さんのほうが遠くへ行ってしまったような感じがした。

「ほんとは、どうなんだろうね」

言葉のつづきを待つが、何も言わない。

白カビグローブに目を落としながら、まめは自分の胸の中が、もやもやしたものでいっぱいになっていくのを感じていた。それはさっき見たトラックの砂煙のように、大きく広がり、しかしだんだんと薄らいで、向こう側から徐々に何かが出てくる気がするのだった。でっかちが野球をやめた理由についてではない。それを知りたいなら、あとで本人に訊けばいい。砂煙の向こうから浮かんできたのは、そのこととは別の何かだった。

智絵さんはさっき、当たり前のような口調でこう言ったのではなかったか。

――まさか學が嘘つくわけないしさ。

実際、野球クラブのエースだったという話も本当だった。

「ん」

待てよ。

「何？」

「いえ」

ほかの嘘は、どうなのだろう。

たとえば打ち上げ花火の話。あの音は大きな太鼓で鳴らしているのだと、でっかちは真面目な顔で言っていた。もしあれが嘘でなかったとすると。

「まさか」

「何よ」

あれが嘘でないならば、ちょっと信じられない話だけれど、でっかちは本当にそう思っていたということになる。何でそう思っていたかというと、考えられるのは、たとえば誰かが嘘を教え、でっかちがそれを信じて――。

まめは智絵さんの顔を見た。

なんとなく、ぴんときたのだ。

「うん？」

智絵さんはぐっと胸を引いてまめの顔を見返す。

「あの、智絵さん」

「はい何でしょう」

「でっかちに打ち上げ花火の話をしたこととか、あります?」

「どんな?」

「光と音がずれてるのは、どうしてか……とか」

しばらく考えてから智絵さんは、ぱちんと両手を叩き合わせた。

「もしかして太鼓の話?」

やっぱりそうだった。

「でっかち、信じてますよ」

「うっそ!」

ひと声上げるなり、智絵さんはTシャツの胸を震わせてけらけら笑う。

「いや幼稚園だか一年生だかの頃、あいつと兄貴とレイコさんと四人で花火大会に行ったんだよね。そんでそのとき、ほら花火って光と音がずれるじゃない? それが不思議だったみたいで、學が訊いてきたのよ。だからあたし嘘ついたの。べつに騙すとかそういうあれじゃなくて、あいつ人に言われたこと何でも信じちゃうから面白くって」

そのとき、大きな太鼓の話をしたのだという。

「そういえば、そのままにしてたわ。すっかり忘れてた。しっかし、いまだに信じてるとはねえ、うけるわあ」

そう言ってから、智絵さんはまたひとしきり笑う。その笑い声を聞きながらまめは、ようやく納得した。あれは作り話ではなかったのだ。いや、もともとは作り話だったのだが、でっかちにとっては本当のことだったのだ。

思えば、花火の話を聞いたのは、河原でまめがでっかちのことを馬鹿にするような言葉を口にしてしまったあとのことだった。フィルムの現像に金がかかると聞き、でっかちが驚いたので、まめはつい「何も知らないんだな」などと言ってしまった。あれが悔しくて、でっかちは、まめが知らなそうな知識を披露してやろうと、智絵さんから聞いた花火と太鼓の話をしたのではないか。

「なら……」

それなら。

小さい頃、犬に襲われて川に落ちたというでっかちの話はどうだ。

——お父さんが川に飛び込んで、泳いで助けてくれた。

あのときでっかちはそう言っていたが、

——あの人、カナヅチだから。

あとで智絵さんはそう言っていた。

泳げるお父さんと、泳げないお父さん。

どちらも本当だとしたら、答えは単純だ。

その答えを、はたして自分は一度も想像したことがなかっただろうか。どこかのタイミングで気づいていたのではないか。少なくとも、気づきそうになっていたのではないか。でも、なんとなく深く考えてはいけない気がして、誤魔化してきたのではないか。

「智絵さん」

まだ笑いの残っている相手の顔を見つめ、思い切って訊いた。

「でっかちのお父さんって、二人いるんですか?」

智絵さんはすっとまめの目を見返して唇を閉じた。頰から笑いの名残《なごり》が消え、両目がまめに向けられたまま微かに揺れる。

やがて智絵さんは、それまでとほとんど変わらない、しかしほんの少しだけ硬い声で、いるよ、と答えた。

「レイコさん、結婚二回目だからね。こらまめ、人は見かけによらないとか考えてんじゃないよ」

「考えてないです」

「レイコさん、前の旦那さんと別れたあと、學を連れて自分の実家がある町に帰ってさ。こっからだと車で三時間くらいかな。あたしと兄貴も、その町に住んでたんだよ。ど田舎が嫌んなって出てきて、そこで二人で暮らしてたの。まあその町だって相当な田舎だったんだけどさ、とにかく暮らしてたわけ。兄貴は大工やって、あたしはお酒出すお店で働いて」

その町に、二歳のでっかちを連れたレイコさんが引っ越してきて、智絵さんの兄、でっかちのいまの父親と知り合ったのだという。

「でも……へえ、あいつ自分から父親のこと打ち明けたんだ」

智絵さんは頭につけたヘアバンド状のタオルを上へずらした。べつにそれが視界をふさいでいたわけではないのだが、まめをもっとよく見ようというような仕草だった。

「打ち明けられたっていうわけじゃないけど、そんなようなこと言われました」

あそー、と智絵さんは感心したような声を洩らす。

「うちじゃ、その話はまったく出ないっていうか、誰もわざわざしないんだけど、あいつ、友達とは話すんだね。相手がまめだからだったのかな」

「その、でっかちのお母さんが最初に結婚してた人って——」

言いよどむと、智絵さんが先を継いだ。

「まあ、本当のお父さんっていうのも変な言葉だけどさ、そういう言い方はよくするよね。要するに、血がつながってるお父さん。學が二歳のときに別れ別れになったから、あいつは顔とか憶えてないと思うけど」

「その人、上上町でカメラ屋さんをやってます？」

智絵さんはぴんと背筋を伸ばした。

「……何でまめが知ってんの？」

そのまま写真のようにしばらく動かず、目だけをぱちぱち瞬かせる。

「學に聞いたの？　でも學も知らないはずだよ」

ところが知っていたのだ。

どうしてかはわからないが、でっかちは知っていた。

「あいつまさか、兄貴とレイコさんが話してるの聞いたりしたのかな。二人とも學には秘密にしてたはずなのに――」

その気持ちは、なんとなくだが理解できた。そして、でっかちがまめに父親の話をするとき、どちらのことも「お父さん」と呼んだ気持ちも、理解できるのだった。まめだってそうだ。生きていた頃の父も、思い出になってしまった父も、どちらも同じ「お父さん」だ。

「本人は憶えてないとは思うけど、學も、その上上町のカメラ屋さんに二歳まで住んでたんだよね。店の二階が住まいになってて。で、たまたま今回さ、その同じ町でやる仕事を兄貴が紹介されて、お金のあれがあったから、断るわけにもいかないし、働くとなると相当忙しいって話だったから、離れた場所に家を借りることもできないでしょ。兄貴は最初、一人で行くって言ったんだけど、學がそれをどうしても嫌がって、いっしょに暮らしたいって言って、けっきょくみんなで引っ越すことになったんだよね。學とレイコさんと兄貴と、ついでにあたしと。それでも、前の旦那さんと同じ町に住むのはやっぱり何だからっていうことで、アパートは川を挟んでこっち側の下上町に借りて。そっかあ、あいつ知ってんのかあ……」

ようやく、まめは理解した。

いつだって、でっかちは本当のことを言っていたのだ。

互いに嘘をつき合って遊んでいると思っていたのは、まめだけだったのだ。

――あいつ人に言われたこと何でも信じちゃうから。

もしかしたら、まめが話した嘘も、みんな信じてくれていたのではないか。きっとそうだ。嘘をつけないでっかちが、大袈裟に驚いたり、感心したふりをしたりできるはずがない。まめが嘘の話を聞かせたときの、あの驚きや感心も、みんな本当だったのだ。

そもそも、いつから勘違いがはじまったのだろう。それを考えたとき、すぐに思い出したのは、河原でカメラを向け合っていたときのことだった。

――こないだみたいにさ、また嘘ついて騙してみてくれよ。

――こないだって……ああ。

でっかちはきまり悪そうに笑っていた。

――でも騙すって、誰を騙すんだよ。

――とりあえず、俺を。

まめは、でっかちが自分をカメラ屋の息子だと嘘をつき、まんまと自分からカメラを騙し取ったことを言ったつもりだった。しかしでっかちは、そうは思わなかった。嘘なんてついていないのだから当然だ。ではいったいでっかちは何のことを言ったのか。

――演技するのって、すごい疲れるから。

カメラを自転車の前カゴに放り込んで逃げ出そうとしたまめを、でっかちは追いかけて捕まえた。あのときでっかちは、世にも恐ろしい顔でまめを睨みつけ、自分はいまにも暴力をふるうぞという雰囲気を最前面に出していた。まめはそれに怯えてカメラを素直に渡したのだ。でも、本当のでっかちは暴力をふるったりなんてできない。そんなことのできるやつじゃない。自分の外見を利用して相手を怖がらせたこと。それが、でっかちの嘘だった。出会ってからこれまでついた、たった一つの嘘だった。

しかし、そうなると。

――嘘の話、していいか?

あれはいったいどうなる。

――父親が何かの理由で悪いやつらに捕まったら、お前どうする?

(十二)

本日二度目の全力走行だった。ペダルをぐんぐんこぎ、弥生屋の角を飛び出して川沿いの道を突っ走ると、二の橋を走り抜けて上上町に入った。坂道を登り、畑のあいだの人けのない道をすっ飛ばす。道の先に、真鍋カメラ店とバス停の待合小屋が見え——。

「いっ」

まめは両手でブレーキを握り込んだ。キーと響く甲高い音を聞きながら、咄嗟にハンドルを左へ切る。畑の隅に、電話ボックスほどの作業小屋があったので、まめはその陰に自転車ごと隠れた。

いまのは誰だ。

背をこごめて息を殺す。いまあそこにいた人は誰だ。頭の後ろへ両手を回して板壁に寄りかかり、こちらを監視するような格好で立っていた、あのヒゲ面の男は。

ただバスを待っているだけだろうか。

しかし、それにしては場所が不自然だ。あのバス停の待合小屋は道の奥に引っ込むかたちで建っているので、道路に向かってひらけた正面部分以外は雑草に覆われている。男はその雑草の中に、わざわざ立っていたのだ。

耳をそばだてる。血管の音が耳の後ろにずくずく響く。

足音らしきものが近づいてくる様子はない。

音をさせないよう自転車から降り、スタンドを立てた。なるべくスローモーションで、上体をそう……っと横へ突き出し、作業小屋の陰から道の先を覗く。ヒゲ男は先ほどとまったく同じ格好でそこに立っている。両手を頭の後ろへ回して板壁に寄りかかり、顔をこちらに向けて。

でも……どこか、おかしい。

上手く言えないが、体勢がちょっと変な気がする。背後の壁に対する体重のかけかたというか、両腕の角度というか。

まめは目をこらして男を見た。真っ黒な顎ヒゲと頬ヒゲ。両目はぽっかりと見ひらかれたまま、どこを見ているのかわからない。奇妙な体勢。ひらきっぱなしの両目……。

い、い、い、死んでいるのではないか。

肋骨の内側がどかどか鳴りはじめた。何か猫くらいの生き物が、胸の中から必死になって出ようとしているみたいだった。咽喉の奥がひりつき、息を吸うことも吐くこともできないまま、まめは一歩踏み出した。もう一歩。さらにもう一歩。作業小屋の陰から出る。もし相手が襲ってくるようなことがあっても、素早く引き返して自転車に飛び乗れば逃げられる。目の端に男の姿を捉えながら、まめは道を反対側まで横切ってみた。

男は反応しなかった。身体を反転させ、逆方向に横切ってみる。やはり無反応だ。意を決し、まめは男のほうへ身体を向けたばかりか、知り合いの姿を偶然見つけたというように、あれっという顔をして片手を挙げてみた。

反応はなかった。

やはり死んでいる。

まめは男のほうへ近づいた。行きたくないのに、誰かが足を交互に引っ張っているように、身体が動いてしまうのだった。人間の死体というものを、まめはこれまで一度も拝んだことはない。父の葬儀のときも、棺の蓋はずっと閉じられていた。しかし、見ればば容易にわかることだった。ヒゲ面の男は青白い生気のない顔を、何もない場所に向けているし、奥行きを失った両目はぽっかりと見ひらかれたまま虚空を見つめているばかりだ。

しかし、そのとき——だしぬけに男の身体がびくんと動いた。まるで死体がまめの足音に気づいて生き返ったかのようだった。あまりに驚きすぎて、咽喉からは声どころか息も飛び出さなかった。ヒゲ親父は壁から離れ、ぐるりと顔をそむけて後ろを向いた。

「……まめ」

でっかちが、そこにいた。

さっきまで立っていたヒゲ親父の顔はどこかに消え失せ、目の前には見慣れたでっかちの顔があるのだった。

「でっかち、え、でっかち……」

そばへ近づき、まめは急いででっかちの後頭部を覗き込んだ。そこにはもう、一つの顔があった。髪の毛が刈られ、顎ヒゲと頰ヒゲ、眉毛にあたる部分だけが刈り残されている。そして眉の下に両目が、その下には鼻が描かれているのだった。

「これ……お前これ……」

言葉をつげずにいると、でっかちがシャツを摑み、まめの身体を板壁に押しつけた。

「隠れてくれ」

言いながら、自分も隣にくっついて身を隠す。ヒゲ親父がくるりとこちらを振り向いた。いや、でっかちがカメラ店のほうへ顔を向けたのだ。

「何なんだよ、でっかち、何があったんだよ」

「お父さんが悪いやつらに捕まって、店に閉じ込められてる」

「何で」

「わからない」

まめは店のほうを覗いてみた。カーテンがぴったりと閉じられている。ガラス戸には張り紙がされているが、遠すぎて文字は読めない。

「あれは何て書いてあるんだ？」

「本日トゴウにより休みます」

「ツゴウか？」

でっかちは曖昧に頷き、ヒゲ親父は斜めに首をそらした。

「それで、お前は何してるんだ？」

「お父さんを助けに来た」

「助けるのに何で頭に顔描いてんだよ？」

「まめが教えてくれたから」

心底意味がわからなかった。

「この袋をかぶって襲撃するつもりなんだ」

ズボンのポケットに手を突っ込み、尻をひねりながら白いレジ袋を取り出す。でっかちがそれを頭にかぶると、両目の位置に穴が開けられていて、即席の覆面になった。穴の下に横書きの緑色の文字で「弥生屋」と上下逆に印刷されている。

「逃げるときに、たとえば棚の陰から頭だけ後ろ向きに突き出して、にせの顔を相手に見せる」

「お前、もしかして」

――たとえば、でっかちは覆面をしてお父さんを助け出すだろ。それで、逃げるときに、誰か別の人間の持ち物をわざと落としていく。

――でも俺の場合、体格が憶えやすいから……。

――じゃあ、似たような身体のやつを選べばいいんだよ。

「まめが言ったやりかただと、俺に似た体格のやつが可哀想だろ。何もしてないのに悪者に追いかけられちゃうわけだから」

「ああ……まあ」

「だから俺、考えたんだ。どこにもいない人間を捜させればいいんじゃないかって。覆面をかぶって襲撃して、最後にこの、頭の後ろの顔を見せるわけだから、相手はヒゲ男が覆面をかぶって襲撃してきたと思い込むだろ。だから、あとで、やつらはそのヒゲ男を捜すことになる。でも、実際にはどこにもいないんだ、こんな顔の人間は」

「確かにいないな」

でっかちはビニール袋の覆面を取り、また店のほうを覗いた。

「智絵さんが手伝ったって言ってたの、その顔のことだったんだな」

「まめ、うちに行ったのか？」

でっかちが訊くが、目の前のヒゲ男は無表情のままなので気持ち悪い。

「行った。お前、びっくりパーティだかどっきりパーティだかやるって、智絵さんに嘘ついただろ」

でっかちはぎこちなく頷いた。

「嘘は嫌だったけど……正直に説明したら絶対に駄目だって言われるだろうから」

「言われるだろうな」

「でも、これができるのは智絵さんしかいなかったんだ。野球やってたとき、いつも智絵さんに頭刈ってもらってたから、バリカン使うの上手いし、化粧するから顔も描けるし」

確かに、でっかちの後頭部に描かれたもう一つの顔はものすごくリアルだった。ちょっと目が大きすぎるかもしれないが、それがかえって見る人に強い印象を残す。

まめはカメラ店のほうに視線を伸ばした。

「あの人、でっかちのお父さんだったんだな」

「そう言ったじゃんか」

「うん、言った」

でっかちは言葉の意味を探るように、まめの顔を見返した。漠然とした申し訳なさが胸に迫り、まめは目をそらした。

「会ってるのか?」

でっかちは首を横に振る。

そして背中を向け、また店のほうを見た。

その背中を眺めながら、まめは思い出していた。二人が初めて会った日、でっかちはバス停のあたりに立っていたと言っていた。そこから、まめがシャツの腹にカメラを隠すところを見たのだと。そのときでっかちが立っていたのは、ちょうどいま自分たちがいる、このへんだったのかもしれない。ここででっかちが何をしていたのか、まめにはわかる気がした。まめがときおり――いや嘘だ、本当は毎日、想像の中でやっていることを、実際にやっていたのではないか。会いたいけれど会えない父親と、心の中だけで話をし、笑ったり、笑わせたり、つらかったことを打ち明けたり、悔しくて仕方がなかった出来事を聞いてもらったり、自分を元気づける言葉とともに頭をぽんと叩かれたりしていたのではないだろうか。

「でもさ、智絵さんが言ってたけど、お父さんのことって、いちおう秘密になってたんだろ？　お前、どうやって知ったんだ？」

「お父さんとお母さんが話してるのを聞いちゃってな」

智絵さんの想像はどうやら当たっていたらしい。

「このあたりに引っ越すって話が出たとき、二人で夜中にそのこと喋ってたんだ。血がつながってるお父さんが、上上町でカメラ屋やってるってことも、そのとき知った。それで、引っ越してから、橋を渡ってこっちまで来てみたんだけど、店の場所がわからなくてさ。でも歩いてる人に訊いてみたら、近くにカメラ屋は一軒しかないって言われて。まめと会ったあの日、こっから覗いてたんだ」

するると父親がいきなり店を飛び出していき、その場に残った小学生が、シャツの腹にカメラを押し込んだ。でっかちは咄嗟に追いかけてその小学生からカメラを取り返したものの、それを父親のところへ返しに行くことはできなかった。

「でっかち、説明してくれよ。お前のお父さんが悪いやつらに捕まって、自分の店に閉じ込められて……え、お前は何でそれを知ってんだ？」

犯行の瞬間を見たのだという。

「昨日の夜、俺、石ころ集めて二の橋まで行ったんだ。いつもは早く寝ちゃうんだけど、昨日は、まめに教えてもらったくらげの話を思い出してたら、なんか興奮しちゃって。そのうち、お母さんもお父さんも智絵さんも寝ちゃったから、そっと抜け出したんだよ。光るくらげ、どうしても見てみたくなって」

ぐっと胃袋を摑まれた気分だった。

「でも、けっきょく昨日は、光ってるやつはいなかった。それで俺、がっかりして帰ろうとしたんだけど、そのとき、せっかく橋の上まで来たんだから、お父さんの店のほうまで行ってみようかと思ったんだ。会いに行くわけじゃなくて、ただなんとなく近くに行きたくて。それで、坂を登ってこの店の前まで歩いてきて、そしたら――」

急に、男の人の怒鳴り声が聞こえてきたのだという。

「怒鳴り声っていっても、抑えた感じの……脅す感じの。俺、驚いて隠れた」

その隠れた場所を、でっかちは指さして見せた。ついさっきまめが隠れたのと同じ、作業小屋の陰だった。

「男の人が三人いた。三人で何か言いながら、お父さんを前から囲むようにして、お父さんは何か言い返しながら店のガラス戸のほうに下がっていって、三人は近づこうとして、お父さんは離れようとして――」

とうとう四人で店の中へと入っていった。

「俺、お父さんがぶん殴られたり、蹴られたり、そういうことされるかもしれないと思った。だって、そんな雰囲気だったから。ヤクザみたいなやつらだったから。それで、怖かったけど、様子を見なきゃと思って、ここまで来た。店の明かりはついてて、中がよく見えて、お父さん、胸ぐらを摑まれて何か言われてた。でもぜんぜん怖がったりしないで、相手のこと睨み返してた。それで相手も、胸ぐらの摑みかたとか揺すぶりかたとかどんどん強くなっていって、お父さんもガクンガクンってなって、でもぜったい相手から目をそらさなかったんだ。そのあと、お父さんの胸ぐらを摑んでたやつが、ほかの二人に命令して、二人が入り口のカーテンを閉めた。俺、それから一時間くらいここにいた。でも、何も起きなかった。途中で二階の明かりがついたから、四人で二階に上がったのかな」

でっかちは二階を見上げた。ヒゲ親父がうつむいた。

「もしかしたら、お父さんが何かすごく悪いことやってて、それが原因であんなことになってるのかもしれないだろ。だから俺、警察に知らせることもできなくて……」

さんざん悩んだ末、家に帰ったのだという。

「あんまり帰りが遅くなって、俺がいないことが親とか智絵さんにばれてたら、何してたんだって訊かれるに決まってる。そのときお父さんの話をしたら、警察に連絡されちゃうかもしれない。そう思って」

「でも、お父さんって、そういう人なのか？ その、なんか悪いことしちゃうような？」

「わからないよ」

でっかちは呟くほどの声で答えた。

「わかったら、もっと簡単だろ」

真鍋カメラ店のカーテンは、相変わらずぴったりと閉まっている。二階の住居部分の窓もカーテンが閉められていて、人がいるのかどうかはまったくわからない。

「もう中にいないってことはないのかな？ ゆうべのうちに、みんなでどっか行ったとか」

「ない。俺さっき、しゃがみながらそっと近づいて、店の横に回り込んだんだ。そっち側の壁に窓があって」

でっかちは店の、向かって右側を指さした。そこは空き地で、草がぼうぼうに生えている。

「窓から覗いたら、店の中がぐちゃぐちゃに荒らされてた。何か探したあとみたいに。それで、最初は誰もいなかったんだけど、少ししたら二階から下りてきた。ごつい男の人が二人と、なんかひょろ長い人が一人と、お父さんが」

「何があったんだろうな……」

カメラ店で、ヤクザのような男たちが、何かを探している。それは写真なのかもしれないという想像くらいは、まめにもできるが――。

「まめ……お前、帰ってくれるか」

「え、何で」

「だって、巻き込まれたら危ないだろ」

「何に？」

「だから、襲撃に」

驚いた。なんとなく、自分が現れたことによってでっかちの襲撃計画は中止になったというような気分でいたのだが、そんなことはなかったらしい。何と答えていいものかわからず、まめはふたたび店のほうへ顔を戻し、ガラス戸に書かれた「真鍋カメラ店」という文字を眺めた。

「でっかちの苗字って、もともと真鍋だったんだな」

「うん、二歳まで。最近になって気づいたんだけど、そのまま大きくなってたら、俺、自分の名前が嫌になってたかもしれない」

「どうしてだよ」

「だって、なんか、命令をきいてるみたいだろ」

「ん？……ああ」

なるほど。

「たとえば、ススメ進《すすむ》とかアユメ歩《あゆむ》みたいな？」

「そう。やっぱりまめ、頭いいな」

首を横に振りながら、まめは自分の苗字のことを思った。茂下駄という苗字を、まめは好きではない。しかし、考えてみれば、いつか別の苗字になるかもしれないのだ。母がもし誰かともう一度結婚をしたら、自分の苗字は変わってしまう。場違いにそんなことを考えているうちに、ある決意がむくむくと頭をもたげてきた。

（十三）

一時間後。

真鍋カメラ店の脇に、二人のヒゲ親父がしゃがみ込んでいた。

「まめ……ほんとにいいのか？」

「言っただろ。責任とるって」

「べつに、まめに責任はないじゃないか」

「あるね。自分のお父さんが悪者に捕まったらどうするかって訊かれたとき、俺は助けに行くって言ったんだから」

それがきっかけで、でっかちはここへ来たのだから。

「でも」

「言ったからにはやる。俺のお父さんはもういないから、助けに行けないけど、かわりにでっかちのお父さんを助ける」

でっかちに嘘ばかり話してしまった償いに――でっかちの話をみんな嘘だと思っていた償いに、「お父さん」を助けることで、せめて自分の嘘を一つだけ本当にしたかった。

二人とも、右手に弥生屋のレジ袋を持っている。でっかちのはLサイズ、まめのはSサイズで、どちらも両目の位置に穴を開けてある。そして二人の後頭部にはどちらもヒゲ親父の顔がある。

――なに、あんたもやるの？

二人ででっかちの家に戻り、まめの頭にも同じことをしてくれと頼んだとき、智絵さんは呆れたような顔をしながらも、嬉しそうだった。

――僕も、びっくりパーティに行くことになったんで。

――よかったじゃん、まめ。

いまこうしてじっとしゃがみ込んでいると、生まれて初めて刈られた頭は、驚くほど涼しかった。後頭部だけでこれなのだから、丸坊主にしている人はどれほど涼しいのだろう。そんなことを思いながら、まめは壁の窓を見上げた。

「ちょっと、肩車」

立ち上がり、でっかちの前に移動して足をひらく。股ぐらからヒゲ親父がぬっと顔を出した瞬間、わかっていたことなのに、ぎくっとした。まめが肩に乗っかると、でっかちはゆっくりと膝を立てていった。

「ストップ」

小声で言い、窓の中を覗き込む。この窓は、何と呼ぶのか、中からレバーをひねって押し出すと、外側に向かって庇《ひさし》のようにひらくタイプのやつで、いまは四十五度くらいまでひらいている。大人が出入りできる大きさのものではないので、でっかちの父親を閉じ込めている男たちは、気にせず開けっ放しにしているのだろう。

慎重に視線を這わせる。人の姿はない。でっかちが言ったとおり、店内はひどく荒らされ、まるで漫画やドラマで泥棒に入られたあとみたいだ。

「でっか――」

股ぐらのほうに呼びかけようとしたとき、声が聞こえてきた。二階から響いてくるようだ。まめは耳をすましたが、何を言っているのかは聞き取れない。二階へとつづく階段は、左奥のレジ台の後ろにある。あの階段の上に、でっかちの父親と、三人の男たちがいるらしい。

「下ろして」

囁くと、でっかちはまめをそっと地面に戻した。

「今度、でっかち、覗いてみてくれ」

でっかちは立ち上がり、窓から中を見た。まめは下から囁きかけた。

「右の奥のほうに、なんか暗い部屋があるだろ。ドアが開いてて、流し台みたいなのが見えて」

「うん」

「その流し台みたいなやつの上に、銀色のバケツが置いてあるよな」

「ある」

「外から石投げて、あれに当てられるか?」

でっかちは数秒黙り込んだ。

そして窓の中を覗き込んだまま、当てられる、と答えた。

「じゃあ、ターゲットはあのバケツだ。最初に左奥の階段のほう、つぎにあのバケツ。

あとはさっき立てた作戦のとおりにいこう」

「わかった」

でっかちはしゃがみ込み、まめの隣に身を寄せた。

「まめ、ほんとに――」

「やるって言っただろ。失敗したらしょうがないよ。ぶっ飛ばされるかもしれないし、殺されちゃうかもしれないけど、友達を助けるほうが大事だ」

「俺のお父さんと友達なのか？」

「お前だよ」

「そうか」

「たくさんいるならあれだけど、俺にとっては貴重だから」

「そうなのか？」

「そう。ずっと友達いなかった。なんか俺、そういうの下手みたいで」

「そんなことないだろ」

「もういいよ。……やるぞ」

まめは腰を上げた。弥生屋の覆面をかぶり、目の位置を調整しながら両足をひらく。ひらいた足のあいだに、でっかちが頭を突っ込む。もう見慣れたヒゲ親父の顔面が股間にぐっと押しつけられる。身体が上昇していく。まめは窓枠を両手で掴み、そこに頭を差し入れた。両肩をねじ込み、ぐ、ぐ、ぐ、と上半身を断続的にのけぞらせ、少しずつ自分を室内に押し込んでいく。何度目かで、ごん、とでっかちの頭頂部が壁にぶつかってしまった。ごめん、と思わず声を出しかけ、危ういところで言葉をのみ込んだ。

二階からの話し声は、いまは途絶えている。いや、自分の呼吸音がうるさくて聞こえないだけだろうか。息を吐くたび、吸うたび、顔を覆うビニールが細かく振動して音を立てていた。さらに身体を押し込む。もうでっかちの支えなしでも大丈夫だろうと感じたそのとき、向こうも同じように判断したらしく、すっと頭が離れた。股に感じていた体温が消えると、急に心細くなった。それでもまめは、窓枠を力いっぱい下半身のほうへ押し出し、尻まで室内に入れた。そして壁際に置かれた棚の上に、ゆっくりと身体を移動させていった。ビニール袋の中はひどく蒸した。目が悪くなくてよかったと、まめは思った。もし眼鏡をかけていたら、きっと真っ白になっていただろう。

棚の上で身体を反転させ、床に下りる。足下に何かガラス板のようなものがあったらしく、スニーカーの下でピキッと音がした。まるで自分のまわりの空気がひび割れたようで、全身が凍りついた。そっとスニーカーを持ち上げると、踏んだのは写真立てのサンプルだった。外国人の男の子と女の子、そして両親が、芝生を背景に笑っている。

身を屈め、正面に置かれていた別の棚の陰に身を隠す。あの日、コダックのカメラをシャツの内側に押し込んだのは、ちょうどこの場所だった。まめは振り返り、窓の外から不安げに顔を覗かせているでっかちに、指で丸印をつくって合図した。でっかちはこくんと頷き、後退《あとずさ》って窓から離れた。

　ビニール袋の中で息を殺し、音が聞こえるのを待つ。

　右のつま先のすぐ先で、タイルの目地が十字になっている。心を落ち着けるため、まめはその部分をわざと見つめた。いまでっかちは、壁から離れ、窓の中を睨みつけているはずだ。そしてポケットから石を一つ取り出して握る。もちろん右手ではなく、左手で。腕は振りかぶるだろうか。それともセットポジションから投げるだろうか。大きな靴で雑草を踏みつけ、でっかちは下半身を安定させる。きっとセットポジションだ。石を握った左手に右手をかぶせるようにして、胸に引きつける。右足を上げて身体をひねり、そのひねりを一気に戻しながら左手を振り、放たれた石は真っ直ぐに窓の隙間を突き抜けて——。

　かん、と音が鳴った。

　部屋の左奥、レジ台のある、二階へとつづく階段の下あたりだ。男たちの声が階上《うえ》から聞こえ、ついでドタドタと足音が近づいてきた。できれば三人であってほしい。まめは棚の陰で足音を聞いた。一人ではないのはわかったが、二人かもしれない。

「鍵を確認しろ」

　低く、迫力のある声。

ガチャガチャとガラス戸が鳴る。

「閉まってます」

こちらも、低く、ざらついた――まるでまめがここにいることを知っていて、自分の怖ろしさを教えてやろうとして発せられたような声だった。

「外を見てみろ」

しゃっとカーテンが滑り、数秒してから、もう一度同じ音が聞こえた。

「誰もいません」

まめは待った。そろそろつぎの音が鳴るはずだ。

「確かか」

間。

「何だってんだ、さっきの音は」

「そのへんで何かが崩れたとか――」

ガン！　ガラララララララララララララと派手な音が響き渡った。でっかちが投げた二つ目の石が、右奥の部屋にあるバケツを弾き飛ばして床に転がしたのだ。バケツの音はラララララ、ラララ、ラララ、ララ、ラ、ラ…ラ……とだんだん間遠になっていき、やがて消えた。

つづいてやってきたのは、完全な静寂だった。

男たちはまったく声を発していない。足音も聞こえてこない。どうしたのだろう。もしや、こちらが予想していたほどには驚きもせず、ましてや音のしたほうへ様子を見に行こうなんて考えてもいないのだろうか。そうなったら計画は台無しだ。予定では、男たちが音に驚き、右奥にあるあの部屋のほうへ様子を見に行った隙に――。

「誰だおらあ！」

いきなり怒号が響き渡り、両足が床から浮いた。片膝をついた状態で、身体をほとんど動かさずにジャンプしたわけだが、自分の隠れた身体能力に感心している場合ではなかった。

「誰かいんのか！」

どうやら男たちはこちらの予想以上に驚き、警戒したようだ。

「……行くぞ」

「……はい」

どちらの声も焦りを押し殺したものだったが、あとの声のほうがその色は濃かった。男たちの足音が店の右奥に向かって移動していく。速いペースではない。物音や気配に注意を払いながら進んでいるのだろうか。計画が上手く進んでくれていることに、まずは安堵をおぼえたが、その安堵は、棚の陰から抜け出して男たちのほうを見た瞬間に掻き消された。

後ろ姿は三つではなく、二つだ。

すると、二階にもう一人いることになる。

が、仕方がない。まめは意を決し、つま先を上手く利用したバレリーナのような動きでガラス戸へと近づいた。そっとカーテンの隙間に手を差し入れ、鍵のつまみに指を掛け、背後を見る。男たちは奥にある部屋のほうへ進んでいく。もしいまどちらかが振り返ったら、まめの姿は丸見えだ。しかし幸い、どちらも振り返らず、前方だけに注意を向けてくれていた。まめは鍵のつまみに手を掛けたまま、大きな音か大きな声が聞こえるのを待った。

「出てこい！」

それに合わせて素早く鍵のつまみを回す。カチッという金属音は、男の声の中にまぎれた。身をひるがえし、それとひとつづきの動きでレジ台と壁の隙間を抜ける。見られていない。どちらにも気づかれていない。目の前には二階へとつづく階段がある。まめはヤモリのように這いつくばってそれを上った。踊り場で折り返す。その先を上っていくと、視界の上端に二階の天井が現れた。行く手からは物音も声も聞こえない。かと思えば、階下でガララララとまたバケツが鳴った。いまのはでっかちじゃない。男たちのどちらかが、隠れているかもしれない誰かを威嚇するためか、あるいは単に苛立ちまぎれに、バケツを蹴飛ばしでもしたらしい。

それにしても、いったい何者なのだろう。まだ後ろ姿しか確認していないが、男たちは二人とも、死んだ父よりも少し若いくらいに見えた。彼らの正体には見当もつかなかったが、暴力に慣れているという印象はあった。どちらも服装にはとりたてて特徴はなく、長袖のTシャツにダボついたズボンだったが、一人は大仏のようなパーマで、一人は角刈り。そういう髪型の人たちが殴り合ったり撃ち合ったりしているのを、何度かテレビで見たことがある。

カメのように首を伸ばして二階の廊下を覗いた。正面のドアは開いていて、床に敷かれた布団の端が見える。右手には細長い戸が一つ。あれは物置か何かだろうか。左手のドアは内側に向かってひらかれているが、角度のせいで中は見えなかった。時間がない。まめは廊下へ這い出ると、左右の膝を交互に滑らせて左手の部屋の入り口まで進んだ。ひょろ長い、ワイシャツ姿の男の背中が見え、その向こうに——いた。

ワイシャツ姿の男の正面で胡座《あぐら》をかいているのは、あのときの店主だった。しかし一つだけ違うところがある。薄い部分を隠すため頭の上に持っていっていた髪が、疲れ切ったように耳の下へ垂れ、全体的にヘアスタイルがローマ字のPに似ていたのだ。背中を向けたワイシャツ男と、でっかちの父親は、階下で騒ぎが起きているにもかかわらず、どちらも上半身を丸めてうなだれ、ぴくりとも動かない。

まめは右手を振った。でっかちの父親に合図を送ったのだが、相手は気づいてくれない。大きくぶんぶん振ってみた。ようやく顔を上げてくれた。目が合った。相手の目玉が、眼鏡の奥で三倍くらいにふくらんだ。

た、す、け、に、き、ま、し、た。

口を動かしてメッセージを伝えたが、でっかちの父親は無反応だった。頬を窪ませて唇をすぼめ、ただまめの顔を凝視している。そのときになってようやくまめは、自分が弥生屋のレジ袋をかぶっていたことを思い出した。しかし、思えば自分の顔が見えていないでよかったのかもしれない。廊下に現れたのが、あまりに正体不明のものだったので、でっかちの父親は反応ができなかったのだろう。もし小学生のまめがいきなり顔を覗かせたのを見たら、驚いて声を洩らしていた可能性もある。

まめは顎のビニールをそっと持ち上げて唇を露出させた。

た、す、け、に、き、ま、し、た。

もう一度口だけを動かすと、でっかちの父親は眉根を寄せ、まめの顔をじっと見て、向かい合って座った男の顔に目をやり、またまめに視線を戻した。

そして、驚くべき行動をとった。

「お前、どっから入って来たんだ？」

ごく普通に話しかけてきたのだ。

身体中の血が音を立てて引いていき、まめは凍りついた。かわりに、こちらに背中を向けてうなだれていた男が、自分が話しかけられたと思ったのか、のろのろと顔を上げた。しかし相手の目線に気づき、細長い身体をひねってこちらに顔を向け、両目を広げて固まった。そんな男をまったく気にしない様子で、父親はさらに話しかけてくる。

「一人で入って来たのか？」

振り返った男は首をせわしく回し、でっかちの父親とまめをぶんぶん見比べた。この人、見たことがある――瞬間的にまめはそう感じた。しかし、いつ、どこで見たのかを思い出す余裕はなかった。身体だけではなく脳みそも凍りついていたのだ。

「あ、あ、とォお、とォお……」

手も足も脳みそも動かないのに、気づけば口だけが勝手に動いていた。

「とォじ込められてるって……でっか、ァあの、とォもだちが……」

でっかちの父親は片眉を上げて顎を掻いた。

「さっきの音も、お前らがやったのか？」

こくんと頷いた。

「よくわからねえけど……」

ものすごく面倒くさそうに、声と溜息を同時に洩らす。

「仕方ねえな」

そして足の裏を引き摺りながらゆっくりと膝を立て、正面に座る男に顔を向けた。

「考えてみりゃ、一対一ってのはチャンスだったわな」

相手が何を言ったのか、男はまめ同様わかっていないようで、え、え、といった顔をしながら漠然と身構えた。やがて何かに気づいたように、慌てて立ち上がろうとしたが、でっかちの父親の動きのほうが速かった。実際のところ、まめがこれまで見たことがあるどんな人間の動きよりも、それは速かった。立ち上がりざま繰り出した右膝は男の腹に突き刺さり、感嘆符そのもののような、声をともなわない響きが男の口から吐き出された。それとほぼ同時にでっかちの父親は全身を勢いよくひねり、右肘で男の頭を吹き飛ばした。男はぐるんと半回転して床に倒れ込み……いや、でっかちの父親が瞬間移動のような動きでズボンのベルトを摑んだ。男の上体はぶらんぶらんと空中で揺れたあと、そっと床に下ろされた。まめはただ口をひらいて、それを凝視していた。

「殺したわけじゃねえ。気絶してるだけだ」

顔面を絨毯《じゅうたん》に押しつけ、尻を突き出し、尺取り虫のような格好で静止している男を見ると、その言葉はとても信じられなかった。あの日、カメラを盗んだところを捕まらないでよかったと心底から思った。

「ついてこい」

その声には緊迫感も伴っていたが、たぶんそれよりも強く滲《にじ》み出ていたのは、やはり面倒くささだった。でっかちの父親は部屋を出てくると、まめの脇を通り過ぎ、ゆっくりと階段を下りていく。まめはようやく我に返り、それにつづいた。少しでも気を抜くと、膝がなえてしまいそうだった。でっかちの父親は階段の踊り場で屈み込み、まめの耳元で囁く。

「下の二人は心得があるようだから、二対一じゃあたぶん勝てねえ。……で、なんだ？　俺があいつらに捕まって閉じ込められるとこを、お前の友達が見たのか？」

まめは頷いた。

「それで、助けに来たのか」

もう一度頷いた。呆れたような顔をされた。まめ自身も、遅まきながら呆れていた。

「その友達ってのはどこにいる」

でっかちの父親は、レジ袋ごしに、まめの耳にほとんど口を押しつけるようにして喋っていた。そんなことをされたら普段ならくすぐったくて声を上げるところだが、まめは黙って階下のガラス戸のほうを指さした。

「外か？」

「いま、カーテンの隙間から、たぶんこっち覗いてて……僕がこの階段の下まで来たのが見えたら、飛び込んでくるっていう作戦で……」

「見えたら？」

でっかちの父親はサッとしゃがみ込んでガラス戸を確認した。まめは確認するまでもなく気づいていた。でっかちがカーテンの隙間から覗いていたとしたら、自分たちがこの踊り場に立ったときから、もうすでに膝くらいまで見えているのだ。

ばん！　と爆発音がした。いや、ガラス戸が勢いよくスライドして戸枠に激突した音だった。ついで大太鼓を打ち鳴らすような足音と、重なり合った怒号が聞こえた。

「うおおおおおおおああああ！」

「おい！」

「何だ！」

チッと耳元で舌打ちが聞こえ、全身が宙に浮いた。でっかちの父親は、まめの身体を荷物のように脇に抱えたまま階段を駆け下りた。でっかちは店の入り口で、弥生屋のレジ袋をかぶり、両手を高々と上げて咆吼《ほうこう》していた。男たちは店の奥に立ったまま身構えていたが、でっかちの父親が現れたのを見るなり、大仏パーマの大将格らしきほうが「お前！」と声を上げ、床を蹴ってこちらへ向かってきた。すぐ後ろにもう一人の男もつづく。

「つあああああああああああ！」

でっかちが大声で叫び、そばにあった横長のスチール棚に突進した。気功で人を飛ばすような格好で、棚の上部を前方へ弾き飛ばし、棚は男たちに向かって勢いよく倒れた。大仏パーマの男は素早く反応してサイドステップを決めたが、後ろにいた角刈りの男は間に合わず、倒れてくる棚に両足を巻き込まれて悲鳴を上げた。大人の男が悲鳴を上げるところを、まめは初めて見た。コンセントを抜かれたみたいに全身が無感覚に陥り、半ば本物の荷物になった状態で、でっかちの父親の腕に抱えられたまま、視界に映る光景をただ見つめた。上で足音がして、階段の踊り場に、さっきのワイシャツ姿の男が飛び出してくる。少なくとも死んでいなくてよかったと思ったそのとき、でっかちの父親がまめを抱えたまま店の出口のほうへ動いた。大仏パーマの男がげんなあらあと聞こえる言葉を発し、倒れたスチール棚の上を走り抜けてこちらに向かってきた。しかし棚は表面を上にして倒れていたので、男の足場はアスレチックのようにマス目状になってい て、下を見ながら進まなければならず、その一瞬の隙を、でっかちの父親は逃さなかった。

ビュンと風を感じ、部屋の景色が右へ流れた。でっかちの父親が左方向へ勢いよくステップしたのだが、それが何のためのものだったのか、はじめはわからなかった。ずん、という衝撃を父親の身体ごしに感じ、視線を動かすと、大仏パーマの男がくの字になって飛んでいくところだった。

「お前、そこの！」

振り返りざま、父親はでっかちに声を飛ばした。

「逃げるぞ！」

血のつながった父親に、物心ついてから初めて声をかけられたその瞬間、でっかちがどんな顔をしていたのかはわからない。弥生屋のビニール袋をかぶっていたからだ。覆面姿のままでっかちは頷き、ぐるんと身体を回してガラス戸のほうへ駆け出した。父親はまめを抱えてそれにつづいた。ガラス戸を抜けると一面に橙色が広がった。

「待って！」

まめは全身をくねらせ、でっかちの父親の腕から逃れて地面に降りた。たたらを踏みながら背後を振り返ると、でっかちも立ち止まって店を振り返った。二人で入り口へとって返し、覆面を外す。身体を反転させ、カーテンがひらいている箇所に後頭部を同時に突き出し、相手にヒゲ親父を見せ、またビニール袋をかぶって逃げ出す。西取川や下上町がある左手ではなく、右手のほうだった。自分たちの正体を誤魔化すため、逃げ出すときは家と反対方向に走ろうと、あらかじめ打ち合わせてあったのだ。

でっかちの父親も並んで走った。すぐに、追いかけてくる足音が背後から聞こえてきた。それにまじって聞こえたのは、「ガキども！」という怒号だった。うすうす予感してはいたことだが、要するにヒゲ親父作戦はまったく効果がなかったのだ。しかし、もうそんなことを気にしている場合ではない。まめは走った。でっかちも走った。父親も走りながら、隣のでっかちのほうへ顔を向けていた。そうかと思うと、いきなり腕を伸ばして弥生屋のレジ袋をむしり取り、でっかちはスカートをめくられた女の子のように

「あっ！」と声を上げた。

「學か？」

二歳のとき以来会っていなかった息子の顔を見て、どうしてわかったのか。

その理由を、まめはまだ知らなかった。でっかちも知らなかった。

でっかちは父親に顔を向け、しかしすぐにまた前に向き直り、夢中で走っているふりをしながら、何も答えなかった。いや、じっさい夢中で走っていたのだが。

いっぽうまめは、まずいことに気づきはじめていた。自分以外の二人の足がとても速いのだ。さっきまで真横に並んでいたのに、どんどん先へ行ってしまう。二人の位置はしだいに斜め前となり、やがて正面へ移動した。べつに二人と競走しているわけではないので、遅れをとること自体は構わないのだが、二人から遅れるということは、背後から追いかけてくる男たちに近づいていくということだ。走りながら背後を確認する。男たちは夕陽を背にして、世界でいちばん恐ろしい影絵になっていた。距離がどのくらいなのか、よくわからない。しかし、男たちの足は速く、自分がすぐに追いつかれてしまうことだけは予想できた。

「まめ！」

でっかちが振り向き、まめの遅れに気づいた。父親もこちらを見て、ばたばたと立ち止まる。でっかちは男たちとまめを素早く見比べ、左手をポケットに突っ込んで石を引っ張り出し、そのとき別の石がこぼれて地面に転がった。父親がそれを、鳥が餌を攫《さら》うような速さで拾い上げた。

それからの二人の動きは同時だった。

でっかちの身体は母親ゆずりであり、父親と体格はまったく似ていないし、でっかちが野球をはじめたのは父親と別れて暮らしてからなので、これはもう偶然としか言いようがないのだが、背中を向け合った二人のフォームはそっくり同じだった。まるで鏡に映したように、ただ左右だけが違っていた。でっかちは右足を、父親は左足を持ち上げた。その足を同時に前へ踏み出し、でっかちは左腕を、父親は右腕を振り抜いた。

左右の耳元で、シュッと空気が切り裂かれた。

振り返ると、夕陽と重なってシルエットになった二人が、それぞれ拳銃で撃たれたように、ぐるんと回転して地面に倒れるところだった。

「あ、お帰りなさい」

その声で、私は回想から醒めた。

鏡影館の店主が外出から帰ってきたらしい。

私は振り返り、懐かしいその顔を見た。相手は入り口の近くで足を止め、大きな顔をぐっとこちらへ突き出していた。その体勢のせいで、似合わないネクタイの巻かれた首が、さらに窮屈そうに見える。

「……まめか？」

そう言ったあと、でっかちは口を閉じるのを忘れた。

「久しぶり」

私は軽く手を上げて相手に近づいた。

そばに立ってみると、でっかちは昔ほどでっかちではなくなっていた。もちろんいまも大柄だし、私も小柄なほうだけれど、比率でいうと昔ほどの差はない。

「紹介される前に、奥さんと会っちゃったよ」

でっかちから送られてきた葉書に書かれていた「もらい手」を、私は振り向いた。彼女は小さな顎を引いて頬笑んでいる。

「仕事で久々に下上町まで来たもんだからさ、一の橋を渡って、こっちまで歩いてきた」

本当は、家から電車を乗り継いで、わざわざやってきたのだ。

二年前、この場所でちょっと珍しい写真館をはじめたという葉書を、でっかちからもらった。それなのに、忙しさにかまけてなかなか足を向けることができなかった。しかし先月、ちょうど菜の花の時期に結婚通知の葉書が送られてきて、相手の女性の顔をどうしても見たくなり、私はとうとうここへ足を向けたのだ。仕事で来たと嘘をついたのは、店を構えたという連絡を二年間もほっぽりっ放しにしていたくせに、結婚相手の顔を見たいという理由でこうしてやってきた、申し訳なさからだった。

でっかちはぱっと笑った。

「そうか、下上町でか。嬉しい偶然だな」

嘘に対する罪悪感はなかった。

あれから私は、嘘というものに敏感になり、真実以外は決して口にしないという頑な姿勢をしばらく貫きつづけたが、そのうち疲れてきて、また少しくらいは嘘をつくようになった。そのたび、あとで自分を責めた。しかし、責めるその気持ちもだんだんと薄らいでいき、大人になってからは、嘘と折り合いをつけ、いわば互いに和解したようなかたちで、こうしてときおり口にする。たぶん、世の中の多くの人と同じように。

「お茶は、冷たいのと温かいの、どっちがいいですか？」

「じゃあ冷たいので」

涙袋が可愛らしい小柄な若奥様は、カウンターを回り込んで二階への階段を上っていく。

二人がどこでどうして知り合ったのかを訊いてみたかったが、この建物の一階と二階のあいだは意外と声が通るということを私は知っていたので、黙っていた。ただ、先ほどの遺影に対する説明が板についていたから、彼女は長くここで働いてきたのだろう。

店内に視線を流す。内装は一新されていたが、間取りはあの頃と変わらない。入り口のガラス戸を入って右側の、私が忍び込んだあの窓も、まだそこにある。あんな小さな枠の中をどうやって通り抜けられたのか、こうして見てみると不思議で仕方がない。店の左奥にあるドアは閉まっている。あの向こうには、いまも暗室があるのだろうか。でっかちが石を投げてバケツを転がした、流し台のあるあの部屋が、暗室と呼ばれる場所であることを、私もでっかちもあとで知った。あとでというのは、ここから三人で逃げ出し、港のほうへ下りていき、でっかちの父親に自販機で買ったジュースを飲ませてもらっているときのことだ。

「あれ、そういやここ写真館だよな。写真はどこで撮るんだ?」

いまさらながら私は、店内に撮影スペースらしきものがないことに気がついた。

「二階だよ。上がスタジオになってるんだ。ここに来る人、やっぱり高齢者が多いから、そのうち金に余裕ができたらエレベーターつけようと思ってる」

「さすがに、ここに住むってのは、ちょっと複雑な気分でさ。近くにマンションを借りてる」

「そうなのか」

「ない。住まいは別だから」

「生活スペースは？」


複雑な気分というのは、でっかち本人がというよりも、きっと母親の礼子《れいこ》さんや、育ての父の雅也《まさや》さんのことを考えてという意味なのだろう。

「そうか。俺、てっきりここに住んでるもんだと思ってたよ。この写真館をはじめてから、葉書とか年賀状とか、全部ここの住所だったから」

「どうせ俺、毎日来るし、どっちでもいいと思って。こっちの住所のほうが、まめも懐かしがってくれるだろうしさ」

「べつに住所見たって懐かしかないよ」

ほんとだな、とでっかちは笑う。

「しかし、ここまで歩いてくるあいだに見てきたけどさ」

入り口のガラス戸を振り返る。日盛りの路地が左右に延びている。ツバメが一羽、地面すれすれを左から右へ――あの日、私たちが三人で駆け出した方向へと飛び去っていく。

「マンションとか、コンビニとか、カラオケとか、大きなスーパーとか……ずいぶん建ったもんだな」

でっかちも首を回し、「な」と同じほうを眺めた。

「ずいぶん経っちゃったよ」

そう言ったように、私には聞こえたが、ほんとはどちらだったのだろう。

「『上下《かみしも》を盛り上げる会』っていう、町おこしのボランティア団体があって、そこのおかげで最近は観光客も増えてきてさ、いっそう新しい店ができてる。弥生屋も、つぶれちゃったんだ」

「あれはまだ俺がここにいた頃だろ。中三のときかな」

そうか、とでっかちは人差し指で目の脇を掻く。そのまま、いまは自分のものとなった店内に視線を遊ばせ、やがて右手の棚に目をやって、嬉しそうな顔をした。

「あれ、見つけたんだな」

遺影たちが並ぶ、深い奥行きのある棚。最下段の手前には、私が奥のほうから引き寄せたままの、二つのフォトフレームが並んでいる。

「お前、何だってあれを遺影の中にまぜて置いてるんだ?」

顔を合わせたら訊こうと思っていたことだった。

「まぜてないよ。奥のほうに隠してあっただろ」

「うん。でも、どうして遺影の棚に置くんだよ」

「どうしてって……」

でっかちは言いよどみ、唇を枇杷の尻のようにすぼめた。

懐かしいその弱り顔を見ていたら、格好をつけていることができなくなった。

「いや、ごめん。ほんとは、なんとなくわかる」

あの写真は、私の頭を智絵さんに刈ってもらったあと、でっかちの家の前で撮ったものだ。救出作戦を実行する前に、財布の中から二人で金を出し合い、私が弥生屋まで走ってフィルムを一本買ってきた。それをあのコダックのカメラに入れ、塀の前に並んで立ち、交互に撮影したのだ。いまにしてみればひどく馬鹿馬鹿しい行為だが、自分たちに勇気を与えるための、儀式めいた気持ちからだった。

あのとき、でっかちは父親のために、私は友達のために、本気で命をかけるつもりだった。殺されるかもしれないけれど、それでも構わないと思った。もちろん、実際に殺されそうになれば、すべてを放り出して一目散に逃げ出しただろうが、ならばあのときの気持ちが嘘だったかというと、いまもそうは思わない。たとえ嘘だったとしても、嘘をつくその気持ちは本当だった。そんな気がする。互いの写真を撮り合ったとき、腹の底のほうからわいてきた力が、全身に、指や爪や毛の先にまで広がっていったあの感覚は、いまも鮮明に憶えている。あれから何度、身体の隅々に残ったその力に助けられたかわからない。

「本気だとしても、そうじゃないとしても……何かを覚悟するって、勇気がいるものだろ」

でっかちは遺影の棚に視線をめぐらせた。

「俺、この写真館をはじめたのは、前もって遺影を撮ることで、少しでも勇気を持ってもらえればって思ったからなんだ。自分の人生の終わりを意識した人に、勇気を持ってもらえればって。そしたら、あのときの俺たちの写真に、似たようなものを感じちゃってさ」

そう言ってから、しかし薄く笑ってつけ加える。

「まあ、遺影専門の店にしたのは、普通の写真館じゃ、いまの時代やっていけないと思ったのもあるんだけどな。最近ほら、終活なんて言葉もよく聞くし」

どうやらでっかちのほうも、昔とまったく同じではないらしい。

二枚の写真の中では、私とでっかちが、どちらも生真面目な顔をしてカメラを見つめている。同じ距離から撮ったのに、写真の中で顔の占める割合が、でっかちは大きく、私のほうは小さい。そして、正面からではわからないが、それぞれの顔の裏側には、そっくり同じ大小のヒゲ親父が描かれているのだ。

「でも実際……あれは怖かったよな」

よくも、あんな勇気がわいたものだと思う。

「まあ、原因をつくった俺が言うのもなんだけどさ」

でっかちの父親である衛《まもる》さんがあんなことに巻き込まれたそもそもの原因は、誰あろう、私だったのだ。

あの日、私たちは港でジュースを飲みながら、衛さんと話した。衛さんは漁協倉庫の壁に寄りかかり、缶コーヒー片手に両足を投げ出して、海賊の親玉のようだった。

——お金、払ってないと思います。

私がこの場所でついたあの嘘が、すべてのはじまりだった。

——いまの人。フイルムの箱、棚から持ってったけど。

自分のカメラを手に入れたいがために思いついた、私のあの嘘を、衛さんは信じた。そして私が万引き犯として説明した男をすぐさま追いかけた。直前に店を出ていった、あの男性客を。男はまだそう遠くへは行っていなかったので、衛さんはすぐに追いついた。そしていきなり相手の肩を摑んで振り向かせ、フィルムを出せとすごんだ。

——まあ、そのときにもし相手がな、ぽかんとして、何を言われてるのかわからねえって顔してたら、俺も気づいてたかもしれねえよ。お前さんにかつがれたんだってことを。

しかし、男はぽかんとするどころか、衛さんの言葉を借りれば、明らかにクロという態度をとったのだという。

男は怯え、顔をひきつらせ、何も言わなかった。まるで予《あらかじ》め言葉を返さないと固く決めていたかのように、唇を結んで一言も喋らなかった。衛さんは男の胸ぐらを摑んで揺さぶり、いまにも殴りかかるぞという雰囲気を出してみせた。もっともこの雰囲気という言葉も衛さん自身が使ったもので、本当に雰囲気だけだったのかどうかはわからない。もしかしたら軽く小突くくらいはしたのかもしれない。

――フィルムを盗むところを自分で見たわけじゃねえし、小学生に聞いたって言うのもまずいだろ。そのガキが嘘ついたんだって言われちまったら、分が悪いからな。

実際にそのガキは嘘をついていたわけだが。

――そしたらよ、しまいにはそいつ、持ってたセカンドバッグの中からフィルムを摑み出して、俺に渡したんだ。それで、俺の手が自分の胸ぐらから離れたのを見るなり、ばたばた逃げていきやがった。

衛さんの手に、一巻きのフィルムだけを残して。

そのフィルムはもちろん、真鍋カメラ店で万引きしたものなどではない。男は万引きなどしていないのだから当然だ。

――そのフィルムのせいで、こんなに面倒なことになっちまったんだよ。

ポケットから潰れたセブンスターの箱を引っ張り出しながら、衛さんはふんと笑って唇を曲げた。

——まあ、俺が妙な気を起こして、現像なんてしなければよかったんだがな。

これも本人の言葉によると、金のにおいを感じて、衛さんはその夜にフィルムを現像してみたのだという。出来上がった写真には、明け方の海と、そこで何か作業をしている人々の姿が写っていた。ちょうど、西取川が海へ流れ入るあたりだったらしい。

——いま中江間建設って会社が護岸の整備工事をやってるだろ。その現場のつなぎを着た連中が、ゴムボート出して、みんなで何かやってる写真だった。

その写真に、でっかちの育ての親である雅也さんも写り込んでいたのかどうかは、いまも知らない。しかし、雅也さんは早朝や深夜にも働くことがあったと智絵さんが話していたのを憶えているので、写っていたとしても不思議ではない。

——よくよく見りゃあ、連中は網でこう、死んだ魚をすくってやがるんだ。すげえ数の魚が水に浮いててな。それを必死になってすくってんだよ。

工業汚染という言葉が、すぐさま頭に浮かんだのだという。

——金になると思った。その写真をネタに、金を巻き上げられるんじゃねえかってな。

急にどろんとした目をして衛さんがそう言ったとき、私は背筋が寒くなった。一方、でっかちのほうは、あとで訊いてみたら、工業汚染という言葉を知らなかったので、そのあたりの話は意味がよく摑めていなかったらしい。

――ところが、どうやって中江間建設に連絡をつけようかと考えてるうちに、あいつらが来ちまった。

そして、フィルムを返せと衛さんに迫った。

あいつらというのはもちろん、私たちが相手にしたあの三人組のことだ。私がこの店の二階で見た、衛さんの右膝でノックアウトされた細身の男は、写真を撮った本人。大仏パーマと角刈りは、どちらも「先輩」。何の先輩だったのかはわからない。

思えばあのノックアウトされた男がいちばん可哀想だ。どうやら彼は、ただ写真が好きなだけの真面目なサラリーマンだったらしい。あの写真を撮った朝も、暗いうちに起きて、カメラ片手に夜明けの風景を撮影しようと、海辺まで出かけたのだという。すると、何枚か写真を撮っているうちに、河口のあたりにゴムボートがいくつも浮かび、揃いのつなぎを着た人々が何かしているのが見えた。彼は興味本位にその様子を撮影した。それだけのことだった。

ただし、そのあとのことまで考えると、あまり同情の余地はなくなってくる。この店に軟禁されているあいだに衛さんが、三人のやりとりを耳にして知ったところによると、写真を週刊誌などに売ろうとしていたのは、もともと彼だったらしい。撮影したのは偶然だが、その偶然を利用して金を手に入れようと目論んでいたのだ。

週刊誌に写真を売りつけるといっても、その前に、きちんと写っているかどうかを確認しなければならないので、男はフィルムを現像しようとした。だからあの日、真鍋カメラ店へ行った。しかし店に入ったあと、現像は近場の店ではなく、よその町のカメラ屋に頼んだほうがいいのではないかという気がしてきた。けっきょく彼は、フィルムをバッグに入れたまま真鍋カメラ店をあとにしたのだが、しばらく歩いていくと、背後から衛さんがものすごい勢いで追いかけてきて、フ、ィ、ル、ムを出せとすごんだ。何がなんだかわからないが、男は衛さんの迫力と、もしかしたら軽い物理的な攻撃に怯えて、フィルムを渡してしまった。

——で、あの二人といっしょに俺んとこへやってきて、取り返そうとしたわけだ。男がそうしてくれと頼み込んだのか、それとも二人が男からフィルムの話を聞いて、金になると踏んだのか、それはわからねえけどな。とにかくあいつら三人でやってきて、俺を店に閉じ込めて、フィルムを渡すまで居座ってやるって言って、ほんとに居座りやがった。俺は何も言わなかった。現像したことさえ喋らなかったよ。あいつら、しまいには店中引っ掻き回してフィルムを探してたけど、写真とネガは封筒に入れて、二階の状差しに、手紙やなんかといっしょに突っ込んであったんだ。

衛さんは短くなった煙草を最後にひと喫《す》いし、のどをそらして煙を吐き出した。ほとんどフィルターだけになったその煙草を、飲み終えたコーヒーの缶に突っ込むと、しゅ、と火の消える音がした。

――あの。

それまでずっと黙っていたでっかちが声を洩らした。それはまさに洩らしたというべきもので、そんなつもりはないのに、うっかり出てしまったという声だった。

――うん？

八年ぶりか九年ぶりに息子を前にした衛さんは、それまでよりもちょっと高い音程で訊き返した。いったんでっかちのほうへ目を向けたが、その視線は相手の顔を素通りし、夕闇を迎えて水平線が曖昧になった海のほうへと、ぎこちなく流れていった。そのときになって初めて私は、衛さんが港に到着してから一度もでっかちの顔を見ていなかったことに気づいた。

見たくても、見られなかったのかもしれない。

離婚してから、礼子さんが毎年何枚か、成長していくでっかちの写真を衛さんに送っていたという話を、礼子さんから智絵さん、智絵さんからでっかち、でっかちから私という順番で、後に私は知ることになった。年一回送られてくるでっかちの写真を、衛さんはどうしていたのだろう。いつも一人で眺めていたのだろうか。少なくとも、ぞんざいにどこかへ仕舞ってはいなかったに違いない。三人組から逃げ出すとき、男たちに後頭部のヒゲ親父を見せるため、でっかちは一瞬だけ顔からレジ袋を外したが、衛さんはその一瞬だけで自分の息子だと気づいたのだから。

ひょっとしたら、私がこの場所でカメラを盗んだあのときも、写真を眺めていたのではないか。だから、最初に私が「あっ」と声を上げたとき、カウンターの向こうで手元を見つめたまま、なかなか顔を上げてくれなかったのではないか。

——写真は……どうするんですか？

工業汚染という言葉は知らずとも、その写真が世に出たら中江間建設がまずいことになることは想像できたのだと、でっかちはあとで私に言った。

その会社では、自分の育ての親が働いている。

しかしそれを衞さんは知らない。

——ああ……写真なあ。

どうするかなあと言いながら、衞さんはオレンジと紫がまじり合った空を見上げた。

——会社から金を巻き上げんのも大ごとだし、どっかに売っちまうかなあ。あいつらも、店を無茶苦茶にした負い目があるから、もう俺にとやかく言ってはこねえだろうから。

衞さんは空を見上げつづけ、でっかちはでっかちで、衞さんの左足のあたりに目を落としていた。

——やめてほしいんです。

やがて、でっかちがぽつりと言った。あんな図体をしているのに、そのときのでっかちは、私よりも幼い子供に見えた。

——写真は、捨ててほしいんです。

衛さんは顔を斜め上に向けたまま、目だけを相手に投げた。

一ヶ月ほど経ってからだったか、私はでっかちに、あのときの気持ちを訊いてみたことがある。雅也さんが働く中江間建設や、自分の家のことを考えて、ああ言ったのか。それとも、衛さんに悪いことをしてほしくなかったのか。放課後の路地を歩きながら、でっかちは首をひねり、わからないと答えた。本当にわからないという顔をしていた。

が、衛さんに関して言えば、でっかちの言葉をどう受け取ったのかは明白だ。あの人は、でっかちのいまの父親が、中江間建設で働いていることなど知らなかった。

衛さんは、目だけででっかちのほうを見つめたまま、しばらく黙っていた。しかしやがて、鼻から短く息を吐き、口もとに苦笑いを浮かべた。あれはきっと、初めて息子の願いを聞き入れた瞬間だったのだろう。

——わかったよ。

ほどなくして衛さんは立ち上がり、夕間暮れの港を出て、私たちを二の橋のとっつきまで送ってくれた。夜が、あたり全体にゆっくりと沁みていた。気をつけてな、と言って軽く手を上げ、衛さんは先に背中を向けた。私はでっかちと並んで歩き出しながら、とても心細く、あの三人組がいまにも暗がりから飛び出してきそうな気がして、気をつけろと言うなら家の近くまで送ってくれればいいのにと思った。橋の途中で振り返ると、そのときにはもう衛さんの背中はずいぶん遠ざかっていて、歩き去るというよりも、薄闇の向こうに吸い込まれていくように見えた。

橋を渡りきり、でっかちとは右と左に別れた。いつもとそれほど変わらない別れかただった。路地の側溝からは、どこかの家の風呂のにおいがしていた。アパートに帰り着き、胸から下げた鍵でドアを開け、私は母の帰りを待った。母はその日にかぎって、いつもより遅かった。やっと玄関のドアの音が聞こえたとき、私は急に泣いた。母は私が泣いていることと、頭の後ろのヒゲ親父を関連づけ、息子が学校でひどい仕打ちを受けたに違いないと思い込んだ。本当のことが話せないので、嘘をまじえながらその誤解を解くのは大変だった。ヒゲ親父のほうは、その夜のうちに母が閉店間際の弥生屋でバリカンを買ってきたので、ほんの短い、半日ほどの命だった。もちろん本当の父親との別れとは比べようもないが、それでも少し残念だった。

自転車を真鍋カメラ店のそばに置きっぱなしにしてあることを、私は翌日になってようやく思い出し、学校帰りにでっかちといっしょに取りに行った。真鍋カメラ店の前までは、わざわざ行かなかった。自転車を押しながら坂道を下るとき、前輪の中心のネジが太陽をきらきら跳ね返していた。それをよく憶えているということは、きっと下を向いて歩いていたのだろう。

ところで、中江間建設が隠蔽した薬剤流出事故は、それから三ヶ月後にけっきょく露呈してしまった。

週刊誌が情報を摑んで記事にしたのだ。その号の週刊誌を、私も当時書店で立ち読みしたが、そこに写真は載っていなかった。衛さんはでっかちとの約束を守り、写真を処分してくれたけれど、何か別のルートで、週刊誌が情報を摑んでしまったのだろう。要するに、男たちがやったことも、でっかちが衛さんに頼み込んだことも、ぜんぶ無意味だったわけだ。

薬剤流出とその隠蔽が露呈したことにより、事故は事件となり、住民の抗議運動が起きて、護岸の整備工事は中江間建設から野方《のかた》建設という会社に引き継がれた。中江間建設はほどなくして倒産し、でっかちの父親、雅也さんは職を失った。しかし、もともと暮らしていた町に戻ることはせず、礼子さんやでっかち、智絵さんとともに下上町に残り、害虫駆除の会社で営業の仕事をはじめた。でっかちから毎年送られてくる年賀状によると、いまはもう定年退職して、小さな一軒家で礼子さんと二人でゆったり暮らしているらしい。

衛さんと礼子さんがどうして離婚したのか。衛さんがどうして無茶苦茶に強かったのか。それも私は知らない。ただ、衛さんがむかし野球をやっていたことだけは、あとででっかちから聞かされた。前の町のチームでエースになったとき、親譲りだね、と礼子さんが嬉しそうな、少し哀しそうな顔で呟いたとき、初めて知ったらしい。

でっかちが野球をやめたのは、じつのところ、それがきっかけだった。

——なんか、お父さんのこと思うと、複雑でさ。

でっかちは衞さんのことも雅也さんのことも「お父さん」と呼んでいたので、どちらのことを言っているのか、よくわからなかった。でもたぶん、雅也さんのことだったのだろう。

——そういえば、何であのとき、右手で投げたんだ?

二の橋でくらげパチンコをやったときのことを訊くと、でっかちは自分の左手を顔の前に持ってきて、ぼけっと眺めた。中指と人差し指の腹に、まだタコがあった。

——だってあれ、転校初日だっただろ。まだまめのことよく知らなかったから、野球やってたってわかったとき、いろいろ訊かれたりするのが不安だったんだ。

たしかにあのとき、でっかちが一発で遠くのくらげを仕留めたり、仕留めなくても惜しいところへ石を投げ込んでいたりしたら、私はあれこれ訊いて、でっかちは父親のことがあるので、答えに困っていたかもしれない。

——なら、べつに下手くそなふりして左手で投げればよかったじゃんか。

するとでっかちは、眉を垂らして情けない顔になった。

——そういうの、難しくてさ。

私たちの関係は、あの出来事を境に、しだいに変わっていった。

襲撃と逃走の翌日、二人揃って坊主頭にして登校したので、私たちは大坊主、小坊主と呼ばれ、なんとなくそれがきっかけで、二人セットでクラスメイトたちに溶け込むことができた。溶け込んでみると、私はでっかちを、でっかちは私を、以前ほどは求めなくなり、二人でいる頻度は減った。六年生の夏休み、二の橋で久しぶりにくらげパチンコをやったけれど、前みたいには盛り上がらず、河原でデートしているカップルがこっちを見ているのを言い訳に、すぐに切り上げた。

でっかちとは同じ中学へ進んだけれど、その頃には私たちはさらに疎遠になっていた。それでもときどきは、偶然いっしょになった帰り道などで軽い情報交換をした。雅也さんの再就職先が決まり、夜は家でナンゴエリを食べながら晩酌していると聞いたとき、たぶん二人とも、でっかちの転校二日目にナンゴエリをたくさん食べたときのことを思い出したが、どちらも口にしなかった。

高校生になるとき、私は母とともに町を離れ、関西にある母の実家に移り住んだ。祖父母の身体が弱くなり、多少の世話が必要になったのと、親戚が母に、給料と労働時間が安定した職場を紹介してくれたからだ。私はその後も、海はないが大きな湖があるその町で、大学へ進学し、やがて就職して事務機器メーカーの営業職に就いた。カメラを見たり、野球の話を聞いたりするたび、でっかちのことと、あの騒動のことを思い出した。思い出して、それだけだった。

出張で南方へ行ったとき、太宰府天満宮で木彫りの鳥が売られているのを見た。鷽《うそ》という鳥で、その字が「學」に似ていることから、学問の神である天神様の使いとされているらしい。鷽というのは、もともと鳴き声が口笛に似ていて、口笛の古語が「うそ」であることから、名付けられたのだという。そんな説明書きを眺めながら私は、久方ぶりにでっかちの本名を思い出した。でっかちは私の中で、ずっとでっかちだったのだ。

けっきょく母は誰とも再婚せず、私はいまも同じ苗字で暮らしている。しかし取引先の担当者がたいてい一度で名前を憶えてくれるので、重宝していた。

町を離れてから、でっかちとは年賀状のやりとりだけだったが、その年賀状に、じつは几帳面だった文字で、町や自分自身の近況がいつも書いてあった。西取川のことが書かれているたび私は、そういえばでっかちにつくってやると約束した釣り竿を、まだつくっていないなと思った。大学生になっても、就職してからも、そう思うのだった。

西取川に関しては、あんなに水がきれいだったのに、いまは水質汚染が問題化しているらしい。しかし最近では、その水質改善に県が力を注いでいて、それに一役買っているのが、かつての中江間建設の社長が経営している会社だというのだから、世の中何がどうなるかわからない。

智絵さんはあれから町のスナックで働きはじめ、やがてそこのママに店をゆずられ、馴染みの客と結婚して、下上町のちょっと離れたところで、いまも商売をやっている。もういくつになったのだろう。あのころ若手だったどストレート佐藤が、いまではお笑い界の大御所と呼ばれているので、智絵さんもずいぶん貫禄がついただろうか。

衛さんは四年前に亡くなった。

「ここ、何でまた継ぐことになったんだ?」

自分たちの写真を、遺影が並んだ棚の奥に戻しながら、私は訊いてみた。

「継いじゃいないよ。お父さん、カメラ屋はしばらく前にやめてたし。ただ土地と建物だけ相続したんだ」

相続税と開業資金で貯金がすっからかんになったと言って、でっかちは苦笑した。そして、衛さんが死んだときのことを話してくれた。公務員として働いていたでっかちのもとに、病院から急に電話がかかってきたこと。衛さんがしばらく前から入院していたと知らされ、仕事を早退して病室へ駆けつけたこと。その病室で衛さんに、土地と建物について相談されたこと。

「浪花節っぽいけどさ、どうせ相続するなら、同じこの場所で、写真の仕事をしようかと思って」

「でもお前、写真なんていつ勉強したんだよ?」

これも訊いてみたかったことだ。いくら遺影専門とはいえ、写真スタジオなど素人がすぐにはじめられるものではないだろう。

「なんか照れくさくて、まめには話せなかったんだけど、写真のことは、ずっと勉強してたんだ」

「いつから?」

「五年生」

「聞いたことないぞ」

「だから、話せなかったって言っただろ」

「何で」

「いやさ」

でっかちはちょっと迷うような顔をしてから、のしのしとカウンターの裏側に回り、何かを取って戻ってきた。月並みなクラフト封筒と、黒くて四角いもの。そうやってすぐに持ってこられたということは、見える場所に置いてあったのだろう。

「これがきっかけで、写真に興味持ったもんだから」

でっかちは黒くて四角いものを私の手にのせた。

三十年近く前、私がこの場所でシャツの腹に隠し、でっかちと二人でフィルムも入れずにシャッターを押し合い、襲撃と逃走の日に互いの写真を撮り合った、コダックのコンパクトカメラだった。

「なんとなく、照れくさい気持ちがあったの、わかるだろ？」

わかる気がした。

それにしても、いまこうして触れてみると、本当に同じカメラなのだろうかという気持ちになる。あの頃はこの上なく魅力的で高級感あふれているように見えていたのに、いま私の手にのっているそれは、全体的にひどく角張って、安っぽいおもちゃみたいだ。

「その封筒は？」

「お父さんの遺品の整理をしてるときに見つけたんだ」

入っていたのは、一枚の写真だった。

真っ暗な風景の中に、青白い光がいくつも漂っている。光の正体がわからず、私が顔を近づけて覗き込んでいると、でっかちはよくわからないことを言った。

「お父さん、あのときの写真は全部処分してくれてたんだけど、フィルムの最初のほうにあったやつは、捨てずにとってあってさ」

「最初のほう？」

「工事現場の人たちが、海にボートを出す前の写真」

「そんなのがあったんだな」

「そう、あったんだ。まめ、それ何だと思う？」

私はいっそう注意深く写真を観察した。真っ暗な背景。いや、刷毛《はけ》で払ったような横向きの白い筋が、細かく入っている。筋はときおり傾《かし》いだり、ぶれたりし、そして全体のあちこちに、ぼんやりとした青白い光のかたまりが散って――。

「あの海のくらげ、ほんとに光るんだ」

驚いて顔を上げた。

「くらげが？」

「そう。夜になると、みんな青白く光る。もともと、それを見つけて、あの人はカメラを向けていたんじゃないかな。たまたまそのあとで、工事現場の人たちが海に出て、死んだ魚を集めはじめたんだと思う」

すると――。

あのとき私がついた嘘は、嘘ではなかったのだ。

光るくらげがいるという話は。

半ば呆れたような気持ちで、私はその写真を眺めた。すると、でっかちが鼻から妙な息を洩らした。見ると、唇に力をこめて、笑い出さないように頑張っているのだった。

「何だよ」

「信じるんだな」

「何を？」

「こんな話」

　でっかちは私の手から写真を取り、太い指の先で青白い光を撫でた。

「あそこを泳いでるの、ただのミズクラゲだから、光るわけないだろ」

「でも、それ――」

　ウミホタルじゃないかとでっかちは言った。

「ほらあの、エビとかカニの仲間の、死んだ魚なんかを食べるやつ。水面に魚がたくさん浮いてたから、きっとそれに集まってきたんだろ。これはくらげの写真じゃなくて、たぶん、死んだ魚にウミホタルが集まってるだけだよ」

「……そうなのか?」

　私は首を突き出して写真に顔を近づけた。

「ウミホタルってのは、刺激を与えると光るんだと」

　でっかちは教えてくれた。

「あのとき工事現場から、魚がやられるようなものが流れ出たんだろ? だからたぶん、それが刺激になって、魚に集まったウミホタルが光ってたんじゃないかと思う。そもそも、もしかしたら工事現場の人も、この光を見て事態に気づいたのかもしれない。だって、真っ暗の状態だったら、海に魚が浮いてても、よく見えないもんな」

　ありうることだと、私も思った。

「でもやっぱり、これ……くらげが光ってるように見えるよな」

私は言った。

「うん、見える」

それからしばらく私たちは、どちらが上でどちらが下だかもわからないその写真を、まるで一つの小さな物語を別々の方向から読み解こうとするみたいに、向かい合って眺めた。太陽の光が木洩れ日に変わったように、思い出は眩しさを失い、しかし大人になった私には――たぶんでっかちにも、それは心地のいい光だった。二階から下りてくる小気味いいスリッパの足音がして、でっかちがそちらを振り返り、その唇が少し隙間をあけているのを、私はなんとなく見上げた。

第三章

無常風

Tsune-naki-kaze

（一）

西取川《にしとりがわ》沿いの道を飛ばしていく。ワイシャツが風でふくらみ、斜めがけにした通学バッグが尻の後ろでばたばた鳴った。一の橋が近づいてきたので、源哉《げんや》はアクセルをゆるめてギアを落とした。

川に　　や　　などを
　　に落とさないで！

橋を渡るとき必ず目に入る、欄干に取りつけられたパネル。海から吹く潮風のせいで、赤ペンキで書かれていた文字が消えてしまっている。最初に看板が取りつけられたのが三十四年前だというから、たぶん何度かは書き直されたり、張り直されているのだろうけど。

この看板が取りつけられたのは、何を隠そう源哉の父が大怪我をしたからだ。三十四年前、火振《ひぶ》り漁の最中に、誰かが一の橋から大きな石を落とし、それが父の頭を直撃した。小学校と中学校、そして高校に入ってからも、源哉は友達によくこの話をする。町ではもともと有名な話なので、あれはお前の親父だったのかと、みんなたいてい驚いてくれる。いまも額の脇に傷が残っている父には悪いけど。

一の橋を渡りきって下上町《しもあげちょう》から上上町《かみあげちょう》に入り、大きな向日葵《ひまわり》畑に面した坂道を登る。ヘルメットのシールドの向こう側で、夏の青空が景色を押し下げていく。

鏡影館《きょうえいかん》に駐輪場はなかったので、源哉は道の反対側、バス停の脇にバイクを停めた。通学バッグをシートの上に置き、バッグのベロをずらして、「2・1　崎村源哉」とマジックで書き込まれたタグがわざと見えるようにしてから、バイクを離れる。源哉がバイクに乗っていることは、まだ親しい友達しか知らないけれど、こうしておけば、ひょっとしたら誰かが見てくれるかもしれない。

館内に入ろうとしたら、ちょうど中からガラス戸が開いた。出てきたのは二人組の男の人だ。どちらもたぶんまだ六十代半ばくらいだが——この人たちも遺影を撮りに来たのだろうか？

「これまた若いなあ」

「ねえ、面白いもんですね」

「そういうところも、あれしとこ。テレビの人に伝えとこ」

そんなことを言いながら脇を過ぎていく。源哉は二人の後ろ姿をちょっと見送ってから、ひらいたままのガラス戸を抜けた。

「こんにちは」

カウンターの向こうから頰笑みかけてきた女性は、源哉の母よりも、ひと回りくらい下だろうか。

「あの、祖父の遺影を見せてほしいんです。一枚、ここに置かせてもらってるって聞いて」

用意してきた言葉を口にしてから、祖父の名前と自分の名前を伝えた。

「ちょっと待ってくださいね」

彼女がカウンターの後ろで資料のようなものを探るあいだ、そっと店内を見渡した。左奥に横長のソファーが置かれ、女の人が腰掛けている。二十歳前後くらいで、スカートの上に木製のフォトフレームを置き、それをぼんやり眺めている。どこかで見たことがあるが——いったい誰だったか。思い出そうとしていたら、床が軽く揺れ、すぐそばの壁が四角い口をあけた。壁と同じ色で塗られていたのでわからなかったが、小さなエレベーターだった。

中から男の人が出てきて、にっこりと源哉に会釈する。ずいぶんでかい人だ。

「サンプル、サンプル……」

でかい男の人は棚から分厚いファイルを一冊抜き取ると、また窮屈そうにエレベーターに乗り込んでドアを閉めた。この人が鏡影館の店主で佐々原《ささはら》さん、いま資料を探っているのがその奥さんだということを、源哉はあとで知った。

「お待たせしました。ご遺影は、そちらの棚の、下から二段目に置かせていただいています。どうぞお手に取って、奥のソファーで、ごゆっくり」

フォトフレームが並んだ棚の前にしゃがみ込むと、人混みの中で家族を探すときみたいに、祖父の顔はすぐに見つかった。なるほど、たしかに父が言っていたとおり、家にある遺影よりもずっと穏やかな笑顔で写っている。

祖父の遺影を手に、店の奥へ向かう。さっきの女の人はソファーの奥側に座っていたので、源哉は手前の端に腰を下ろした。ローテーブルの上には白い湯呑みと、空っぽの透明な小袋が一つ。

ヘルメットを尻の脇に置くと、彼女がちょっと目を向けた。そのまま、ついでのように、源哉が手にした遺影に視線を流す。つぎの瞬間、さっと目を上げて源哉を見る。

「え、嘘――」

何が？

源哉は相手の顔を見てみたが、やはり誰だったか思い出せない。彼女が膝に置いた遺影に視線を向けてみると、その遺影は、彼女の素早い動きによって反転させられてしまった。人が持っている遺影は覗《のぞ》くくせに、どうして自分のほうは隠すのか。

「へえ……バイクとか乗るんだ」

乗る。でも。

「何でですか」

「ううん、べつに」

バイクに乗るといっても、じつのところ乗りはじめてまだ一ヶ月くらいしか経っていない。免許はこの春休みに取ったけれど、いくら頼んでも親はバイクを買ってくれず、自分で小遣いを貯めて買うには途方もない時間がかかるし、アルバイトをはじめても、たぶん一年以上はかかる。だから、いまのところは自分のバイクを購入することはあきらめ、友達のものをたまに借りたり、後ろに乗せてもらうことにした――と、夕食時に言ってみたら、父も母も急に態度が変わった。とくに父が、それは危ないから駄目だとおたついて、でもバイクに乗らなければ運転の仕方を忘れてしまうので、なおさら危ないじゃないかと言うと、難しい顔で考え込んだ。やがて両親は二人で廊下に出て何事か話し、戻ってきたときにはもう、中古のバイクを買ってくれるという話になっていた。ただし、学校へ乗っていくことと、夜に乗ることは許してもらっていない。一度でもきまりを破ったら、キーも免許証も取り上げると、これは母に固く約束させられた。いまのところ源哉は一度もその約束を破っていない。今日だって、ちゃんと自転車で通学し、いったん帰宅してから出直してきたのだ。制服のままなのも、通学バッグを背負ってきたのも、あちこち遠回りしてきたのも、誰かに見てもらいたかったからだ。それにしてもこの人いったい誰だ。

「崎村《さきむら》源哉くんだよね。お父さんと同じゲン——さんずいのやつに、ヤは楽しきカナとか哀しきカナとかのカナで。え、いま何年生?」

「高二ですけど」

「そっかあ、そのくらいになるかあ」

「あの」

「どうぞ」

奥さんが湯呑みを置いた。

「これ、皆様にお配りしてるので、よかったら」

湯呑みの脇に添えられたのは煎餅《せんべい》だった。煎餅には、「ありがとうございます。十年目になりました。鏡影館」と薄茶色く印刷されている。

「源哉くん、あたしのこと憶えてないでしょ。七年前に会ってるんだよ」

彼女は手にした遺影をこちらに向けた。

「セットで」

「セット？」

彼女は自分と写真を交互に指さし、「セットで」ともう一度言う。フォトフレームの中で頰笑んでいるのは、彼女と顔立ちのよく似た女の人で――。

「あ」

「わかった？」

「たぶん」

家の前だ。小学四年生くらいの頃、日曜日か土曜日に、友達と遊びに行くため家を飛び出した瞬間、路地で親子連れとぶつかりそうになった。そのあと、歩いていきながらちょっとふり返ると、二人が庭を横切って玄関に向かうのが見えた。夕方になって家に帰ってみたら、父の様子がなんだか変で、やけに母親に優しくしているような気がしたので、いったいあの人たちは誰だったのだろうと気になったが、父に訊いてみたら、何故か目を泳がせて、知り合いだよと当たり前のことを答えた。

「……死んじゃったんですか？」

言ってから、まずかったかなと思ったが、相手は気にしなかった。

「そう、あれから半年ちょっとで。でも、大きくなるもんだね。当たり前だけど」

源哉をもっとよく見ようとするように、ソファーの上で上体を引く。

「もう高校生かあ」

「あの、僕のお父さんとはどういう――」

「うん、ちょっとした知り合い」

父と同じようなことを言う。しかし、べつにどうしても知りたいわけではなかったので、源哉はただ頷《うなず》き返して煎餅の小袋を開けた。

彼女の名前は藤下歩実《ふじしたあゆみ》というらしい。

「いまちょうど、誰かと喋りたいと思っててさ、でもここにいても話す相手いなそうだから、もう帰ろうとしてたんだけど、そしたら隣に人が座って、なんとそれが崎村源哉。びっくりするわあ。え、源哉くんは何でここに来たの？」

答えようとした口に、しかし源哉は煎餅を突っ込んだ。

きっかけは、バイクを買ってもらったことだ。事故に気をつけなさいと、父や母からうるさく言われ、わかってるよと思いつつも、運転するときは少し怖い。教習所で見せられた交通事故の写真やビデオを何度も思い出し、もし自分があんな事故に遭ったらどうしよう、もし死んでしまったらどうしようと考える。父や母はきっと、自分たちがババイクを買ってやったせいだと思うに違いない。一人っ子だから、自分が死んだら両親はあの家で二人きりになってしまう。そんなことを思ううちに源哉は、人間の生や死について考えるようになったのだ。

「源哉くんくらいの歳って、人間の生とか死とか、そういうこと考えちゃう時期じゃない？」

「べつに、考えないです」

「そっか」

　生や死のことを考えはじめてみると、人生って何だろうという漠然とした疑問がわいた。自分はこの町で、ずっと暮らしていくのだろうか。両親はずっと農業と火振り漁をつづけ、毎日似たようなことをしながら歳をとっていくのだろうか。祖父もその昔、両親と同じように働いていたらしいけど、源哉が生まれたときにはもう何もしていなかった。五十代の頃、鮎の密漁者と喧嘩をして大怪我をさせられ、そのせいで働けなくなったのだという。祖父はいつも家でテレビを見たり、そうでなければ昔話をしていたが、源哉が二年生のときに心臓を悪くして、何度か入退院を繰り返しているうちに死んでしまった。ああやって、歳をとって、身体に悪い部分がでてきて、だんだんと自分が死んでいくことがわかっているというのは、どんな気分なのだろう。たとえば生きながら何かに食べられていくような感じなのだろうか。そんなことを考えながら、居間の仏壇に置かれている祖父の遺影を眺めていたのが、数日前のことだ。

祖父が大っぴらに笑っているところを、源哉はほとんど見たことがない。でも、遺影の中の祖父は笑っている。死んでいくのに、どうして笑えるのだろう。心の中で首をひねっているうち、この鏡影館に、もう一枚の遺影が置いてあると父が言っていたのを思い出した。家にある遺影よりも、もっと穏やかに頰笑んでいる一枚なのだという。だから源哉は今日、ここへ来たのだ。祖父のもう一枚の遺影を見るため。自分が抱えているこの人生の悩みを解決すべく。──しかし。

「なんとなく来てみただけです」

年上相手に説明するのは恥ずかしい。

「そっちは、何でですか?」

「あたしは……」

母親の遺影を撫でながら、歩実は首をひねる。

「去年就職して、看護師やってるんだけどね」

かつて母親が病気にかかったとき、病院の人にとても世話になり、それがきっかけでいまの仕事を選んだのだという。

「配属されたのがいきなり癌病棟で、すごいたくさん亡くなっちゃうんだよ、患者さん。ベテランになったら慣れるのかもしれないけど、あたしまだ新米だから、いろいろ悩んじゃって」

そんなときはいつも、家で母親の遺影を眺めるらしい。

「なんていうか、相談するみたいな感じで。でも今回、ちょっとそれがうまくいかなくて……シフト終わって帰る途中、ここでバス降りたの。もう一枚の遺影でも見てみようかなと思って」

源哉の理由と少し似ていた。でも、似ているだけで、自分のやつはずいぶんレベルが低い。うっかり話さないでよかった。

「そういえば、さっき聞いたんだけど、今度ここにどすとが来るんだって」

「え！」

どストレート佐藤は全国的に有名なお笑い芸人だ。大ベテランで、最近ではテレビドラマなんかにも、変わり者の飲食店経営者の役などでよく出ている。

「遺影を撮りにですか？」

「ううん、テレビ番組で特集するみたい。そのレポーターが、どすと」

「へえ……」

なんにしても、この町に有名人が来た話なんて、いままで聞いたことがない。

「カミシモを盛り上げる会って知ってる？」

「上下《うえした》って書くやつですか。……あ、すいません」

源哉がテーブルにこぼした煎餅のかすを、歩実が手で集め、自分のほうの小袋に入れた。

「そう、町おこしの団体。そこがこの写真館のことを東京のテレビ局に話して、向こうが興味持ったみたい。さっきまでその団体の代表者みたいな人たちが来てて、ここの経営者さんと打ち合わせしてた。源哉くん、入り口ですれ違ったでしょ」

さっきの二人組は「上下《かみしも》を盛り上げる会」の人たちだったのか。

会のことはたしか中学校の社会科の授業で、先生がボランティアについて話しているときに初めて聞いた。「上下」は「上上町」と「下上町」のことで、夏の火振り漁や、鮎料理や、西取川や海水浴場を県外にアピールし、観光客や移住者を増やそうという活動をしているらしい。去年の秋、友達五、六人で駅前に遊びに行ったとき、商店街に並んだ飲食店のいくつかに「KAMISHIMO　B級グランプリ開催中！」という幟《のぼり》が立っていて、そこにも主催者として「上下を盛り上げる会」の名前が書いてあった。各店舗でB級グルメの味を競うというイベントだった。商店街の端に投票箱が置かれ、自分が気に入った食べ物を書き込んで投票するシステムだったので、源哉たちは中華料理屋の店先で売っていた鮎まんを食べてみた。いつもコンビニで買う肉まんやピザまんのほうが美味しかったので、けっきょく投票はしなかった。

エレベーターの扉がひらき、中から佐々原さんの巨体が現れた。その後ろから、サイズでいうと三分の一くらいのおばあさんが出てくる。とても痩せていて、櫛の目が立った白髪が奇麗に頭の後ろでまとめられ、そこに木の簪《かんざし》がささっている。

「ノカタさん、お疲れ様でした。じゃ、すみません、そちらのソファーで少しだけお待ちいただけますか?」

佐々原さんがこっちを手で示す。

「あ、なら、あたしこれで」

隣で歩実が立ち上がったので、源哉も膝を立てた。

「大丈夫ですよ。大きなソファーだから、三人で座れるもの」

おばあさんに言われて座り直そうとしたが、歩実が「いえほんとに」と遠慮したので、また尻を上げた。

二人でカウンターごしに礼を言い、それぞれの遺影をもとの場所に戻そうとすると、

「家族なら、持っていっても、そのまま家に置いてもらってもいいよ」

佐々原さんにそう言われた。

「じゃあ、借りていきます」

歩実は母親の遺影をバッグに仕舞い、源哉も祖父の遺影を借りていくことにした。

二人でもう一度頭を下げて出口に向かう。

ガラス戸に手をかけた歩実が、ふと背後を振り返った。彼女はソファーに腰掛けるおばあさんを見ていたが、それに気づいた相手が顔を向けようとすると、また前に向き直

ってガラス戸をスライドさせた。さっきから聞こえていたアブラゼミの声が、わっと高まって、太陽が強烈に顔を照らす。

「さっきのおばあさん……」

戸を閉めたあと、歩実が訊いた。

「苗字、何て言ってた？」

「たしか、ノカタ。知ってる人ですか？」

彼女はほんの微かに顎を引く。

「勤めてる病院の、患者さん。あたしは担当したことないんだけど、院内で何度か見たことあって」

「そうなんだ」

「あの人……」

ガラス戸を振り返り、歩実は何か言おうとしたが、けっきょく言葉は出てこなかった。

＊＊＊

三十五年前の冬。

野方《のかた》逸子《いつこ》は一人きりで暗い畳を見つめていた。

家を建てる場所を探しているとき、朝日がよく入る家にしたいと、夫と二人で上上町のこの場所を選んだ。実際、朝になると東側の窓からまっさらな太陽が射し込んで、季節を問わず居間を照らしてくれる。しかし、朝日がよく入るということは、早く暗くなるということだ。二年前、夫が四十八歳の若さで死んでしまったときになって、逸子は初めてそれに気づかされた。

今日は日曜日。野方建設は休業日だが、逸子は朝からずっと自宅で帳票類の確認作業をつづけている。途中で二度、会社へ行き、必要になった書類を取ってきた。最初から社長室で作業をすればいいのだろうけれど、休日に仕事をしているところを従業員に見られたくないのだ。

野方建設で事務を任されていた逸子が社長業を引き継いだのは、死んだ夫の頼みだった。不慣れなことばかりで、仕事をどうしても週日に終わらせることができず、いつも週末にこうして書類を広げている。新しい事務員を雇う余裕は、いまの野方建設にはない。

逸子が社長になってからというもの、現場の数が目に見えて減り、今年は従業員に夏のボーナスさえ払えなかった。

先だっての入札が、起死回生のチャンスだったのだ。西取川の下流で護岸整備工事が行われることが決まり、その工事には地域の経済活性化の意味もあったので、入札は上上町と下上町にある建設会社のみで行われた。いや、実際には、中江間《なかえま》建設と野方建設の二社だった。大規模な工事だったので、町内にある建設会社のうち、請け負えるのはその二社だけだったのだ。

しかし、受注したのは中江間建設だった。

この先、いったいどうすればいいのか。夫が会社をつくった際の借金と、この家のローン、そして東京で大学に通う息子の学費もある。業績の悪化で、会社の赤字は毎月嵩《かさ》んでいく。夫が関係をつないでいた町の不動産業者のいくつかは、社長が逸子に替わったあと、発注先を中江間建設に変えてしまった。逸子の努力が足りず、信頼が得られなかったのだろう。夫は得意先の人たちに、本当に頼りにされていた。

玄関で呼び鈴が鳴る。

二度目か、もしかしたら三度目かもしれない。

逸子は膝を立て、廊下を抜けて玄関に向かった。

「……はい」

休日の訪問は、融資の話を持ちかけてくる金融業者であることが多い。野方建設が銀行に融資を断られていることを、どこからか聞きつけてくるのだろう。彼らは、いますぐ現金を用意できると言うのだが、利率を訊いてみると、いずれも法外だった。もし返せなくなったときには、会社を畳んで土地建物を売るしかなくなってしまう。

耳をすますと、ドアの向こうで、よく聞き取れない声がした。

三和土《たたき》に下りてドアスコープを覗く。痩せて背の高い、コートを着た男が立っている。黒縁の眼鏡をかけていて、うつむいているので、知っている相手なのかどうか、よくわからない。

「……はい？」

もう一度声をかけると、男はなんとかですと名乗った。業者名ではなかったので、逸子はドアチェーンを外してみた。押し開けたドアの隙間に、男がすっと立った。

「すみません、お名前がよく……どちらさまですか？」

「イザワと申します」

記憶にない苗字だ。

「野方社長に、お話ししたいことがありまして」

そのときのイザワの声は、三十五年経っても、逸子の耳の奥に残っている。ガラスが粉々に割れる前の、最初の亀裂音のように、小さいけれど、取り返しのつかない音。あれから何度も逸子はそれを聞き、そのたびガラスは砕けた。無数の破片の上に、また破片が積み重なり、その中で自分が生き埋めになっていくというイメージが、医者に死病を宣告されたいまも、離れてくれない。

（二）

「けっきょく何を気にしてるんだかわからないんですけど！」

源哉が怒鳴ると、歩実もまた怒鳴り返した。

「だから、べつに何も気にしてないって！」

「じゃあどうしてわざわざ行くの！」

「あたしにもわかんない！」

二人乗りをしているので、怒鳴らないと会話ができないのだ。

鏡影館で歩実と初めて会った、二日後の午後だった。あの日、店を出たあと歩実はバスで帰ると言い、源哉のほうはバイクにまたがった。なんとなく振り返ると、歩実もこっちを見ていた。

——あたしバイクって生まれて一度も乗ったことないんだよね。

——乗ってみます？

べつに二人乗りを提案したわけではなく、単にちょっとまたがってみるかという意味で言ったのだが、歩実は待ってましたというように近づいてくると、源哉の後ろに座った。

——バスが十五分待ちだったから助かる。ヘルメットって、後ろの人もかぶるの？

シートの脇のフックには、いつも予備のヘルメットがぶら下げてある。町でクラスメイトにでも会って、「家まで乗せてってよ」なんて言われるかもしれないと期待してのことだった。

まさか初めて二人乗りをするのが女の人だとは思ってもみなかった。

歩実の道案内で到着した彼女の自宅は、とても立派だった。市街地なので、源哉が住んでいる地域みたいにだだっ広い庭はついていないけれど、建物が全体的に四角い感じで、未来的で、建てるのにずいぶんお金が要りそうに見えた。お金持ちなんですねと、いま思えば馬鹿みたいなことを言ってしまったが、歩実はすんなり頷いて、彼女の祖父が会社をやっているのだと教えてくれた。川の水や工業廃水をきれいにする会社で、神奈川にあった本社を、十二年前にこっちへ移転させたのだという。

——さっきのおばあさんのこと、何で気にしてたんですか？

ヘルメットを受け取りながら訊いてみた。

——あの人、建設会社の社長さんで、ノカタイツコっていう人なんだけど……。

世の中にはそんなにたくさん社長がいるのか。

——もともと顔は知ってて、最初に病院で見かけたとき、もしかしたらそうかなとは思ったんだよね。で、さっき苗字を聞いて、ああやっぱりって。

なんとなくそれで疑問が解決したような気になり、源哉はふうんと頷いたのだが、あとで考えてみたらまったく説明になっていなかった。

——連絡先とか交換しちゃう？

別れ際に歩実が、まるで悪巧みでもするように、ちょっと家のほうを振り返って言った。互いにスマートフォンを取り出して通信アプリの連絡先を交換したあと、彼女は軽く手を振って玄関のドアを入っていった。歩実がかぶっていたヘルメットをバイクのフックに戻したとき、ちょっと髪の毛のにおいがした。家に帰ると源哉は、いつものように二つのヘルメットを部屋の棚に置いたあと、歩実が使ったヘルメットのほうに、なんとなく体操服のジャージをかけた。

夜になり、火振り漁に出ている両親が用意してくれた晩ごはんを一人で食べながら、スマートフォンに「のかたいっこ」「上上町」「下上町」「建設会社」と打ち込んで検索してみた。すると「野方建設」がヒットした。会社のホームページによると、野方逸子は社長ではなく会長だったので、歩実にメッセージを送る口実ができた。

『あ、そうなんだ。まだ社長かと思ってた』

歩実はすぐにメッセージを返してきた。

『サイト見たら、今の社長も同じ苗字の男の人でした。写真がのってたけど五十代くらいかな。わかんないけど』

『息子さんかもね』

ちょっと迷ってから返信した。

『野方逸子さんと、なんかあったんですか?』

『何で??』

『昼間ちょっと変だったから』

そのあと、返信が途絶えた。

何か気にさわっただろうかと、送ったメッセージを見直していると、長めの返信が来た。

『昔、おじいちゃんがこっちで建設会社やってて、西取川の護岸整備の仕事を請け負ってたんだけど、それを途中から野方建設が引き継いだんだって。それがきっかけで野方建設が大きくなったって聞いたことあるから、世の中複雑だなあと思って』

ああなるほどと、源哉はまた安易に納得しかけたが、よく考えたら何が「複雑」なのかわからない。

『何が複雑なんですか??』

『あ、意味わかんないか。ごめん、何でもない』

『気になるんですけど』

しばらく経つと、歩実からアプリの無料通話がかかってきた。

その電話で歩実は、自分がまだ生まれていないときに起きた、西取川での薬剤流出事故のことを教えてくれた。三十五年前、彼女の祖父が経営していた中江間建設が、護岸整備工事を行っている最中に過って消石灰を流出させ、西取川でたくさんの魚が死んだのだという。会社はそれを隠蔽しようとし、しかし週刊誌が情報を摑《つか》んで記事にしてしまい、住民の抗議運動が起きた。中江間建設は護岸整備工事からの撤退を余儀なくされ、工事は野方建設へと引き継がれた。中江間建設と野方建設は同規模の建設会社だったので、それまで中江間建設が取り引きしていた業者のほとんどが野方建設を使うようになり、中江間建設は倒産し、野方建設は成長をつづけた。

家族に関わるそんな話を、その日会ったばかりの自分に、歩実はどうして教えてくれたのだろう。

——そんなわけで、社長さん、じゃなくて会長さんがあそこに遺影を撮りに来てるの見て、いろいろ考えちゃったわけ。この人はずっとこの町で建設会社をつづけてきたんだなあとか。うちのお祖父ちゃんもそうだけど、みんなもうずいぶん歳とったんだなあとか。

——会長さんの病気って、どんな感じなんですか?

遺影を撮りに来ていたのだから、ある程度は想像できたが。

——担当してるフロアじゃないから、わからないんだよね。調べようと思ったらできるだろうけど、そういうの、やっぱりちょっとまずいから。あそうだ、お母さんの遺影を返しに行くとき、鏡影館の人に訊いてみようかな。

それはまずくないのだろうか。

――知ってますかね。

――駄目なら駄目で、べつにいいし。

二日後、夕方前に仕事が終わるので、そのとき遺影を返しに行くつもりだという。

――よかったら病院からバイクに乗せていきましょうか？

思い切って言ってみた。

――僕もちょうど、その日にお祖父ちゃんの遺影を返しに行こうと思ってたから。

というのは嘘だった。

「あー咽喉《のど》痛い……大声出したのなんて、いつ以来だろ」

鏡影館の向かいでバイクを降りると、歩実はトートバッグからペットボトルのお茶を出してごくごく飲んだ。ボトルの中を気泡が細かくのぼっていくのを眺めながら、源哉は通学バッグをシートに置いた。中から祖父の遺影を取り出したあと、前回と同じくバッグのベロをずらして自分の名前が見えるようにしたが、不用心だから持っていったほうがいいと歩実に言われ、仕方なくまた肩にかけ直した。

ガラス戸を入ると、カウンターの前に夫婦らしい二人組が立っていた。

奥さんのほうが、佐々原さんに文句を言っている。

「だってマナブあんた、チラシにもホームページにも、人間専門って書いてないじゃんか」

口調からして、佐々原さんの親戚か何かだろう。細身で、髪が真っ直ぐに腰まで伸び、その腰の脇で何か茶色い毛のかたまりが揺れている。あれは尻尾だろうか?

「でもトモエさん、何も書いてなければ、普通は人間専門だよ。たぶんそれは、どんな店でも」

「あたしたちが普通じゃないみたいな言い方じゃん」

「いやそういうわけじゃなくて、あすいません、いらっしゃいませ」

佐々原さんがようやく源哉と歩実に気づいた。夫婦もこっちを振り返り、そのとき初めて、奥さんの腕に抱かれた茶色い犬が見えた。トモエさんというらしいその奥さんは、声と後ろ姿から想像していたよりも年齢が上だった。でも美人だ。いっぽう旦那さんのほうは、髪はぼさぼさで、まったくお洒落ではない眼鏡をかけ、全体的にひょろひょろして、ぜんぜんさえない。年はたぶん奥さんよりも下だろう。

遺影を返しに来たことを歩実が伝えると、佐々原さんはトモエさんから逃れようとしたのか、カウンターをわざわざ回り込んできて、歩実と源哉が持参した遺影を受け取った。そのまま、やけにのろのろとした動きで棚の前にしゃがみ込み、もとの場所に戻していく。源哉の祖父は右端、歩実の母親は左端。しかし佐々原さんはそれらをまた手に取って、こちらを振り返った。

「もしあれだったら、そっちでまたお茶とお煎餅でも。ね、ご遺影を眺めながら」

歩実が頷いたので源哉も頷いた。たぶん佐々原さんは、源哉たちがいればトモエさんが大人しくなると思ったのだろうけど、彼女はぜんぜん気にしなかった。

「前にこの人が言ってたわよ。ネズミより上の動物は、人間も含めて、ぜんぶ同じだって。何で人間の遺影はOKで犬の遺影は駄目なのよ」

「いや駄目なわけじゃなくて、今日はかみさんがいないから、ちょっと相談してから決めさせてほしいんだって」

「違うよトモエさん」

さえない旦那さんが初めて口をひらいた。

「僕がしたのは身体構造の話だよ。ネズミ以上の動物はみんな七つの首の骨を持っていて、口から飲食物を摂取して肛門から――」

「あんた黙ってて」

旦那さんはしゅんとして、何故か源哉たちのほうを見ながら苦笑する。二人で曖昧に笑い返し、店の奥でソファーに並んで座った。

「マナブ、あんたあたしの弟みたいなもんじゃない。子供んときからずっと可愛がってあげたじゃない。あたし、お店あんまり休めないのよ。なんとか今日撮ってよ。この子だって、早くしないと死んじゃうかもしれないし」

「オービー、そんなに悪いの？」

佐々原さんが眉を垂らして犬を見る。

「悪いわよ。悪性腫瘍で、もう手術できないって獣医さんに言われたんだから。ほんとはここに来るのだって、すごく負担なのよ」

「だったら事前に連絡くらいすればいいのに」

「忘れたのよ」

オービーというあの犬は、たぶん柴犬だろう。動物の年齢は人間ほどわかりやすくないけれど、それでもけっこう年寄りだと感じさせる、顔つきと毛並みだった。

「ねえ、どすと来るんでしょ、ここに。テレビの収録で」

急にトモエさんが話題を変えた。

と思ったら変えていなかった。

「あたしそのとき来て、この写真館は客を選ぶから気をつけたほうがいいですよって言っちゃおうかな」

佐々原さんの顔に化け物を見たような表情が浮かんだ。

「それ脅迫じゃんか。ねえマミヤさん、助けてくださいよ。この人むちゃくちゃです

えなかった。

「マミヤさんってあんた、あたしだってもう二十年近くもマミヤだよ」

ということは結婚二十年近いらしいが、二人とも外見が若いせいで、とてもそうは見えなかった。

「いやあ、僕は……」

「あそうだ、思い出した」

佐々原さんが急にぽんと手を打つ。

「突然いま思い出した。俺、マミヤさんが来たら見せたいと思ってたものがあったんです」

何か言いかけるトモエさんを無視し、佐々原さんはカウンターの向こうで巨体を屈《かが》ませ、またむくっと起き上がると、手にした大判の封筒から写真を取り出した。

「これほら。光るくらげ」

どうだというように相手の反応を待つ。しかしマミヤさんは眼鏡を直して写真を覗き込み、ぽかんと顔を上げて佐々原さんを見た。

「……うん？」

「くらげ。光るくらげ」

ソファーに座った源哉たちの位置からは写真の様子が見えなかったが、たぶん何かの冗談だったのだろう、やがて佐々原さんが誤魔化すように笑った。

「すみません、前に友達に同じこと言ったら完全に信じたから、マミヤさんはどうかなと思って。さすがに専門家は騙されないか」

「僕の専門はくらげじゃなくて動物生態学だけど……え、これほんとは何の写真?」

「わからないですか?」

「わからない。何が光ってるのこれ」

ふたたび佐々原さんは、どうだという顔になり、ウミホタルですと言う。

「いまは減っちゃったみたいだけど、前はこのへんウミホタルが多かったじゃないですか。それが水面で光ってるんです」

「嘘だあ」

「ほんとですって。ほら、昔、西取川の護岸工事で事故が起きたでしょ」

隣で歩実がすっと顔を上げた。

「まだマミヤさんがこっちの大学に転職してくる前だけど、トモエさんから聞いてませんかね。うちのお父さんが働いてた建設会社が事故を起こして、西取川の魚が死んだ話」

「あ、聞いてる。それで会社がなくなっちゃったから、マサヤさんまた働き口を探して転職したとか」

「そうです、そう。この写真、事故が起きた日の朝にたまたま撮られたやつなんですけど、死んで水面に浮いた魚に、ウミホタルが集まって光ってるんです。この光を見て、建設会社の人は事故に気づいたんじゃないかって、俺は思ってるんですけどね」

マミヤさんは鼻先がくっつきそうなほど写真に顔を近づけ、遠ざけ、また近づけて遠ざけると、何もかもわかったぞといわんばかりに、両目を自動販売機のコイン投入口のように細くした。

「それも嘘だね、マナブくん」

「いえこれはほんと」

「ウミホタルじゃないよこれ」

「ウミホタルですって」

「あり得ないもん」

「はい？」

「ウミホタルは水面でこんなふうに光らない。彼らは海底の砂の中に住んで、日が落ちると水の中に出ていって、魚の死体やなんかを食べて暮らしてるんだけど、水面に浮いてる魚には決して食いつかない習性があるからね」

「そうなんですか」

「そう」

「なら……沈んでる魚の死体に食いついて、そのまま魚ごと浮いてきたとか？」

「それも考えられないな。ウミホタルは〝海の掃除屋〟なんて言われているくらい食欲が旺盛で、たとえば小魚だったら十分もあれば食べきっちゃうんだ。そこそこ大きな魚だって、ウミホタルが集まって食べたら、浮き袋に穴があいたり身体がばらばらになったりして、水面に浮いてくるケースは滅多にない。たとえあったとしても、こんなにたくさん浮いてくるのは不自然だよ」

「じゃあ……浮き袋で浮いたんじゃなくて、魚が腐って浮いてきたとか。ほら水死体って浮くじゃないですか」

「だってこれ、事故の当日に撮られたんでしょ。腐敗ガスで魚が浮くには数日かかるよ。そもそもウミホタルが食べている時点で、魚の身体に穴があいて、腐敗ガスはそこから漏れていっちゃう」

佐々原さんは寄り目になって写真を覗き込んだ。

「ウミホタルじゃないのかこれ……」

「違うね」

「なら、何なんですかね」

「さあ」

歩実が隣で立ち上がった。佐々原さん、マミヤさん、トモエさんが彼女の顔を見た。

トモエさんの腕の中でオービーが頭をもたげた。

「その写真、見せてもらってもいいですか？」

＊　＊　＊
「消石灰を……？」

西取川に流すのだという。

消石灰はコンクリートを固める際などに使用される、白色で粉状の土木資材だ。ほとんどの工事現場で使われ、野方建設でも取り扱う量は多い。

「ご存じかと思いますが、消石灰は水を強いアルカリ性に変えます。そこに魚が泳いでいれば、粘膜をやられて死にます」

「おっしゃっていることの意味がよく……」

わからないどころではなかった。

突然家を訪ねてきたイザワと名乗る男は、西取川の護岸工事について話したいことがあるのだと言った。漠然と警戒しつつ、逸子が頷いて先を促すと、玄関先では話せない重要なことなのだという。見知らぬ男を家に入れるのは怖かったが、迷った末に逸子はイザワを居間に上げた。広げっぱなしだった帳票類を書類箱に仕舞い、お茶を出そうとすると、イザワはそれを短く断り、コートさえ脱がずに腰を下ろした。

——西取川で行われている護岸工事の仕事を、野方建設が請け負うことができるかもしれません。

座卓の向こうで、いきなりそう切り出された。

——中江間建設が使っている作業員に、古い付き合いの男がいましてね。その男に協力してもらえることになっています。信用できる人間です。まあ、少なくとも我々にとっては。

何に協力させるのかもわからないし、「我々」という言葉が誰を指すのかも理解できなかった。

——具体的なやり方は、すでに考えてあります。必要なものを揃える手だても準備してあります。

——やり方というのは、いったい何の——。

その質問に対してイザワが返した答えが、西取川に消石灰を流すという、いましがたの言葉だったのだ。

「護岸工事の現場で働いているその男が、消石灰を西取川に流します。二十キロ入りのものを、おそらく二袋ほど。袋がまとめて置いてある場所は水際に近いので、あたかも事故で流れ出てしまったように細工するのは難しくないとのことです。まあ、だからこそ消石灰を使おうと決めたんですが」

　川に流したその消石灰によって、魚は死ぬかもしれないし、死なないかもしれない。しかし、べつに死んでくれなくても構わないのだとイザワは言った。

「必要なのは、水面に死んだ魚が大量に浮いていることですから」

　逸子はいっそう話の内容が摑めなくなってきたが、そのあとイザワがつづけた言葉によって、ようやく彼の意図の一部が見えた気がした。

　消石灰で殺した魚を事前に用意し、二の橋からばら撒くのだという。

「その上で、中江間建設が消石灰の流出事故を起こしたと、週刊誌などにリークします。水面に浮いた魚の死骸は、事故の証拠になってくれます。事故が報道されれば、おそらく住民の抗議運動が起き、中江間建設は護岸工事をつづけることができなくなる。そうなると、そこで白羽の矢が立つのは、あなたが社長を務める野方建設である可能性は高い。ご存じのように、あの護岸工事には地域の経済活性化の意味もあるので、入札には上上町と下上町の建設会社しか参加していません。いや、実際のところ中江間建設と野方建設の二社だけだったのではないでしょうか。あれを請け負える規模の建設会社は、このあたりにはほかにないですからね」

　まさにそのとおりだった。

「最も望ましいのは、水面に浮いた魚の死骸を、誰よりも先に中江間建設の人間が見つけてくれることです。そうなれば、もしかしたら彼らは事故を隠蔽しようとするかもしれない。魚の死骸さえ片付ければ、誰も事故には気づきませんから」

口をひらこうとする逸子を制してイザワは言葉をつづけた。

「彼らがもし事故を隠蔽しようとしてくれれば、その事実も含めてリークすることができるので、むしろ好都合なんです。事故が事件になって、中江間建設に対するバッシングも抗議運動も、さらに大きなものになってくれるのではないかと思います」

イザワの口調は一貫して無感情で、まるで書かれたものでも読んでいるようだった。

「中江間建設の人間に真っ先に魚の死骸を見つけさせるための方法も考えてあります。あの工事現場では、深夜もある程度の作業が行われているので、夜明け前に魚の死骸を浮かせて、それを中江間建設の人間に見つけてもらうつもりです」

夜明け前の真っ暗な水面に魚が浮いていたところで、中江間建設の従業員はそれに気づかないのではないか。もちろんイザワの話に乗ったわけではないが、逸子は疑問をおぼえた。するとそれに答えるようにイザワは言う。

「ウミホタルを使って水を光らせるんです。あのあたりにウミホタルが生息していることは、町の人間ならみんな知っています。中江間建設の作業員も、水が光っていれば、そこに魚の死骸があると考えてくれるのではないでしょうか。そして、慌てて確認してみたら、そこには実際に魚の死骸がたくさん浮いているというわけです」

　ただし、とイザワはここで初めて表情を動かした。口許に笑いを浮かべたのだが、その笑いは筋肉の動きだけでつくられていて、彼の顔はいっそう気味悪く見えた。

「水を光らせるために使うのは、ウミホタルの、これも死骸です。野方社長、知ってますか？　ウミホタルって、死んでも光るんですよ。死んで乾燥した状態でも、水に入れると発光するんです」

　知ってますかと訊かれれば、知らなかったが、逸子はただ黙って相手の顔を見つめていた。つづけざまに出てくるイザワの言葉に圧倒され、口を動かすことさえできなかったのだ。

「乾燥させたウミホタルと消石灰をまぜて団子状にしたものを、ばら撒いてやるつもりです。中江間建設の作業員の注意を引いて、魚の死骸に気づかせるために。建設会社の社長さんだからご存じだとは思いますが、消石灰は空気中の二酸化炭素を吸って固くなりますから、乾燥させたウミホタルをまぜ込んだ団子は簡単につくれます。先日ちょっと実験してみたら上手くいきました」

　ここまで話すとイザワは、逸子に理解する時間を与えるように、唐突に黙り込んだ。

　ウミホタルと消石灰でつくった団子を、二の橋から川にばら撒く。中江間建設の作業員は、水が光っているのを見て、魚の死骸があるのではないかと思い、確認する。するとそこには、事前に消石灰で殺しておいた魚がたくさん浮いている。作業員が慌てて現場を点検すると、消石灰が川に流出した形跡がある。そのとき中江間建設は、消石灰の流出を隠蔽しようとするかもしれないし、しないかもしれない。いずれにしても、その情報はイザワによって週刊誌に伝えられる。隠蔽を試みなかった場合は、事故として。もし試みた場合は、事件として。

「でね、野方社長」

イザワが初めて身体を動かし、座卓ごしに上体を乗り出した。

「もし上手くいって、護岸工事が野方建設に引き継がれたときには、お礼をいただけたらと思うんです」

（三）

この人は、景色の眺め方がちょっと独特だなと源哉は思った。

外に視線を流す感じではなく、顔をしっかりと窓に向け、両目を細めている。窓の先には何があるわけでもない。ただファミリーレストランの暗い駐車場が広がっているだけだ。ときおりヘッドライトやテールランプがのろのろと動いているけれど、歩実はそれを目で追うこともない。そんな彼女を眺めながら、源哉は背中を丸めてストローに吸いついた。とけた氷でコーラの味がすっかり薄まり、沈んだカットレモンが酸っぱい。

奥の壁に掲げられた時計を見ると、もう八時を過ぎていた。源哉が食べたジンジャー・ポーク・プレートも、歩実のチキンなんとかも、とっくに皿が下げられている。

何を見ているのかと訊くと、顔だと言われた。

「自分の？」

歩実は少し迷うような間を置いてから頷く。

「源哉くん、ちょっとやってみて。こうやって、窓に顔向けて、目を細めて」

やってみたが、ただ自分の顔が映っているだけだ。

「自分のお父さんに似てると思う？」

似ている――と言えば似ている。しかし、いつも鏡や写真を見て感じる共通点が、同じように感じられるだけだ。

「あんまり」

「そっか。あたし、あるとき気づいたんだけど、こうやって自分の顔見ると、すごくお母さんに似てる気がするんだよね。鏡じゃなくて、こういうガラスとかに映して、目を細めると」

鏡影館で謎の写真を見てから数日が経っていた。

――その写真、見せてもらってもいいですか？

それは三十五年前、歩実の祖父が経営する中江間建設が薬剤流出事故を起こした、当日の明け方に撮られたものなのだという。

暗い水面のあちこちに、ぽつりぽつりと、くずれた円形の光が浮いていた。歩実はマミヤさんに、こんなふうに水面が光るのにはどんな理由が考えられるかと訊ねた。しかし、やはりマミヤさんは首をひねるばかりで、けっきょくわからなかった。

そのあとすぐに、トモエさんと佐々原さんが雑談をはじめ、それにより源哉と歩実は、マミヤさんが大学で動物生態学の研究をしていること、以前に勤めていた大学での昇進を蹴ってこの町に来たこと、給料がぐっと下がったけれど好きな研究ができていること、トモエさんが下上町でスナックを経営していること、マミヤさんが酒を飲めないくせにスナックの名物料理であるナポリタンスパゲティを目当てに通っていたこと、やがてトモエさんと結婚したこと、トモエさんの稼ぎはマミヤさんよりずっといいこと、アンコウの雄は雌に比べてとても小さく、イボみたいに雌に寄生して暮らしていること、オービーというあの犬がマミヤさんの〝連れ子〟であること、そして、トモエさんがやっているスナックの壁にはどストレート佐藤の色紙が飾ってあるけれど、サインの右側に書いてあるスナックの店名がじつはトモエさんの字であることなどを知ったが、そんなものを知ったところで何にもならない。

「あの事故……当時報道されてたのと、なんか違う部分があったのかな」

歩実は紅茶のカップを覗き込む。

「違うって、何が？」

「わかんないけど」

あの日、鏡影館を出たあと、源哉は歩実から薬剤流出事故の詳細を聞いた。歩実は祖父からそれを聞いたのだという。

三十五年前、事故があった日、深夜作業を行っていた中江間建設の作業員が、西取川の水が光っていることに気づいた。このあたりの海や汽水域にはウミホタルが多く生息しているので、その作業員は、もしや魚が死んでいるのではないかと思い、ライトで水面を照らしてみた。すると、大量の魚が浮いていた。彼は慌ててほかの作業員にそれを伝え、すぐさま現場が点検された。消石灰が川に流出したあとがあった。そこで初めて、社長である歩実の祖父に連絡がいった。歩実の祖父はすぐに現場へ駆けつけ、空がまだ暗いのを見て、事故を隠すことができるかもしれないと考えた。そして、作業員たちに指示し、水面に浮いた魚を回収させた。彼らには家族もいる。自分にも家族がある。魚の回収が終わったあと、社長は消石灰の流出事故を世の中に公表しないと、作業員たちに伝えた。誰も反対はしなかった。しかし、けっきょくそれから三ヶ月ほどして、どこからか情報が週刊誌に漏れ、薬剤流出事故は事件として大々的に報道されてしまったのだという。そして中江間建設は護岸整備工事から撤退し、悪評によって仕事の注文が一切こなくなり、倒産した。

「事故のこと、そんなに気になります？」

「気になるよ。だって、お祖父ちゃんとかお祖母ちゃんとかお母さんは、それで町を出なきゃならなかったんだもん」

「でも、三十五年も経ってるんだし、歩実さんのお祖父さんも、そのあと新しい会社をつくって成功したんだし」

　昨日の夜、歩実からメッセージが送られてきて、晩ごはんでもどうかと訊かれたとき、源哉は胸がどきどきした。けっきょくそのどきどきは、明日はどうでしょうと提案したときも、じゃあ明日よろしくと返信がきたときも、そのあと時間と場所を決めているときも、今日学校にいるときも、放課後に家で壁時計を睨んでいたときも、両親が火振り漁に出かけたあと、待ち合わせたこのファミリーレストランに予備のヘルメットを持参してやってきたときも、ずっとつづいていた。もちろん、デートとまでは考えなかったけれど、なんかそういうあれかもしれないという思いがあった。でも、たぶん歩実は、あの写真や三十五年前の出来事について喋れる相手が一人しかいなかったから、単に源哉を食事に誘っただけなのだろう。キーと免許証を取り上げられるかもしれないというリスクを冒してまでここへやってきたというのに、正直なところ面白くなかった。

「そうなんだけど……やっぱり、自分が生まれたきっかけになった出来事だから」

　歩実の両親は、彼女の祖父がつくった新しい会社で出会ったらしい。社長の娘である歩実の母親が、事務員として働いているところに、父親が営業マンとして入社してきたのだとか。それを考えると、確かに、歩実の祖父が新しい会社をつくらなければ歩実は生まれてこなかったということになるけれど——。

「そんなこと言ったら、何だってそうじゃないですかね。うちのお父さんとお母さんも、お母さんが漁協に勤めてたときに偶然知り合ったみたいだし」

ちらっと歩実が目を向けた。

「……何ですか？」

彼女はしばらく迷ったあと、よくわからないことを言う。

「源哉くんも関係あるんだよ」

「はい？」

「三十五年前の事故がなかったら、源哉くんだってこの世に生まれてないの」

どういうことだ。中江間建設が起こした消石灰の流出事故と、自分と、何の関係があるというのか。テーブルごしに歩実の顔を見返すと、その頬がすっと持ち上がった。

「ごめん嘘」

「は？」

「言ってみただけ。自分の人生も関係してるってことになったら、源哉くん、どう思うかなって」

「何ですかそれ」

歩実は紅茶をひと口飲み、小さく溜息をつく。

「あたし今日、病院で、野方逸子さんの資料見ちゃったんだよね」

「まずいからやらないって言ってたのに」

「どうしても気になっちゃって、調べちゃったの。そしたら、お母さんと同じ癌だった。ステージも書いてあったんだけど、よっぽどの奇跡が起きないかぎり、もうそんなに長くないと思う」

鏡影館に遺影を撮りに来ていた野方逸子の、痩せた顔が浮かんだ。

あの日、二階で撮った写真は、どんな表情をしていたのだろう。会社を大きくして大成功したから、やっぱり満足そうな顔だろうか。いや、だからこそ、もっともっと生きていたいという思いがにじみ出ていただろうか。一階で見た彼女は穏やかに頬笑んでいたが、いまこうして思い返してみると、顔全体が頬笑んでいたわけではなかった気がする。よく憶えていないけれど、源哉の印象の中で、両目だけ表情が違う。まるで誰かが彼女の似顔絵を描き、両目の部分だけ別の人が描き込んだみたいに。

「逸子さんの資料を見たとき、あたし急に、すごい変なこと考えたんだよね」

「変なことって？」

「三十五年前の事故で、彼女だけは得をしたんだなあって」

「まあ、あの人の会社が護岸工事を引き継いだんですもんね」

「だから何ってわけじゃないんだけど」

駐車場に入ってきた車のヘッドライトがこちらを向き、窓ガラスをまともに照らした。二人でそちらへちょっと目をやってから、またテーブルに向き直る。歩実は紅茶の残りを飲み干すと、カップの底に何か書いてあるみたいに、じっと目を落とした。

「けっこう遅くなっちゃったね」

「そうでもないですよ」

「源哉くん、またこうやって喋ってくれる？　ほかにこの話できる人いないから」

やっぱりそういうことか。

「べつに構いませんけど」

「日中のほうがいいよね」

「夜でも、満月とか雨の日じゃなければ大丈夫です」

「何で？」

と訊いてから歩実は、源哉が答える前につづけた。

「そっか、火振り漁が休みになるから、お父さんとお母さんが家にいるのか」

「知ってるんですか？」

「知ってる」

何だかわからないが、歩実は思い出し笑いを隠すように、テーブルの向こうでうつむいた。

「なるほど、満月と雨の日が無理なのか」

やがて上げられた彼女の顔には、しかしまだ笑いが残っていた。

「……完全に逆だわ」

＊＊＊

家を建てたとき、夫の知り合いの造園業者が庭木を格安で植えてくれた。

そのうちの一本が、このヒイラギだった。十年間で逸子の背丈ほどにまで育ち、いつかは夫の背も追い越すのではないかと言いながら、二人で縁側から庭を眺めていたのが、一昨年の春だ。それからすぐに、夫の脳に腫瘍が見つかり、夏を待たずに死んでしまった。

あの春の日、縁側から長いことヒイラギを眺めたあと、夫はサンダルを突っかけて庭に下りた。逸子も自分のサンダルを履いてついていった。夫はヒイラギのそばに立ち、葉の一枚を指で持ち上げながら、棘の話をしてくれた。

――ヒイラギの葉が棘を持つのは、若いときだけらしいよ。

歳を取ると、ヒイラギの葉から棘が消え、丸みを帯びるのだという。ヒイラギは、若いうちは葉を鋭く尖らせて自分を守っているが、大きく育って動物に食べられる心配がなくなると、棘をなくして葉の表面積を広げ、それまでよりもたくさんの光を受けながら、ますます強く生きていく。

その話を聞いて以来、逸子にはヒイラギの棘が、小さな手足を懸命に広げている命そのものに見えた。自分たちがいつか共に歳をとったとき、このヒイラギの葉が丸くなってきたのを、夫と二人で眺めることを想像していた。思えば自分たちも丸くなったねと、会社も大きくなって心配いらないねと、葉を撫でながら話すつもりだった。

あれから二年ほどしか経っていない。

なのに、隣に夫はおらず、ヒイラギの棘は逸子の目に、歪《いびつ》なかたちをした小さな凶器のように映る。

──護岸工事が野方建設に引き継がれたときには、お礼をいただけたらと思うんです。

──お礼って、その──。

もし時間を戻すことができれば。

──いくら……。

はじめから、自分は取り引きをするつもりだったのだろうか。

いまとなっては、もうわからない。ただ単に、相手に話のつづきを促しただけだったのかもしれない。

いや違う、そうじゃない。あのとき自分の耳には、確かにイザワの話が、自分の会社と生活を救ってくれるかもしれないものとして聞こえていた。イザワの提案が、灰色で塗りつぶされた日々に唐突に落とされた光のように見えた。彼の薄い唇から囁かれた具体的な金額を耳にしたときは、その光がふわりと広がって視界を明るくした。

――そのお話が本当なら……。

イザワが口にした金額は、逸子が漠然と想像していたものよりもはるかに安い、五十万円だった。

――お断りはしませんが。

イザワはただ頷いた。

満足げな顔も、事態が動いたときの引き締まった表情も見せなかった。そして短く礼を言って立ち上がり、逸子がぼんやりと眺めているうちに、居間を出た。はっとして逸子が膝を立てたときにはもう、玄関のドアが閉まるところだった。逸子は追いかけ、靴下のまま玄関を出た。イザワの背中は路地の角を折れて消えた。

あのときだって、まだ止められたのだ。

しかし逸子は追いかけなかった。自分の視界を明るくした曖昧な光を、もっと見ていたいと思ってしまった。イザワの姿が消えたあと、逸子は自分が靴を履いていないことを言い訳に、ドアの中へ戻って鍵をかけた。

それから、ふとしたときに手が震えるようになった。

一週間が経った。二週間が経った。手の震えはしだいにおさまった。何も起きなかったからだ。中江間建設による護岸整備は、相変わらず基礎工事が着実に進みつづけているし、イザワからは何の連絡もない。自分はからかわれたのかもしれない。あるいは、イザワの提案は本気だったけれど、あれから考え直したのかもしれない。そのどちらかに違いない。ひと月が経ち、ふた月が経った。悪化しつづける会社の業績と、上手くいかない得意先回りに苦悩しながらも、逸子の心は平安を取り戻していた。このまま業績が悪化しつづけても、夫がつくった会社をつぶさずにすむやり方があるかもしれない。規模をぐっと縮小して、ほんの小さな工務店としてなら、なんとかやっていけるかもしれない。家のローンが払えなくなったら、売却して、古い借家かアパートにでも引っ越せばいい。東京で大学に通う息子の学費だけは捻出しなければならないけれど、それだって五年も六年もつづくわけじゃないのだ。そんな思いが、冷たく乾ききった逸子の胸を潤し、あたためた。

春が過ぎた。鮎の稚魚が西取川を上り終えた頃、その報道が突然、町を騒がせた。

いや、町だけではない。すぐに報道の規模は大きくなり、全国紙の新聞記事にも、テレビのニュースにもなった。中江間建設による消石灰の流出事故と、その隠蔽。――イザワは計画を実行していたのだ。

住民の抗議運動が起きた。その運動には多くの野方建設の従業員も参加していた。絶対に中江間建設は工事をつづけられなくなる、そうすれば自分たちに仕事が回ってくるに違いないと、従業員たちは沸き立っていた。若い者も古株もみんな、興奮に満ちた、怖い目をしていて、いつかテレビで見た外国の闘牛の、赤い瞼《まぶた》がまくれ上がった目を思い出させた。逸子にはどうすることもできなかった。息巻く従業員たちの言葉に、ただ機械のように頷き、一人きりになると両手を震わせながらイザワの顔を思い出した。

やがて中江間建設は護岸整備工事から撤退した。

上上町と下上町の合同町議会からの依頼により、仕事は野方建設に引き継がれた。さらに、それまで中江間建設に注文を出していた業者のほとんどが野方建設に仕事を依頼するようになった。矢継ぎ早に起きる出来事の中、恐怖におののく自分のほかに、もう一人、夫から会社経営を任された自分がいた。逸子は臨時の作業員を大量に雇って人員を配置し、そのあいだ、中江間建設は遅かれ早かれ倒産するだろうという話を聞いた。

――お久しぶりです。

イザワがふたたびやってきたのは、強い雨が降った夏の夜だった。

玄関先に立つワイシャツ姿のイザワは、傘をさしていたが、両肩をぐっしょりと濡らしていた。

——ご用意、できてますかね。

約束の金は、自宅の金庫に入れてあった。起きてしまった出来事を一秒でも早く忘れてしまいたいという思いから、用意しておいたものだ。取り返しのつかない恐ろしいことをしてしまったというのに、逸子にはその現金が、自分を罪から解放してくれる免罪符のように思えた。イザワの訪問に逸子が喜びさえおぼえたのは、きっとそのためだったのだろう。早く、とにかく早く、イザワに金を渡してしまいたい。すべて終わりにして、忘れたい。

玄関で封筒を受け取ると、イザワは中身を確かめずにバッグに入れた。そして前回と同じように、無言で背中を向けてドアを出た。

後悔と贖罪《しょくざい》の気持ちは、力ずくでねじ伏せるしかなかった。逸子は無我夢中で会社経営に打ち込んだ。そうしながら、ある妙な考えが自分の中でふくらんでくるのを感じていた。ひょっとしたら、すべては偶然だったのではないか。イザワはあんな提案をしてきたけれど、実行はしなかった。しかしその後、偶然にも中江間建設が、イザワが話したような薬剤流出事故を起こした。自分が計画を実行したのだと、きっと野方逸子は思い込んでいるだろう——イザワはそう考えた。ならば、ためしに金を受け取りに行ってみようか。間の抜けた逸子はまんまとそれに騙され、金庫に用意していた金を渡してしまった。

要するに、自分は馬鹿馬鹿しいペテンに引っかかってしまっただけなのではないか。勝手な空想は、後悔と贖罪の気持ちを薄れさせることに少しだけ力を貸してくれた。その力に頼りながら、逸子は我武者羅《がむしゃら》に仕事をした。しかし夜になると、閉じた瞼の内側、泥水のように濁ったその暗がりに、イザワの顔や、薬剤流出事故の報道や、テレビで喋るニュースキャスターの顔や、抗議運動に参加していた従業員たちの昂揚した表情が、重なり合うようにして現れるのだった。

ヒイラギの葉の向こうを、何かが横に動いた。

「お久しぶりです」

外塀の上にイザワの顔があった。

「あの、もう……」

返した声が咽喉の奥でかすれ、棒をのんだように逸子は動けなかった。

イザワが塀の向こうで何か四角いものを持ち上げてみせる。

「いちおう、お聞かせしておきますね」

テープレコーダーのボタンが押し込まれると、逸子とイザワの声が聞こえてきた。あの日、居間で交わした会話だった。その会話を聞きながら逸子は、息をすることさえできなかった。

「もう少し、お金を都合していただこうと思いまして」

自分の中のガラスが粉々に砕ける音を、逸子が最初に聞いたのはそのときだった。

（四）

駐車場にバイクを停め、源哉と歩実は病院の入り口に向かって歩いていた。

「その格好、暑くないですか？」

「だって先生たちも看護師も、みんなあたしのこと知ってるから」

「長袖、必要ですかね」

「前に、二の腕を褒められたことあるのよ。先輩の看護師に。細いって」

眼鏡とマスクをつけて長袖のTシャツを着た歩実は、急いで源哉を振り返った。

「いまの、べつに自慢したわけじゃないよ。ただ、そう言われたことがあるから、けっこう特徴的なのかなと思って隠してるって話。……ああ頭くらくらする。眼鏡のせいだわ」

歩実がかけている茶色いセルフレームの眼鏡は、彼女の祖父が前に使っていた老眼鏡だという。

「変装して職場に入り込むなんて、想像したこともなかった」

る。

「ですよね」

入り口のガラスドアも、その手前のポーチも、午後の太陽を受けて真っ白に光ってい

あれから二度、夜のファミリーレストランで歩実と食事をした。どちらの日も、夕食の用意がいらないことを母親に言わなければと思っているうちに、台所で支度がはじまってしまったので、源哉は二回ずつ晩ごはんを食べた。

それ以外の夜は、布団の中で長々とスマートフォンをいじった。友達はみんな同じようなことをしているらしいけれど、源哉はずっとそれを馬鹿にしてきた。暗い場所で画面を見つづけたら目が悪くなるし、脳にも何かの影響があると聞くし、だいいち時間の無駄だ。しかしここのところ源哉は毎晩のように、それをやっている。いや、友達よりも、もっと時間を無駄にしているのかもしれない。みんなは互いにメッセージを送り合うなどしているようだが、自分の場合はただそれまでの歩実とのやり取りを読み返しているだけなのだから。——と、頭ではわかっていても、気がつけば布団に仰向けになってスマートフォンをいじくり、腕が疲れてくると腹ばいになっていじくり、首が痛くなるとまた仰向けになっていじくるのだった。そうしながらいつも、歩実にメッセージを送るきっかけを考えてみるのだが、用件が思いつかず、けっきょく履歴を見返すばかりで、いざ寝ようとしたときには、閉じた瞼の真ん中に四角い光がずっとあるようで、な

かなか眠れない。そして朝になると寝不足の目を無理やりひらいて、スマートフォンの新着メッセージを確認する。でも、深夜に歩実から連絡が入っていたことは、いまのところ一度もなかった。

「ペチュニアに水やったのかな」

ポーチで足を止め、歩実は脇に並んでいるプランターに目をやった。遠慮のない日射しの下で、ピンクと黄色の花が、みんなして疲れきったように首を垂れている。こういうのも看護師が世話をするのかと訊いてみたら、ううん事務の人、とのことだった。

「あたしたちは、ほとんど担当のフロアから出ないから。でもここの花、出勤と退勤のときにいつも見てるんだよね。ここで働きはじめる前も、よく見てた。季節によって花がいろいろ変わって、お母さんが最後に入院してたときはシクラメンだったな」

「あの、そういえば歩実さん――」

母親の話が出たので、前から思っていたことを訊いてみた。

「この病院で働くの、つらくないんですか？」

ここは歩実の母親が通院し、入院し、息を引き取った病院なのだという。

「何で？」

「いや、思い出しちゃうんじゃないかなと思って」

「思い出すよ、毎日。でも、べつにここで働いてなくたって、どのみち毎日思い出すじゃん」

受付を素通りしてエレベーターに乗り込んだ。

二階に出て、歩き慣れた歩調で廊下を進む歩実の後ろをついていく。彼女によると、野方逸子は今週の頭にふたたび入院治療が必要となったが、その治療は無事に終わり、いまは容態が落ち着いているのだという。

「野方さんと、どんな話をするつもりなんですか?」

「わかんない。何も話さないかもしれないし」

野方逸子に会いに行くと、歩実からメッセージが送られてきたのは、ゆうべのことだ。それなら自分もいっしょに行きたいと源哉は返信し、だからここにいるわけだが、歩実が実際に何をしに行くのかはわかっていない。

「まさか、三十五年前の薬剤流出事故であなたは得をしましたよねとか――」

「言うわけないじゃん、病気の人に。病気じゃなくても言わないわよ。ただお見舞いに来ただけ」

本当だろうか。

「ちゃんとほら、プレゼントも持ってきてるし」

歩実はバッグの中に入った書店の紙袋を見せた。彼女いわく、中身はオーストラリア人が描いた大人向けの絵本で、作中に文字がまったく書かれておらず、細かく描写された絵だけを見て物語や台詞（せりふ）を想像するという、ちょっと変わった作品らしい。以前に歩実の母親がここに入院しているとき、書店で悩んだ末に買ってきたら、とても喜ばれたのだという。

歩実がここへ来た理由として、じつのところ源哉は一つ想像していることがあった。鏡影館で、水面が光っているあの写真を見て以来、歩実は三十五年前の薬剤流出事故のことをひどく気にしている。もしあれがウミホタルでなかったとしたら、いったい何だったのか。あの日、中江間建設の人たちは、夜明け前に水面が光っていたからこそ事故に気づいた。そして、まだ間に合うのではないかと思って魚の死骸を回収した。もしそのとき水面が光っていなかったら、魚が大量に浮いたまま夜が明けて、きっと事故を隠蔽することはできなかっただろう。いっぽうで、その隠蔽工作を行ったことが、中江間建設を事業の撤退に追い込んだ。歩実の祖父が言うには、もし正直に公表さえしていたら、住民の抗議運動は起きなかったかもしれず、中江間建設は護岸整備工事をつづけ、その後もこの町でずっと事業を行うことができていたかもしれないという。すると、どうなるか。新しい会社で歩実の両親が出会うことはなく、彼女はこの世に生まれていなかったことになる。いったい何がどうなって歩実の命につながっているのか。三十五年前に水面を光らせたものは何だったのか。もしや誰かが意図的にやったことだったのか。だとしたら何の目的で――どんな得があって――。

いや、正直なところ、それを考えているのは歩実ではなく、源哉なのだった。だからゆうべ、いっしょに行きたいとメッセージを送ったのだ。いまこうして野方逸子の病室に向かいながら、源哉は自分が探偵か何かになって、歩実という人間の出生の秘密をいっしょに探ろうとしているような気分で、ちょっとわくわくしていた。

廊下の先から男の人が歩いてくる。

うつむいているので、顔はよくわからない。五十代くらいで、ワイシャツ姿。源哉たちとの距離が近くなると、相手はこちらに気づき、軽く会釈をした。顔が見えた。歩実といっしょに会釈を返しながら源哉は、その人をどこかで見たことがある気がしたが、思い出せないまま個室のスライドドアの前に立った。

ドアの脇のプレートに、「野方逸子様」とマジックで書き込んである。

いよいよだ、という気がして、みぞおちのあたりがキュッと縮まった。

「さっきの、野方建設の社長さんだね」

歩実に言われてようやく思い出した。そうだ、野方建設のホームページに写真が載っていた人だ。逸子さんの、たぶん息子で、野方なんとか社長。お見舞いに来ていたのだろうか。

歩実がノックをすると、小さな声で返事があった。

歩実はドアをスライドさせて病室に入り、源哉はそれにつづいた。

あの日、鏡影館で見たおばあさんが、ベッドに横たわってこちらを見ていた。ベッドはリクライニングするタイプで、野方逸子の上半身は少し持ち上がっている。それほど時間が経ったわけではないのに、このあいだよりもずっと歳をとって見えるのは、やはり病気のせいだろうか。それとも、鏡影館で会ったときは、髪を奇麗にまとめ、化粧もしていたからだろうか。

「突然、すみません」

歩実が頭を下げたので、源哉も下げた。野方逸子は軽く首をかしげながら頬笑み、思い出そうとするような目で歩実と源哉を交互に見る。

「先日、坂の上の写真館でお会いした者です」

「ああ……どこかで会ったことがあると思ったの」

やわらかく眉を持ち上げる。

「ごめんなさいね、忘れていて」

建設会社の社長をずっとつづけてきた人とは思えない、なんだか本当に、どこにでもいそうなおばあさんだった。といっても、世の中の社長がみんな、どんな雰囲気なのかは知らないけれど。

「わたし、藤下歩実といいます。じつはここで看護師をやっていて、野方さんが入院されているのを知っていて……お見舞いに伺ったんです」

野方逸子は中途半端な角度で頷く。ここの看護師なので入院していることを知っていた、というところまではわかるとしても、だからお見舞いに来たという部分が意味不明なのだろう。

歩実はベッドに近づいた。

「わたしの祖父が昔、中江間建設の社長をやっていまして――」

その瞬間、野方逸子はさっと表情を変えた。いや、表情を変えたのではなく、表情が止まったのだ。顔が凍りつく、というけれど、ベッドの上の野方逸子は、まさにそう表現するのがぴったりだった。歩実ももちろんそれに気づいたのだろう、つぎの言葉をつづけるまで、ぎこちない間があいた。

「お礼を言わせてもらえればと思って、来たんです」

「お礼……」

野方逸子は唇をほとんど動かさずに呟き返す。

「あの、たぶん、ご記憶だと思うんですが……三十五年前の、西取川の護岸工事の件で」

野方逸子の表情は固まったままだ。しかし、動かないその顔のまわりで、何か空気が縮こまったような感覚があった。

「祖父から、いろいろ当時の話を聞かされました。会社が消石灰の流出事故を起こしたとき、もし同じくらいの規模の建設会社が町になければ、いくら抗議運動が起きても、工事はそのままつづいていたかもしれないって。あ、それが残念だとか、そういう意味じゃないんです。あんなにとんでもないことをして、町の人の白い目にさらされながら仕事をつづけていくのは、きっとすごく大変だっただろうから、野方建設があってくれてよかったって、祖父は言っていました。引き継いでくれる建設会社があってくれてよかったって」

そんな会話は、たぶん本当に交わされたのだろう。歩実の口調からそれがわかった。

「それで、当時社長をされていた野方さんに、祖父に代わってひと言お礼が言いたくて。あでも、それだけじゃないんです。わたし自身も、個人的なお礼が言いたかったんです。個人的っていうのはその、当時、野方建設が工事を引き継いでくれたおかげで、いま自分はここにいるので」

ここ、というのが病室のことだと思ったのだろう、野方逸子の目が揺れ、視線が壁や自分の足下に向けられた。

「いえあのそうじゃなくて……わたしの両親は、祖父が新しくつくった会社で知り合ったんです。それで」

ようやく意味がわかったらしく、頷き返しながらも、野方逸子の顔はやはり凍りついたままだ。いや、動いた。頬が不自然に持ち上がって唇がひらかれた。

「あれから、お祖父さまはどうされたんですか?」

祖父が家族を連れて神奈川へ引っ越したこと、新しい会社をつくったこと、その本社を十二年前にこの町へ移転させたことを歩実は説明した。

「水をきれいにする仕事をやっているんです。工業廃水とか、県の依頼で西取川の水とか。三十五年前の罪滅ぼしの気持ちがあるんだって、祖父は言っていました」

説明の途中から、何かを訊ねたがっているような様子だった野方逸子は、歩実の言葉が終わると同時に口をひらいた。

「御社名は、何て……?」

歩実が答えると、しばらくその顔を見返してから、意外な言葉を返す。

「当社も、お世話になっています」

「そうなんですか」

そうなのか。

「工事現場の排水処理で、何度かお祖父さまの会社に協力してもらう機会があったようです。十五年ほど前に社長を息子に譲ったもので、わたしは詳しい施工内容も、社長さんのお名前も把握していなかったのですが……」

そうですか、と野方逸子は細い声を挟み、ものを思うような間を置いた。

「あちらは、中江間さんが経営されている会社だったんですね」

ここから、いろいろと話がつづくものと思った。三十五年前の薬剤流出事故の秘密も、すべてではないとしても、その一部くらいは明らかになるのではないかと期待した。しかし、野方逸子はそれから長いこと黙り込んだ。リクライニングが起こされたベッドに背中をあずけたまま、視線を宙に据え、何かを見ていた。それが何だったのかがわかったのは、数日経ってからのことだ。

やがて、彼女の両目に強い色が浮かんだ。唐突な変わりようだった。つぎに野方逸子が見せたのは、源哉が漠然と思い浮かべていた、会社を経営する人の顔だった。

「わたしは、もう長くないんです。先生にそう言われています。あなたのお礼は、ありがたく受け取っておきます。お祖父さまの会社が、当社と取り引きしていただいていることにも、あらためて感謝いたします。ですから、もしほかに何もなければ――」

こみ上げた感情を堪えるように、野方逸子の顔が短く歪んだ。

「これでもう、お引き取りください」

＊　＊　＊

夏の終わりになると、農家をやっている近所の夫婦が、収穫したカボチャを持ってきてくれる。

この家を建てたときからつづいているので、もう十一年。いつも必ず三個のカボチャを持ってくる。夫が死んでも、息子が東京で暮らしはじめてからも、やはり三個。食べきれないからと逸子が言うと、数は同じまま、小ぶりのものを選んで分けてくれるようになった。数を変えなかった理由は、なんとなく逸子にもわかる気がするけれど、もしかしたら深い意味はないのかもしれない。毎年カボチャをもらうと、親指の爪をカボチャの皮に突き立て、硬くて実がしまっているほうを冬至用にとっておいた。

しかし今年のカボチャは、爪を刺されることもなく、もらったときのビニール袋に入ったまま、乾ききった土をまとって台所の隅に置かれている。

この春、中江間建設が倒産した。

中江間社長が家族を連れて町を離れることを、取引先の資材業者から聞いた。護岸整備工事の引き継ぎ以来、増えつづけていた野方建設の受注件数は、中江間建設の倒産を境に、いっそう増えていた。臨時の作業員もその都度増やし、いまは県外からも雇っている。先日、秋の台風で一の橋の橋脚が損傷を受けたときも、その補修工事を野方建設が依頼され、さらに作業員を増やして工事を進めている。

大成功していると、誰もが思っているのだろう。

実際、町の建設会社としては、これ以上の成功はない。

ヒイラギの陰にイザワが立っていたあの日から、一年余り。町には二度目の秋がやってきた。港ではサンマが揚がり、西取川で行われている火振り漁の時期も終わろうとしている。

あれからイザワは五回、逸子の家を訪れた。そのたび金を要求された。二度目から要求する金額が百万円になった。断ることはできなかった。会社が成長するほどに、できなくなっていた。

精神的な限界よりも先にやってきたのは、金銭的な限界だった。まさにそれは目の前まで迫っていた。会社の金に手をつけるわけにはいかない。預金を解約し、貯金を下ろし、それでも足りない部分は社長としての自分の給料から工面するしかない。逸子は何度も収支を計算し、いまも薄暗い居間で算盤《そろばん》と通帳とメモ紙を広げているのだが、いくらやってみても無駄だった。もう一回でもイザワの要求に従ってしまったら、この秋に支払う息子の最後の学費を捻出することができなくなってしまう。消費者金融で、ある程度のまとまった金を借りれば、学費は支払えるだろうが、イザワの要求は今後もつづいていくかもしれない。消費者金融の利子を考えると、あっという間にまた限界が来る。

呼び鈴が鳴っていた。さっきから何度も鳴っている。算盤に添えた指が震え、心臓が真っ白になっていく感覚の中で、逸子はそれを聞いていた。

この家と土地を売れば現金が手に入る。でも、息子に何と説明すればいいのか。会社が成長をつづけている真っ最中に、自宅を売り払ったことを、どう言い訳すればいいのか。来年の春、息子は大学を卒業する。そのあとはこの町に戻り、野方建設で働きながら経営の勉強をし、いずれ逸子から社長業を引き継ぐことになっている。もしイザワの要求がこれからもつづいたら、どう隠しつづけても、いつか息子は気づく。逸子の社長給与と、銀行の預貯金とを見比べて、何かが起きていたことを知る。自分が知っている母親の人生と、母親自身が送ってきた人生が、まったく同じものではなかったことを悟る。そのとき、いったいどうするつもりなのか。お前が引き継いだ会社は、ふらりと家にやってきた男の提案に乗って、卑劣な手段で中江間建設を倒産させたことで成長してきた会社だと、息子に説明するのか。

また呼び鈴が鳴る。今度は立てつづけに鳴らされる。

座卓を両手で押し下げるようにして、逸子は立ち上がった。膝の関節が音を立て、自分の身体が聞かせたその鈍い音が、不意に人生の断片を逸子の脳裡《のうり》に映し出した。この町での子供時代。学生時代。夫との結婚。息子は真冬の寒い夜に生まれた。予定日よりも早く出てきたので、産院にいたほかの赤ん坊たちよりも小さく、でも元気に育ってくれた。幼稚園の合唱会で、息子はワンフレーズごとに肩を上げて息を吸いながら一生懸命に歌っていた。小さな工務店で働いていた夫の独立。逸子は、建設業界のことなど何も知らない自分にもできることを選んで手伝った。ほんの少しの力にしかなれなかったけれど、夫はそのたび感謝の言葉をかけてくれた。息子は反抗期もなく、逸子のつくった料理をいつも美味しそうに食べ、東京での一人暮らしを決めたときは、夫と逸子に一通ずつ手紙を書いてくれた。手紙は息子が高校へ出かけたあと、靴箱の上に並べて置かれていた。逸子と夫は、会社へ向かう前にそれを読み、互いの手紙を交換して、また読んだ。その日の夕食は、ぎこちなかったけれど、ときおりの笑いがやけに長くつづいた。きっと、自分たちは善良に生きてきた。夫が死んだときは、どうして、どうしてと、唐突に襲った理不尽に何日も泣きつづけた。それでも、やっと心の整理をつけて、もう一度自分の人生を生きはじめたのだ。いま以上につらい出来事など、きっと今後いつまでも起きない。あのとき逸子は、そんなふうに思った。イザワに二度目の金を渡したときもそう思った。そのあとも、金を渡すたびに同じことを思った。

居間を出るときは指の震えが少しおさまっていた。そうだ、起きるはずがない。玄関先に立っているのはイザワではないかもしれない。もしイザワだとしても、彼はもうこれ以上の要求をやめるという話をしに来たのかもしれない。逸子は暗い廊下を抜けて玄関に立った。ドアスコープに片目を押しあててみるが、誰もいない。

声をかけても、返事がない。

鍵を回してドアを押した。イザワはドアスコープから見えない、ドアの脇に立っていて、その顔には、いままでと何も変わらない酷薄さが浮かんでいた。

「また、同じ額をいただければと思いまして」

胸に薄く広がっていた希望が、音を立てて引いていくのを聞きながら、逸子は咽喉の奥から声を押し出した。

「……用意していません」

本当のことだった。

「では、明日にしましょう」

何も言わずに背中を向けられた。それはまるで、人間に対する受け答えというよりも、使おうと思っていた銀行の機械が故障していたかのような様子だった。痩せたワイシャツの背中が玄関を離れていく。その背中を見つめる逸子の左手が持ち上がり、靴箱の上に置かれた花瓶に向かって伸びる。動かしているのではなく、誰かが自分の手を持ち上げているようだった。五本の指が花瓶の首を握った。夫が死んだ年、慌ただしい日々の中で、ふと気づくと、庭から切って入れていた薔薇がみんな枯れていた。それを捨てて以来、逸子はここに花を挿すことをやめた。いまも、花瓶は空のままだ。左手が花瓶を摑み上げ、そこに右手が添えられる。目の前でドアがゆっくりと閉まり、イザワの背中がその向こうに隠れようとしている。逸子がそのドアを肩で押し開けると、イザワの顔がすっと振り返った。

まるで何か珍しい虫でも見つけたように、イザワは逸子の顔と花瓶を見比べた。

「お断りします」

逸子の言葉に、眼鏡の奥で両目が細められる。

「今回だけでなく、これからずっと」

摑んでいるのは花瓶であるにもかかわらず、それを摑むことで、倒れそうな身体を支える思いだった。

「それは無理です」

まるで非常識な頼み事でもされたように、イザワは顔色も変えずに言葉を返した。身体の正面をこちらに向けてつづける。

「じつのところ、そろそろ野方社長がそんなことを言い出すんじゃないかと思っていました。ですから、こちらもちゃんと準備をしていたんです」

準備――。

「といってもべつに、あなたの前で背中を見せないとか、用心棒を雇うとかね、そういったことじゃありません。野方社長には、そんな物騒なことなんて絶対にできないでしょうから。できないでしょう?」

みぞおちのあたりで摑んでいた花瓶が、少しずつ下りていく。視界に映るものの輪郭が、まるでこぞって上下左右に揺れているように、曖昧になる。

「野方建設はいま西取川で、一の橋の橋脚を補修していますよね。もしこれまでどおり現金をいただけない場合、私はあの工事現場の近くでまた消石灰を流すつもりです」

いったい何を言っているのだ。

「もうすぐやってくる、火振り漁の最終日なんかが、いいんじゃないかと思っています。漁師たちが一の橋のそばで、鮎を網に追い込んだときを狙って消石灰を流せば、効果的なんじゃないかと。網に追い込まれた大量の鮎が、みんな消石灰でやられてくれますからね。引き揚げる前に死ぬかもしれないし、引き揚げている最中に死ぬかもしれない。いずれにしても、消石灰は大量に流すつもりなので、おそらくみんな死にます。しかも今年の火振り漁の最終日はちょうど、いちばんたくさん鮎が獲れると言われている、新月です」

火振り漁の鮎を殺して、いったいどうするというのか。

「そのあとで、また週刊誌に情報を流すつもりです。前回と同じように。もちろん、橋脚の補修工事の現場から消石灰が流出したという情報です。あの付近ではほかに何の工事も行われていないので、信憑性《しんぴょうせい》はあると思いますよ」

相手が理解しているかどうか確かめるように、イザワは逸子の両目を覗き込んだ。

「最初の取り引きを録音したテープは、なるべく世に出したくないんです。自分の声も入ってしまっていますからね。それに、あれを世に出してしまったら野方建設はあっという間に消えてなくなってしまいます。そうなれば、さすがに野方社長からは何も出なくなってしまう。それで、こんなやり方を考えたんです」

吸った息を吐き出すことができなかった。そんな逸子にかわるように、イザワがふっと小さく息をつき、ここに現れてから初めて表情を動かした。憐れむような顔だった。薄い唇をふたたびひらき、まるで用意してきた残りの台詞を喋るように淡々と言葉を並べる。

「火振り漁の最終日、夕方にまたお邪魔します。現金はそれまでに必ずご用意ください。もしご不在だったり、あるいはお金をいただけなかった場合、いまお話ししたことを私は実行しますので、そのおつもりで」

本当のはずがない。

「もしかしたら漁師たちは、鮎の様子がおかしいことを咄嗟《とつさ》に隠そうとするかもしれませんね。前回の消石灰流出事故のときは、鮎の市場にもかなりの風評被害が出たと聞きますから。でも火振り漁の最終日は、河原にたくさんの見物人が集まります。完全に隠すのは無理です。あの川で大量の鮎が死に、大勢の人がそれを見て、それから何日か経った頃、週刊誌が消石灰流出の情報を摑むというわけです」

この人は自分を従わせようとして嘘をついている。

「いくら野方建設が否定しても、町の人は疑います。前回の出来事が、まだ記憶に新しいでしょうから。別の建設会社でまた同じ事故が起きたと思ってくれるんじゃないでしょうか。自分たちが起こした事故ではないと信じてもらうには、あなたは私のことを喋るしかない。消石灰を流して鮎を殺したのは、野方建設ではなく、イザワという男だと。でも、そんなことはできないでしょう？　喋るとしたら、ぜんぶ説明しなければいけませんからね。前回の消石灰も、中江間建設が過って流出させたのではなく、自分が金を払う約束をした男が、意図的に流したんだって」

逃げ場がないどこにも逃げ場がない。

「いずれにしても、お金をご用意いただけなかった場合、私は消石灰を川に流します。もしそれで上手くいかなかったときは、もうあのテープを週刊誌に売ってしまい、現金に換えることにします。ですから野方社長、あなたにできることは一つしかないんです」

（五）

「でも、消石灰が流されることはなかったんですよね？」

源哉と並んで折りたたみ椅子に座った歩実が、そこで初めて言葉を挟んだ。

「それで、テープのほうも、週刊誌に売られることはなかったっていうことですか？　いまも野方建設がこの町にあるということは」

ベッドの上で半身を起こした野方逸子は力なく顎を引いて頷く。

「消石灰が川に流されることも、テープが世に出ることもありませんでした」

　源哉と歩実はふたたび逸子の病室にいた。

　ベッドの脇に折りたたみ椅子を二つ並べ、逸子の話を聞いているのだった。病室の窓の外はとっくに暗くなり、気づけば面会時間が終わる八時が近づきつつある。

　――これでもう、お引き取りください。

　そう言われて追い返されてから四日が経っていた。

　藤下歩実という看護師と話がしたいと、今日、野方逸子は別の看護師に伝えたのだという。その看護師は、ほかの階で仕事をしていた歩実にそれを伝え、歩実はすぐさまこの病室に来た。それが、今日の昼間のことだったらしい。

　どうしても話したいことがあるのだと、野方逸子は歩実に言った。

　シフトが六時で終わることを伝えると、もしもそのあとで時間がつくれれば、もう一度病室に来てもらいたいという。歩実は必ず来ると約束し、そのあと源哉にメッセージを送った。源哉は、歩実のシフトが終わる夕方六時、病院の入り口で彼女と待ち合わせ、二人でこの病室へやってきた。

　最初に病室に入ったのは歩実だった。源哉のことを説明してくるからと言い、そのまま彼女はしばらく出てこなかったが、やがてスライドドアがひらき、中へ招き入れられた。ベッドで上体を起こした野方逸子が、源哉に頭を下げ、源哉も下げ返した。いったい歩実は自分のことをどう説明したのだろう。鏡影館でたまたま会った高校生で、親同士が昔知り合いだったとでも話したのか。それ以外に説明のしようがないから、たぶんそう言ったのだろうけれど、ならばどうして野方逸子は、こんなに重要な話を自分の前でしているのだろう。

——ゆうべ、息子と話をしました。わたし一人の判断で、こんなことをしてしまうわけにはいかないので。野方建設は、いまは息子の会社ですから。

野方逸子は息子に、歩実と鏡影館で偶然会ったこと、後日彼女が病室を訪ねてきたことを話し、その上で、過去のすべてを打ち明けたらしい。

その息子に固く約束させられたことがあるのだと、野方逸子は言った。

——こんなことをお願いするのは間違っていると、わかっています。でも、どうか、わたしがこれから話すことを誰にも言わないと約束してください。

歩実は頷いたけれど、そのとき彼女がいったいどんな話を予想していたのかはわからない。単に好奇心に押されて頷いただけだったのかもしれない。少なくとも源哉が隣で頷いた理由は、それ以外の何ものでもなかった。

まさか、こんな話を聞かされるとは思わなかったのだ。

野方逸子の告白を聞いているうちに、怒りがぐんぐんこみ上げ、話がつづくにつれて、その怒りはふくらんだり縮んだりしながらも、やはり大きく熱く胸を満たし、いまも満たしている。すぐにでも、さっきの約束を破って、野方逸子がやったことを町の人全員に言いふらして回りたいくらいだ。

三十五年前、彼女はイザワという男に金を払い、西取川の工事現場から消石灰を流出させ、二の橋から死んだ魚をばら撒かせた。その上で、乾燥させたウミホタルだの何だのの細工を使って、現場の作業員に魚の死骸を見つけさせ、それに中江間建設はまんまと引っかかってしまい、社長の指示で、慌てて死骸を回収した。その情報はイザワによって週刊誌に伝えられ、中江間建設は護岸整備工事から撤退しなければならなかっただけでなく、会社ごと消えてなくなった。歩実の祖父と祖母、そして母親は、町を出なければならなくなった。すべては野方逸子が、つぶれかけた自分の会社を立て直すためにやったことだった。

隣に座った歩実の横顔に、怒りがまったく浮かんでいないことが不思議でならない。源哉よりも、ずっと腹を立ててもいいのではないか。野方逸子がやったことによって実際の被害を受けたのは、自分の家族なのだから。

「死んでしまう前に、謝罪がしたかったんです」

野方逸子の声には涙がまじっていた。両目が、膿んだように濡れ、言葉をつづけるごとに、痩せた咽喉に細かい筋が浮き立った。しかしそんな様子を見ても源哉の胸には、同情も憐れみもわいてこない。

「そうしなければいけないと思ったんです。死にきれないんです。息子は、話して謝罪することで気持ちが楽になるのなら、そうしてもいい、でも、会社だけは守ってほしいと言いました。わたしは、あの写真館であなたに偶然お会いしたことにも、自分が入院しているこの病院で働かれていることにも、何か運命のようなものを感じて、それで……」

それで、わざわざ病室に呼びつけて、こんな話を聞かせているというのだろうか。会社を守るため、絶対に誰にも話すなと、歩実にも源哉にも約束させた上で。

「本来であれば、もちろん、あなたのお祖父さまにすべてを打ち明けて、謝罪しなければいけないことはわかっています。でも、お祖父さまは、もしかしたら、もう思い出したくないかもしれない。わたしが余計なことをして、つらいことを思い出させてしまうかもしれない。それが、わたしは怖くて……」

「要するに――」

気づけば口から言葉が飛び出していた。

「自分がすっきりしたかっただけですよね」

歩実が横から源哉の腕を握った。動いているものを止めようとするような、強い力だった。しかし源哉は構わずつづけた。

「あの写真館でたまたま会ったのが、中江間建設の社長の孫で、しかも自分が入院してる病院の看護師だったから、それを上手いこと利用して、死ぬ前にすっきりしちゃおうと思ったんですよね」

「源哉くん」

腕を握る歩実の手に、さらに力がこもる。源哉はそのことにも苛立ち、歩実に向かって口をひらきかけたが、彼女の顔を見たとたんに声が出なくなった。

自分を責める顔がそこにあるかと思ったのに、歩実は懇願するような目で源哉を見ていた。

「最後まで聞かないと」

廊下の先で、カートか何かを押す音が小さく聞こえている。

歩実が源哉の腕を摑んだまま野方逸子に顔を向ける。

「そのあと、どうなったんですか?」

＊＊＊

火振り漁の最終日、逸子は仏壇の前に座り込んでいた。

夜の八時を過ぎていた。天井の明かりはついておらず、夫の遺影はもう見えない。逸子は仏壇の前に正座をし、夫の顔があったあたりを、ただぽっかりと両目をあけて見つめているのだった。

明かりがついていないのは、この部屋だけではない。家全体が真っ暗だ。

夕刻に何度も呼び鈴が鳴った。逸子は両手で耳をふさぎながらその音が途絶えてくれるのを待ち、やがて家がふたたび静けさに包まれてからは、一度も立ち上がることなく、ここに座っている。

あれはイザワだったのだろう。

呼び鈴が聞こえなくなってから、ある一連のイメージが逸子の頭の中で繰り返されていた。西取川沿いの道に車を走らせるイザワ。人目につかない場所で車を降り、トランクに回り込むイザワ。中から消石灰が入った袋を引っ張り出し、彼はそれを肩に抱え上げ、傍らの茂みの奥へと足を踏み入れる。茂みは斜面になっていて、その先には西取川が暗然と水音を立てている。消石灰の袋を抱え、イザワは一歩一歩、足下を確かめながら茂みを下る。やがて川べりまでたどり着くと、息を殺してその場に身を潜め、火振り漁の舟がやってくるのを待つ。しばらくして、それはやってくる。イザワの前を、火振り漁の舟がゆっくりと行き過ぎていく。一艘。二艘。三艘。四艘。上流から下流へ、松明《たいまつ》を8の字に振りながら。火振り漁の舟は、一の橋に近づき、しだいに速度をゆるめていく。イザワは袋にカッターナイフを突き立てて横へ引き、消石灰を西取川に流し込む。橋の先では漁師たちが、それぞれ建て網を仕掛けた場所で舟を停めている。二人一組で、互いにかけ声を上げながら、タイミングを合わせて建て網をたぐりはじめる。その様子を、下上町側の河原から大勢の人が見つめている。大人も、子供も、老人もいる。漁師たちがたぐる建て網が、やがて金色に輝きはじめる。松明に照らされた鮎の鱗が光っている。しかし、漁師たちはすぐに、何かがおかしいと気づく。建て網に絡まった鮎はどれも、力なく網の動きに身をまかせていて、そこから逃れようと暴れているものがいない。漁師たちは疑問の声を交わし合う。その声は、河原に集まった見物人たちの耳にも届き、彼らはもっとよく聞こうと、水際まで歩を進める。

電話機のけたたましい音が、脳裡のイメージを掻き消した。

呼吸《いき》を止めて背後を振り返る。電話は壁際のテレビ台に置かれている。真っ暗な部屋の中、その甲高い音はまるで、鋭利に尖った物体が激しく震えているように思えた。逸子は膝を畳にこすりつけながら這うようにして動いた。尖った音のかたまりが近づいてくる。もうすぐそばにある。伸ばした右手が受話器を摑み、逸子がそれを持ち上げた瞬間、まるで両耳が聞こえなくなったように、完全な静寂が部屋を満たした。

受話器を耳のそばへ持ち上げた。

『川の近くの公衆電話からかけています』

イザワだった。

『最後に、もう一度だけ確認しておこうと思いまして。――夕方にお留守だったのは、もしかしたら何か仕方のないご事情があったのかもしれませんから』

声の後ろを、車のエンジン音が通り過ぎる。

『いまならまだ間に合います。消石灰はここに用意してありますが、約束の現金を用意してあるのなら、これから取りニウカガイマス。モシヨウイシテ――』

イザワの声は遠のき、一匹の虫が呟いているようなものへと変わり、言葉も聞き取れなくなり、ぷつりと途絶えた。

戻した受話器を、逸子はそのまま固く握り締めていた。手を離したら、またイザワの声が聞こえてくる気がして、力を込めつづけた。閉じた瞼の内側に、先ほどまでのイメージがふたたび映し出された。肉眼で見るよりも鮮明に映し出されていた。その光景を自分の目から引き剝がすように、逸子は両目を見ひらいた。暗がりで膝を立て、受話器から手を離し、その手がつぎに摑むものを探した。居間を出て台所へ入る。流し台の戸を開けて包丁を摑む。洗い籠の脇で、絞った状態で乾ききっている布巾を広げる。暗がりで動いているのは確かに自分の手なのに、逸子は何か、見知らぬ影がうごめくのをただ眺めているような心持ちがした。影は、広げた布巾で包丁の刃を包むと、台所の隅に置いてあったビニール袋へと伸び、そこに入っている三つのカボチャを床に転がした。布巾で包んだ包丁が、かわりにそこへ入れられた。

気がつけば暗い場所を走る自分がいた。

西取川へ向かって、人けのない路地を選びながら。

布巾に包まれた包丁がビニール袋の中で暴れ、逸子はそれを胸に抱え直した。息子が一歳の頃、額にあてた手が焼けるような高熱を出した夜、小児科まで走ったときのように。西取川沿いの道に出て、下流の一の橋へ向かって急ぐ。背後から車のエンジン音が近づいてくる。その音がすぐそばまでやってきたので、逸子は振り返った。ヘッドライトも点けずに走っている車が、急速に接近してくる。身体をねじりながら脇へ飛び退《の》いたとき、運転しているのはイザワかもしれないという一瞬の考えがよぎり、足をもつれさせながら運転席に視線を投げた。しかし違った。真っ暗で、はっきりと顔が見えたわけではないが、逸子の両目が捉えたのは、痩せた、短髪の人物の輪郭だった。直後、逸子は倒れ込み、胸に抱えていたビニール袋が地面に転がった。喘ぎながら顔を上げると、走り去っていくのは軽トラックだった。まるで逸子の存在になど最後まで気づかなかったように、暗がりの先へ消えていく。

ビニール袋を摑み上げると、落ちたときに破れたらしく、底に穴があいていた。逸子は袋の中から包丁を引っ張り出し、布巾を巻いた刃の部分を摑んで身を起こした。一の橋のほうへ向かってふたたび駆け出す。どこが道なのかもよくわからない暗闇の中、我武者羅に両足を動かす。涙があとからあとから流れ、首の脇を流れていく。やがて右手の茂みの先に、橙色の光が生じた。あれは火振り漁の松明だ。一の橋まで、あとどのくらい距離があるのだろう。闇が濃すぎて、どれだけ走ったのかもわからない。イザワはどこに隠れているのだ。橙色の光が少しずつ強くなっていく。その強まり方が、だんだんと程度を増していく。たぶん、舟は速度を落としている。一の橋が近い。いや、もう舟は橋の向こうで停まろうとしているのかもしれない。

そのとき、声が響いた。

驚きに満ちた男の声だった。

また声が響いた。今度はいくつかの声が入りまじっていた。

（六）

「ご存じかどうか……その年の火振り漁の最終日に、事故が起きたんです。一の橋の上から、誰かが悪戯《いたずら》で石を落として、それが漁師さんの一人に当たって大怪我をさせて」

見ていた映画にいきなり自分の家族が出てきたようで、源哉はさっきまでの怒りを忘れ、野方逸子の顔を眺めていた。ちらっと歩実のほうを窺うと、彼女もまた呆気にとられたような顔をしている。そんな源哉たちに、しかし野方逸子は気づかず言葉をつづけた。

「一の橋まで駆けつけると、松明に照らされて、様子が見えました。一艘の舟の上に、お若い漁師さんが横たわって、頭から血を流していました。そのうち救急車が来て、その漁師さんを乗せていって……」

いったい何が起きたのかわからず、彼女はただ橋のたもとに立ち尽くし、その光景を見ていたのだという。

「イザワさんがやったのかもしれないと、混乱した頭で考えたりもしました。あの人は西取川に消石灰を流すかわりに、そんなことをしたんじゃないかって。理由も目的もわからないけれど、とにかくそんな考えが頭に浮かびました。でも、けっきょくいまだに何もわかりません。石を落とした人はそれから捕まりませんでしたし……イザワさんも家にやってこなくなって……それから一度も会っていません」

「じゃあ、もうお金の話をされることはなくなったんですか？」

歩実が訊くと、野方逸子は弱々しく頷いた。

「あれから三十四年間、連絡はありません。あのイザワという人が何者だったのかもわからず——」

「僕の父です」

源哉の言葉に、野方逸子は両目をみはってこちらを見た。

「あ、じゃなくてその、石を落とされた漁師が僕の父なんです。大怪我をしたのが」

「そうだったんですか」

彼女の両目から驚きが薄れたが、完全に消えはしなかった。

「いまの話だと、あれなんですか、僕の父の頭に石を落としたの、そのイザワって人かもしれないんですか？」

「いえ、わたしには……」

野方逸子は困惑げに首を横に振り、いっぽうで歩実が、何故かきっぱりとかぶりを振る。

「それはない」

「何で」

「いや、なんか直感。それはない」

「だから何で」

いいから、と歩実は源哉の膝を乱暴に叩く。

「あたしが考えたのは、こう。その夜、イザワって人は予告どおり西取川に消石灰を流そうとしたけど、そのときたまたま誰かが悪戯で橋から石を落として、源哉くんのお父さんが大怪我をした。イザワはその騒ぎが起きたせいで、消石灰を流すタイミングを逃して、けっきょくあきらめた」

たしかにそのほうが、イザワが石を落としたと考えるよりも、あり得る気がする。そう思うと、父の頭に石を落とした犯人が誰なのかという疑問は、あっけなくどこかへ行ってしまった。もともと、物心ついた頃から聞かされてきて、父には悪いけれど、とっくにどうでもよくなっていた話なのだ。

それにしても、なんて奇妙なつながり合いだろう。もしその夜、父の頭めがけて石が落ちてこなければ、イザワは計画どおり西取川に消石灰を流していたかもしれない。そしてその消石灰が、建て網に捕らえられた大量の鮎を殺していたかもしれない。そのあとはどうなっていたか。鮎が死んだのは、一の橋の橋脚工事の現場から消石灰が流出したせいだと、イザワが週刊誌に伝える。そのときにはもう、誰か専門家が鮎の死骸や川の水を調べ、消石灰という物質に行き当たっているかもしれない。きっとそれも併せて、週刊誌は記事を書く。野方建設の名前は出さないとしても、記事に消石灰という言葉が出ていれば、町の人はすぐに、前回の消石灰流出事故のことを思い出す。そして、また工事現場から消石灰が流出したのではないか、橋脚の補修工事をやっている野方建設が怪しいのではないかと考える。野方建設に悪評が立つ。そのせいで会社は駄目になっていたかもしれないし、あるいはその悪評はイザワの思惑ほどではなく、もっと軽いものだったかもしれない。そうなったらイザワは事前に予告したとおり、野方逸子とのやり取りを録音したテープを週刊誌に売っていたかもしれない。いずれにしても、野方逸子や野方建設は、どうにもならない状況に陥ってしまっていたはずだ。

しかし、イザワが川に消石灰を流そうとしたそのとき、父の頭に石が落ちてきた。そのせいでイザワは計画を中止し、その後、姿を消した。イザワが姿を消したのが何故なのかはわからないが、とにかく、三十四年前の火振り漁の最終日、川に消石灰を流すことをやめさせたのは、父の頭に落ちてきた一個の石だったのだ。その石のおかげで、野方逸子も野方建設も救われた。

いっぽうで、もし石が頭の真ん中に命中していたら、父は死んでいたかもしれない。そうしたら、源哉はこの世に生まれていなかった。源哉が生まれていなかったら、歩実は鏡影館で野方逸子と行き合わなかったかもしれない。あのとき歩実は、そろそろ帰ろうとしていたところだったのに、たまたま源哉が隣に座ったせいで、その場に残ったのだ。

タイミングといい場所といいコントロールといい、その夜、一の橋から石を落とした人物は、その石がこんなにたくさんの出来事を引き起こすことになるなんて、想像もつかなかっただろう。

（七）

「逸子さんも、どうしようもなかったんだと思う」

暗い駐車場を歩き、バイクの駐輪スペースへ向かいながら歩実が言う。

面会時間の終了ぎりぎりまで病室にいたので、広い駐車場には、もうほとんど車は残っていない。残っている車はたぶん、ここで働いている人たちのものなのだろう。

「自分の会社を守るために、ずるいことをしたのは、うちのお祖父ちゃんだって同じだし」

「でもそれは、騙されたんじゃん」

「本人は騙されてたなんて知らなかったわけだから、同じことだよ」

どうして歩実はこんなに落ち着いていられるのだろう。何で怒りがわかないのだろう。源哉にしてみれば、はっきり言って自分には直接関係のない話なので、やはり野方逸子がイザワと手を組んで卑怯なことをし、歩実の家族をひどい目に遭わせたという印象ばかりが残っていた。彼女も大変だっただろうなという気持ちが、もちろんないわけではないが、それはせいぜい風呂一杯のお湯に対してガムシロップ一杯といった程度だ。

「同じかなあ……」

溜息まじりに夜空を見上げた。ぼやけた天の川をまたいで、夏の大三角が明るい。隣で歩実も空に顔を向け、独り言みたいに呟いた。

「イザワって人……けっきょく、どうしたんだろ」

野方逸子に何より大きな不安を与えているのも、そのことらしい。

――イザワは、わたしたちのやり取りを録音したテープを、いまも持っているかもしれません。

彼女の痩せた頬は、いつからか涙でおおわれていた。源哉が気づくと、彼女はそれを隠すようにうつむいた。そのせいで、涙は鼻の先から、一粒一粒間を置いて、布団の上に落ちた。面会時間が終わる八時まで、その涙は止まらなかった。無音の病室で、歩実も源哉も、いまにも千切れてしまいそうな彼女の細い息づかいだけを聞いていた。祖父が感情をあまり表に出す人ではなかったので、歳を取った人が泣くところを、源哉は初めて見た。病室を出るとき、歩実は前回訪ねたときに渡せなかった絵本を、野方逸子に手渡した。

「逸子さん、きっとテープのこと今日まで一度も忘れられなかっただろうね。病気になってからも、自分がいなくなったあと、いつか世に出ちゃうんじゃないかって、ずっと不安なんじゃないかな」

それについては源哉も、そのとおりだと思う。

小学二年生か三年生のとき、父のカメラを勝手に庭へ持ち出して、写真を撮るふりをして遊んでいたことがある。が、倉庫の屋根にとまっていたオナガにカメラを向けたとき、うっかり手を滑らせて地面に落としてしまった。落ちた衝撃でカメラからレンズが外れ、何をどうやってもくっつかず、源哉はべそをかきながら、家の二階にある父親の部屋にカメラとレンズをそっと戻した。棚の上の、もともと置いてあった場所に戻したのだけど、それがいつ父にばれるかと、何日も不安だった。けっきょく父は何も言わず、気がつけばカメラにレンズをつけて使っていたので、あれはただ源哉がレンズのはめ方を知らなかっただけなのだろうが、とにかく、それを見るまでのあいだは不安で仕方がなかった。きっと野方逸子の不安は、その一万倍くらい大きいのだろう。

「でも、やっぱり僕はそんなに、あの人のこと心配できないな」

そう言ったあと、歩実が言葉を返さなかったので、源哉は早口でつづけた。

「まあ、あの人がいなかったら歩実さんが生まれてこなかったんだから、歩実さんにとっては重要な人だよね」

ぴたっと彼女が足を止めた。源哉もつんのめるようにして立ち止まった。

振り返ると、歩実の顔は少し笑っていた。

「と、思うでしょ？」

「え、だって、もし逸子さんが昔――」

「じゃなくて、あたしだけがそうだと思うでしょ。あたしだけが生まれてなかったって」

「いや、ほかにもいると思うよ。ちょっと過去が違ったら、未来がいろいろ変わっていくっていうし、たぶんいろんな人が――」

歩実は唇の端をさらに持ち上げた。

「源哉くん、生まれてきてよかったと思う?」

「は?」

「この世に生まれてきて」

それは、思う。

頷いたわけではないが、顔に答えが出ていたらしく、歩実はつづけた。

「いまから話すこと、誰にも言わないって約束できる?」

「そんな約束ばっかりじゃん」

「とくに、源哉くんのお母さんには言っちゃ駄目。約束できる?」

できると源哉は答えた。

(八)

源哉と歩実がファミリーレストランのテーブルをはさんで向かい合ったのは、病院の駐車場を出てから、ものの十分ほど後のことだった。ただし、駐車場で歩実が、自分の母親と源哉の父親の恋物語を話すのに長いことかかったので、もう時刻は九時を過ぎている。

慌ただしく注文をすませると、源哉はさっきから考えていたことを切り出した。息継ぎするのももどかしく、一気に。

「三十五年前、イザワが週刊誌に情報を売ったわけでしょ。中江間建設が消石灰を流出させて、それを隠蔽したって。そのときのやり取りの記録みたいなのは残ってないかな、出版社とかに。イザワの身元がわかるようなものが」

「もしあったとしても、理由もなく見せてくれないよ。だからって経緯を説明したら、それこそ新しい記事にされちゃう。逸子さんがやったことも含めて」

「でも……え何」

歩実が笑いを堪えている。

「源哉くんがこんなに変わるとは思ってなかった」

自分だって思わなかった。

歩実の母親と自分の父親が付き合っていたという事実は驚き以外の何ものでもなく、話のはじめのほうは、かなり気持ち悪かったけれど、いつのまにか源哉は真剣に聞き入っていた。中江間建設が倒産し、歩実の祖父が家族で遠くへ引っ越さなければならなかったせいで、二人はお別れをしたらしい。だから歩実が生まれた。だから源哉も生まれた。三十五年前、野方逸子がイザワの取り引きに乗らなかったら、歩実だけでなく自分もこの世に生まれてこなかった。

今日の夕方、野方逸子の病室に入ったとき、歩実は彼女にも同じ話をしたらしい。もちろん源哉に話してくれたような詳細なものではなかったようだが、野方逸子が、源哉もいっしょに話を聞くことを承知してくれたのは、たぶんそのせいだったのだろう。

自分の人生そのものに関係しているとなると、野方逸子の過去や、彼女という人物そのものが、急に違って見えてきた。自分をこの世に生み出してくれた人——とまではさすがに思わないけれど、彼女の苦しみや不安が、まるで自分自身の大問題のように胸に迫ってきたのだ。病室で野方逸子の告白を聞いているあいだ、歩実の横顔に怒りが浮かんでいないのが不思議でならなかったが、その気持ちも初めて理解できた。あのとき、勢いにまかせて自分が野方逸子にぶつけてしまった言葉が、いまはとても恥ずかしい。恥ずかしいけれど、もう面会時間は終わっていて、いや、終わっていなかったとしても、訂正の仕方も謝り方もわからない。

とにかく、一つの気持ちが、いま源哉の胸を満たしていた。それは、とてつもなく大きな不安を抱えたまま死のうとしている彼女を、どうにか安らかな気持ちにしてあげたいという思いだった。もちろん、それが難しいことはわかっている。野方逸子の心を三十年以上も不安で満たし、いまも満たしているのは、イザワという男のその後、そして二人の最初のやり取りが録音されたカセットテープの行方なのだ。なのに、イザワがどこの誰なのかはまったくわからず、ヒントさえない。イザワという名前だって、偽名だったに違いないと歩実は言うし、源哉もそう思う。

「カセットテープってどのくらいの大きさなの？」

「お祖父ちゃんの部屋で見たことあるけど、このくらい」

歩実は両手の親指と人指し指の先端同士がふれ合うくらいの長方形を示した。

「ゴミと間違えたりして、処分してくれてないかなあ」

「そんなことくらい、逸子さんだって何百回も想像したと思うよ。実際にどうなったのかを確かめられないと、意味ないいんだよ」

「せめてイザワってやつの顔とか、わかればいいんだけど」

「いまのところ、背が高いとか痩せてたとか、眼鏡かけてたことくらいしかわからないもんね。眼鏡なんてただの変装道具だったかもしれないし」

と言いながら紅茶のカップに伸ばされた手が、ふと止まった。

歩実は宙を見つめて静止している。

「……何？」

写真、と歩実は呟いた。

「写真？」

「あるかも」

「何の？」

「イザワの」

らしいの」

「どこに」

源哉の家だという。

「三十四年前、火振り漁の最終日に、あたしのお母さんが写真を撮ったの。源哉くんのお父さんに頼まれて、カメラに万華鏡をつけて、下上町側の河原からたくさん撮影したらしいの」

そのときの状況を、歩実は早口でざっと説明した。

「あたし、そのカメラをお母さんと二人で源哉くんの家まで返しに行ったんだよ。それが七年前、あたしと源哉くんが初めて会ったあの日。火振り漁の最終日、イザワが消石灰の袋を持って一の橋の近くに隠れてたとしたら、たぶん上上町側の茂みの中だよね。松明に照らされてだとしたら、下上町側から撮影した写真の背景に写り込んでないかな。

て」

可能性はかなり低いが——。

「写り込んでるかもしれない」

「あのカメラを返したとき、源哉くんのお父さん、フィルムを現像してみるって言ってた」

「なら、お父さんのアルバムをあされば写真が見つかるかも!」

二人同時にシートから滑り出た。源哉が注文したビーフカレーも歩実のラザニアも運ばれてきていなかったが、レジで訊いてみると、まだつくっていないとのことだったので、急用ができたのでごめんなさいと謝って店を出た。バイクにまたがり、アクセルをふかして後輪を滑らせながら車体を反転させて走り出したい気分だったが、そんなテクニックは持ち合わせていないので、両足でのろのろバイクを後退させてからゆっくりと転回し、歩実を乗せて駐車場を出た。西取川沿いの道に出てスピードを上げると、火振り漁の松明が川に並んでいた。あの松明の一つは、源哉の父が、これから息子に自分の極秘写真を見られるかもしれないことなど知らずに振っているのだ。そのことを歩実に言ってみようと思ったが、やっぱりやめて、源哉は火振り漁の光を一気に追い越した。

（九）

「難しいと思うなあ」

でかい頭をほとんど真横に倒し、佐々原さんは考え込んだ。

「だってこれ……三十四年も経ってるんだよね？」

昨夜、あれから父の部屋でアルバムをあさったけれど、それらしい写真は見つからなかった。もしかして現像しなかったのではないかということで、今度はカメラのほうを探した。押し入れの奥、何故か古いクーラーボックスの中に、それはあった。歩実がカメラのかたちを憶えていて、間違いないとのことだった。背面についている小窓を見ると、フィルムは入ったままだ。源哉の父が現像をためしていなかったことが、歩実にはちょっと残念なようだったが、上手く現像できるかどうか心配で、そのままにしておいたのではないかと源哉は言った。もちろん本当のところはわからない。とにかく、フィルムが入ったカメラを手に入れた源哉と歩実は、一夜明けた土曜日の今日、歩実の仕事も休みだということで、朝からこうして鏡影館へやってきたのだ。カメラに入ったままの、三十四年前のフィルムを現像してもらうために。

「無理だったらそれでもいいんです。ためしてみてください」

勢い込む源哉に、エプロン姿の佐々原さんは唇をすぼめて眉を寄せた。

「無理だったとき、フィルムがおじゃんになっちゃうよ？」

「おじゃん？」

「駄目になっちゃうってこと」

「いいです」

「いいの？」

と声を上げたのは歩実だ。源哉はいい、いい、と頷いた。ようやく佐々原さんは承知してくれ、申込用紙を一枚カウンターに置くと、源哉がまだそこに苗字も書き終わらないうちに、カメラを持って店の奥に向かっていた。

「急いでるんだよね」

暗室のドアに手をかけて振り返る。

「急いでます」

佐々原さんは大きく頷くと、半袖なのに腕まくりをするような仕草を見せながら、ドアの向こうに消えた。

奥さんがお茶と例の記念煎餅を出してくれたので、それを飲んだり齧《かじ》ったりしながらソファーで待った。暗室の中から何度か、まさに至難の業に挑んでいるというような唸り声が聞こえてきた。ときどき、「これはやっかいだ」「でもやるしかない」といった台詞も聞こえた。わざとなのではないかと、たぶん歩実も思っていたのだろうが、どちらも何も言わず、じっと作業が終わるのを待った。

一時間近く経った頃、暗室の扉がひらいた。二人で立ち上がると、額にたっぷり汗を浮かべた佐々原さんがそこにいた。おめでとうございます、元気な男の子です、とでも言いそうな笑顔でソファーに近づいてくる。

「酸っぱいにおいがするの、現像に使う酢酸だからね。体臭じゃないよ」

二人して頷くと、いまのは冗談だったらしく、佐々原さんはちょっと物足りないような顔をした。

「どうでしたか？」

前のめりになった源哉に、奇跡的だよと頬を持ち上げる。

「なんとか現像できた。きっとカメラの保存状態がすごくよかったんだね」

ずっとクローゼットの奥に仕舞ってあったのだと歩実が説明した。

「三十年近く、わたしの家で、そのあとはこの人の家で」

「ああなるほど、光がまったく当たらない場所だったわけだ」

さらに、歩実の母は湿気を気にして、クローゼットにいつも除湿剤を入れていたらしい。そしてカメラが源哉の家に来てからの七年間は、何だかわからないあの古いクーラーボックスに仕舞われていた。きっとそれもよかったのだろう。

「使われてたフィルム、当時市販されていたやつで一番感光度が高いものだね。ぜんぶ夜の写真みたいだけど、細かい部分もある程度まで写ってるよ。でもこれ、変な写真だなあ。何をどうやって撮ったのかな」

万華鏡をカメラにつなげて火振り漁を撮ったのだと歩実が説明すると、へええええと佐々原さんは唸った。それにしても、なかなか写真を見せてくれない。佐々原さんが右手に持った白い大きな封筒には、歩実の母親が三十四年前に撮った、火振り漁の万華鏡写真が入っているのだ。源哉はそれをいますぐひったくって中身をテーブルに広げたかったが、もうちょっとで本当にそうしてしまいそうになったとき、やっと佐々原さんが封筒を渡してくれた。源哉と歩実は中から写真の束を取り出して一枚一枚テーブルの上に並べていった。

はっきり言えば、期待外れだった。

佐々原さんの言葉から想像したよりも、写真は不鮮明なものが多かったのだ。中には真っ暗で何も写っていないやつもある。三十年以上前のフィルムを現像するとなると、これでも「奇跡的」なのかもしれないけれど。

いくつもの三角形に区切られた写真。橙色の光が、無数に分裂しながら尾を引いている。はじめのほうの写真はそれぞれの光が小さく、後半は大きくて明るい。遠くから撮ったものと、近くで撮ったものに違いない。しかし大事なのは火振り漁の光そのものではなく、それが照らし出す背景だ。源哉と歩実は並んだ写真に鼻をくっつけるようにして一枚一枚を子細に見た。離れた場所から撮られたものは、あまり意味がなさそうなので、近くで撮ったものを重点的に調べた。川の手前側から奥側に向かって並ぶ、尾を引く松明。その松明のうち、一つだけが、やけに明るいのはどうしてだろう。理由はわからないけれど、写真の奥側で動くその松明が、上手いこと茂みに光を投げている写真が何枚かあった。中には、木の幹の凹凸や、枝葉の一つ一つまで見えるものもある。源哉はそれらの写真の中に人間の姿を探した。全身でなくてもいい。顔だけでも、いや顔の端っこだけでも——あ。

「あ！」

一瞬早く声を上げたのは歩実だった。

二人は頬をくっつけるようにしながら同じ写真を見ていた。

茂みの中に顔がある。明るい松明が光を投げかけ、木の幹のあいだにそれを浮かび上がらせている。痩せた、面長の顔。眼鏡はかけていない。髪は短く、首が長い。

「あれ？　人が写ってるね」

座布団サイズの佐々原さんの顔が、源哉と歩実の顔のあいだにぬっと突き出された。

源哉は思わず写真を隠そうとしたが、

「うんん？」

佐々原さんはさらに上体をテーブルに近づける。そうかと思うと、顔を遠ざけて目を細め、また上体を突き出して両目を広げてから、驚くべき言葉を口にした。

「俺この人、知ってるかも」

二人で同時に佐々原さんの顔を見直した。

「いや、確信があるわけじゃなくて……ただ一回会っただけというか、階段のとこに出てきたのを見ただけで……でも、あのときのことははっきり憶えてるからなあ……」

あのときっていつだ。階段って何だ。よくわからないことを言いながら佐々原さんがしきりに首をひねるので、どこで見たのかと源哉が訊くと、ここで見たと言って床を指さす。

「でも、確かかどうかわからないんだ。確認できないこともないけど。え、知りたい感じ？」

二人でぶんぶん頷くと、佐々原さんはエプロンのポケットからスマートフォンを取り出した。

「じゃあ、その場にいたもう一人のやつに、ちょっと確認してみるよ。その写真をこれで撮っても大丈夫？」

源哉が手渡した写真を、佐々原さんはスマートフォンで撮影すると、太い指でぎこちなく操作して誰かへ電話をかけた。しばらくコール音が小さくつづいたあと、

「あ、まめ？　悪いな、仕事中に……ああ仕事中じゃないの。そうか土曜日だもんな。うん……うん……うん？　いやさ、ちょっと見てほしいものがあって。写真なんだけど。え？　違うよ子供なんて生まれてないよ。まめのとこは何歳だっけ？　あもう六歳か。うちは、病院で調べてもらったら、なんか難しいみたいで……いや、あきらめてるとか、そういうあれじゃないんだけど、まあ不可能な歳じゃないしなはははははははははははは」

わざとじゃないかと思うくらい余計な話を、もうしばらくつづけてから、佐々原さんはやっと本題に入った。

「じゃあ、いまから送るから、誰の顔だかわかったら教えて」

電話を切り、写真を送る。

すぐにスマートフォンがメッセージを受信した。佐々原さんはその内容を一瞥《いちべつ》すると、ふんふん頷いて、源哉と歩実にディスプレイを向けた。

「やっぱりそうだったみたい」

二人で飛びつくようにして覗き込んだディスプレイには、『まめ』という差出人からのメッセージが表示されていた。

『カメラ屋の二階で、お前の親父にぶっとばされた人だろ?』


「え、どういうことなんですか?」

訊くと、昔この店がカメラ店だったときに、ちょっとした騒動があったのだという。

「当時店を経営してた俺のお父さんが、変なやつらに絡まれてさ、絡まれたというか、まあはっきり言うと監禁されたんだけどね。もう二十……違うな、三十……ええと」

「三十五年前とかじゃないですか?」

イザワが野方逸子の前に現れた時期を言ってみると、佐々原さんは指を折って数えてから、驚いた顔を向けた。

「うん、三十五年前。俺五年生だったから。何で知ってんの?」

そう訊きつつも、佐々原さんはあまり気にしなかったようで、急に懐かしそうな顔になってイザワが写り込んだ写真を眺めた。

「この人、どこの誰だかわからないんだけどさあ——」

わからないのか。

「可哀想な人なんだよ。写真が趣味で、たまたま早朝の西取川を撮影してたら、大変なものを撮っちゃって。そのせいで、すごい面倒なことになって。あほら、こないだここでいっしょに見た写真も、そのうちの一枚だったんだよ。あの、ウミホタルかと思ったら違ったやつ。その年に、西取川の護岸工事をやってた建設会社が、なんか毒みたいなやつを間違って川に流しちゃって、そのことを隠そうとして作業員が魚の死骸を集めてたら、この人がたまたまそれを写真に撮っちゃったわけ。その写真がもとで、ごたごたがあって。ごたごたっていうかまあ、この人と仲間たちが、写真を週刊誌に売ろうとしてたんだけどね。けっきょくその写真は俺のお父さんが最後まで渡さなかったから、売られるようなことはなかったんだけど」

理解が追いつきそうで追いつかない。

「いま思い出しても、ほんと可哀想な人だったなあ。そりゃ、たまたま撮った写真で金儲けしようって考えたのはよくないけどさあ、最後には俺のお父さんに、ここの二階でいきなりぶっとばされてたし」

「仲間がいたんですか？」

源哉が訊こうとしたことを歩実が訊いた。

「それが誰だったかはわかりませんか？」

「いやあ、わからない。大仏みたいなパーマと、角刈りの二人組だったことは憶えてるんだけどね」

髪型だけでは意味がない。いったんは進展しかけた状況が、ここにきてまた壁に突き当たり、源哉はその場で猛烈に足を踏み鳴らしたい気分だったが、

「大仏パーマと角刈り……大仏……角刈り……」

隣で歩実が唇を動かしている。

「お母さんの昔話にも、そんな二人組が出てきたような」

「歩実さんのお母さんが会ったことある人たちなの？」

だとしても、彼女はもうこの世にいない。

あ、と歩実が顔を上げた。

「訊けばいいんだ」

「誰に？」

「その場にいた、もう一人の人に」

「誰？」

「源哉くん、いまお父さんに電話できる？」

（十）

農作業中に電話に出てくれた父は、源哉の質問に心底驚いていた。いや、質問そのものではなく、自分の息子がその出来事を知っていたという事実に驚いていた。

ずっと昔の、源哉の父親と歩実の母親の恋物語。野方逸子のもとにイザワが現れ、佐々原さんの父親が監禁された翌年――三十四年前の出来事。歩実の母親が娘に聞かせた、その出来事の中で、源哉の父がチンピラにタコ殴りにされる場面があったのだという。場所は居酒屋の外で、相手は二人組。その二人組はどんなやつらだったかと源哉は父に訊いた。すると父は、何でお前、源哉お前、そんなことお前、と慌てふためき、しかし源哉が、余計なことは訊かないしべつに興味もないから答えだけ教えてほしいと言うと、そばに母がいたのか知らないが、逃げるような早口で、二人組の人相風体を答えてくれた。先輩格の男が、まさに大仏のようなパーマ。後輩らしいほうは角刈り。

同じやつらだという可能性はどのくらいあるだろう。この世に大仏パーマと角刈りのコンビがどれほどいるのか知らないが、三十五年前から三十四年前、この町の近辺にいた二人となると、同じ人物である可能性が、けっこう高いのではないか。

「ぜんぜん見当違いかもしれないけど！」

源哉は叫び、歩実も叫び返した。

「確かめてみなきゃわかんないでしょ！」

バイクに二人乗りをして下上町の市街地に向かっているところだった。目的地はどこかというと、真也子《まやこ》さんという人の自宅だ。

――あの人が知ってるかも。

今度も、思い当たったのは歩実だった。

――真也子さんっていう人の、お母さん。

真也子さんも、歩実の母親の昔話に出てきた人物で、二人は当時親友同士だったらしい。歩実の母親が、源哉の父と二人で居酒屋に行った際、真也子さんの母親がその店で働いていた。そして、そこに大仏パーマと角刈りが入ってきたとき、「またか」というような顔で二人を見ていたのだという。

真也子さんの母親は、二人の素性を知っている可能性がある。ではすぐに彼女を訪ねてみようということになったのだが、住所も電話番号もわからない。しかしそのとき歩実が、母親の葬儀のことを思い出した。葬儀には、連絡がついた昔の同級生たちも参列し、その中には真也子さんもいたのだという。

――顔を知らないから、どの人だったのかはわからない。でも、あとで香典を確認したとき、真也子って名前を見つけて、お母さんの親友だった人なんじゃないかと思って。苗字は秋川じゃなかったんだけど。

結婚して姓が変わっていたのかもしれない。源哉と歩実は鏡影館から歩実の自宅へと向かい、急いで会葬者名簿を確認した。すると「吉岡真也子」という名前が見つかり、住所もそこに書き込まれていた。源哉がその住所をスマートフォンに打ち込んで場所を確認し、二人でふたたびバイクにまたがり、いまその場所へ向かっているのだ。

「――あった」

下上町の市街地の端、海に近い場所でバイクを停めた。同じようなかたちをした建売住宅の一軒に、「吉岡」という表札が掲げられていた。

（十一）

それからわずか四十分後。

「人って、そんなに変われるものなのかな」

「あたしは、お母さんが死ぬ少し前に、変わったかも」

駅前通りの中ほど、カビが生えたような雑居ビルの前に、源哉と歩実はいた。

「悪い人が、いい人になることもあるの？」

「そのへんみんな、会って直接教えてもらえばいいんだよ」

五階建てのそのビルは、もっと背が高くて新しい左右のビルに支えられるようにして建っていた。埃っぽい玄関ホールに入ってみると、並んだ郵便受けの一つに、源哉たちが訪ねようとしている事務所の名前が書かれている。四階だ。

エレベーターがついていなかったので、二人で階段を上った。

――藤下歩実といいます。

四十分前、歩実は吉岡家のインターフォンを押した。応答した真也子さんに名前を告げたあと、彼女は短い説明をつけ足した。

――中江間奈津実の娘です。

相手はえっと驚き、すぐにインターフォンを切ると、明らかに駆け足で玄関口まで出てきてくれた。感情を素直に顔に出す人だということが、会ったそのときにわかった。開けたドアを片手で押さえた真也子さんは、歩実を見るなり唇をほころばせて目を細め、ついでその目がふっと哀しげに曇り、思い出をたどるように唇を薄くひらいたあと、急に両目を丸くした。

――母の葬儀の際は、ありがとうございました。

ひととおりの挨拶をすませると、歩実は用件を正直に切り出した。訳あって、三十五年前に起きた中江間建設の薬剤流出事故について調べていること。真也子さんのお母さんが、もしかしたら助けになってくれるかもしれないこと。

——え何、あなた、歩実さん、警察官か何かになったの？

そういうわけではなく自分は看護師で、ただ個人的に昔の出来事が気になって友達と二人で調べているのだと説明した。友達というのは源哉のことだ。真也子さんは驚くほど簡単に納得し、源哉と歩実を家に上げてくれた。リビングで寝転がってテレビを見ていた小太りの旦那さんは、急に人が入ってきたので驚いて起き上がり、スウェットの裾を何故かズボンの中にたくし込みながら真也子さんの顔を見たが、真也子さんに仕草だけで追い出され、そそくさと部屋を出ていった。そうかと思ったらすぐに戻ってきて、リモコンでテレビを消したあと、また出ていった。旦那さんが二階に上がっていくあいだに、真也子さんは冷たい麦茶を二杯用意してテーブルに置くと、掃き出し窓を開けて庭に出た。戻ってきたときには、日除けの大きな帽子をかぶり、片手に剪定《せんてい》ばさみを持ったおばあさんといっしょだった。

——憶えてるわあ。

昔、居酒屋で働いていたとき店に出入りしていた、大仏パーマと角刈りの二人組について訊くと、真也子さんの母親はすぐに思い出してくれた。いや、思い出しただけでなく、驚くべきひと言をつけ加えた。

——あなたたちも、知ってるんじゃないかしらねえ。

源哉も歩実も、ただ両目を広げて首を突き出すばかりだった。

——いまは、この町で有名だもの。ああでも、お若い人たちはあれかしら、知らないかしら。町おこしのボランティア団体。上下を盛り上げる会っていうんだけど。

知ってますと二人同時に答えた。

——あれをつくったのが、その二人なのよ。マルヤマさんとタニガキさん。ヤクザってわけじゃなかったんだけど、昔ね、このあたりで有名なちん、ふりょ……まあ、悪い人たちだったの。わたしがパートしてた居酒屋なんかも、何度も迷惑かけられて。酔っ払って怒鳴り散らしたり、ほかのお客さんにちょっかい出したり。その居酒屋があったのは、この町じゃないんだけど、上上町とか下上町では、もっとひどい悪さして、町の人にも警察にも迷惑をかけつづけてたみたい。

その二人が、なんといまは上下を盛り上げる会の代表と副代表なのだという。

——それがなきゃ、わたしも憶えてなかったでしょうけどねえ。いくら迷惑をかけられたっていっても、なにせ三十年以上も前の話だから。

あっと源哉は思い出した。

——歩実さん、僕、会ってる!

目と口を同時にあけて隣を見ると、

——あたしも!

歩実も同じ表情をこちらに向けていた。

そう、あれは鏡影館で歩実と会った日のことだ。入り口のガラス戸を入ろうとすると、その戸が中から開いて、六十代くらいの男性二人組が出てきた。二人とも白髪まじりの短髪で、よく似た笑顔で源哉に笑いかけてきた。

——これまた若いなあ。

——ねえ、面白いもんですね。

——そういうところも、あれしとこ。テレビの人に伝えとこ。

三十五年前、イザワと付き合いのあった男たち。佐々原さんの父親をカメラ店に監禁した、イザワの仲間。その二人と、まさか源哉も歩実も顔を合わせていたとは。

上下を盛り上げる会の事務所所在地は、真也子さんも母親も知らなかったが、スマートフォンで調べたらすぐに出てきた。そのあとは、歩実の母親の思い出話をしたり、その母親が三十四年前に付き合っていた若い漁師の話をしたり、その漁師が源哉の父親だということをうっかり喋って驚かれたりした。話が落ち着くと、挨拶もそこそこに真也子さんの家を飛び出し、上下を盛り上げる会の事務所があるこのビルまでやってきたというわけだった。

ビルの階段を一段飛ばしで上り、四階にたどり着く。ところどころペンキが剝げた、鉄製のドアの前に立つ。ドアの脇に呼び鈴がある。それをどちらが押すか、互いにちょっと顔を探り合ってから、歩実がボタンに指を伸ばした。呼び鈴は電池が切れかかっているのか、ぷわーんわーんと間延びした音がドアの向こうから聞こえた。

「はいはい」

出てきたのは、まさしく鏡影館の入り口で行き合ったうちの一人だった。あのときと同じように柔和に笑いながら、ご用は何でしょうといった顔で源哉と歩実を見ている。こちらの顔を憶えている様子はなかった。

西取川で起きた昔の出来事について調べているのだと、歩実が切り出した。

「それは……学校の、勉強か何かで？」

灰色がかった眉が、わずかにひそめられる。

「いえあの、社会人です。この人は高校生なんですけど。ちょっと必要があって、二人で個人的に調べてるんです。それで、できたらお話を伺えればと思ったのですが」

「え、何でうちに？　まいいや、じゃま、とりあえず中にね、どうぞ」

室内に通された。

キッチンを兼ねた狭い廊下の先に、小さな会議テーブルと折りたたみ椅子と、壁際にパソコンデスクが一つあるだけの部屋だった。そのパソコンデスクに向かっているのは、あのとき見た、もう一人のほうだ。たったいままで、一本指打法でキーボードを打っていたらしく、両手をそのかたちにしたまま、珍しげな顔でこちらを見ている。

「これ、まとめてあれして悪いけど、どうぞ」

最初の人が、源哉と歩実それぞれに二人分の名刺をくれた。本人は谷垣《たにがき》さんで「副会長」、パソコンを使っているほうは丸山《まるやま》さんで「会長」と書かれていた。

会議テーブルを囲む折りたたみ椅子に、源哉と歩実は並んで座った。丸山さんはパソコンデスクの前で椅子を回してこちらを向き、谷垣さんは小さな冷蔵庫から麦茶を出してグラスに注ぐ。

「マルさんも飲みます?」

「うん、もらうかな」

これまでいろいろと聞き知った話から、当時は丸山さんのほうが大仏パーマ、谷垣さんが角刈りだったはずだ。二人は三十四年前、居酒屋で源哉の父と歩実の母親と行き合い、そのあと路上で父をタコ殴りにした。ほかにもいろいろ悪さをして、町の人にも警察にも迷惑をかけていた。しかし、どちらもまったくそんなふうには見えない。いや、悪い人が実際にどんな顔をしているのか、まだよく知らないのだが。

とにかく、重要なのはイザワのことだ。

この二人が、三十五年前に佐々原さんの父親を監禁した三人のうちの二人だという確証は、まだない。もしそうだったとしたら、丸山さんと谷垣さんは、確実にイザワのことを知っているはずなのだが——いったい何からどうやって探っていけばいいのか。

「そんで？　西取川の？」

グラスを三つテーブルに置き、丸山さんにもグラスを渡してから、谷垣さんは折りたみ椅子に腰掛ける。

歩実は二人の顔を交互に見ながら切り出した。

「三十五年前に、中江間建設が起こした消石灰流出事故にまつわることを調べているんです」

その瞬間、二人が絵のように静止したのを見て、源哉は確信した。三十五年前、イザワといっしょに佐々原さんの父親を監禁したのは、やはりこの人たちに違いない。歩実も同じことを思ったらしく、攻め込むように言葉をつづけた。

「その事故に関係して、坂の上にある鏡影館がまだカメラ店だったとき、当時の経営者がお店に監禁されたんです。その犯人について知りたくて、ここに来ました」

歩実が言い終わるか言い終わらないかのうちに、丸山さんと谷垣さんが変貌し、どちらの顔も一瞬で凶悪なものへと変わり、二人のうち一人がさっと部屋の出口に移動して玄関への退路をふさぐというような想像が鮮明に脳裡に押し寄せたが、二人とも両目をわずかに見ひらいただけで、相変わらず静止している。

「具体的に言うと、経営者を監禁した三人組について知りたいんです」

丸山さんと谷垣さんの目がさらに広がる。

「もっと具体的には、お二人以外の、もう一人のことを知りたくて来ました」

そこまで一気に攻め込むとは思っていなかった。さっきから縮こまっていた源哉の胃が、まるで握り潰されたように、いっそう縮まった。丸山さんと谷垣さんがちらりと視線を交わす。先輩格の丸山さんのほうが、ほとんどわからないほどの動きで素早く首を横に振る。

「よくわからないし……勘弁してもらえないかね」

手にした麦茶のグラスに視線を向け、谷垣さんが低く呟いた。

「仕事も今日ちょっと、あれだし」

よくわからないと言われてしまったら、正直なところ、打つ手がなかった。何の証拠があって来たわけでもないし、もともと、あれこれ訊いたり探ったりする権利など自分たちにはないのだ。考えてみれば、カメラ店の店主を監禁したことに関して、はいそれは私たちですと二人が認めるはずがない。丸山さんと谷垣さんがその昔、町でいろいろと悪さをしていたこと自体は、真也子さんの母親も知っていたし、秘密でも何でもないのだろう。でも、カメラ店での出来事についてはタイミングが悪すぎる。何故なら、どストレート佐藤の件があるからだ。テレビ番組で、鏡影館の存在を県外にアピールしてもらおうといういま、そこがかつてカメラ店だったときに自分たちが店主を監禁しましたなどと言えるわけがない。

そう、テレビ番組といえば、佐々原さんも、その件に関して丸山さんや谷垣さんと打ち合わせで顔を合わせている。しかし、三十五年も経っているので、いまのところ気づいていないのだろう。佐々原さんにぜんぶ話して協力してもらいたいという衝動がこみ上げたが、そんなことをしたら、どストレート佐藤の件が台無しになってしまう可能性がある。佐々原さんは、三十五年前に自分の父親を監禁した犯人たちが持ってきた話になんて乗れるはずがないと言うかもしれない。

「イザワという人を、ご存じないですか？」

この決定的な質問に対して、しかし二人の反応は予想外だった。どちらも急にぽかんとして歩実の顔を見直したのだ。

「イザワじゃなくてイガ――」

言いかけた谷垣さんの足を丸山さんが蹴飛ばした。とんでもない強さだった。しかし谷垣さんは顔をしかめもしなければ、蹴られた場所をさすることもせず、何かちょっとした失敗でも指摘されたように、へこっと首を突き出して苦笑いをするだけだ。蹴られ慣れているのだろうか。

「申し訳ないけど、あれだな、うちは協力はできないな」

丸山さんが麦茶のグラスを置いて腰を上げる。いますぐ玄関まで送り出そうというポーズだ。立ち上がるべきか、居座るべきか。そうだ、歩実が自分の素性を説明するというのはどうだろう。話をしてもらうきっかけになるかもしれない。いや、逆効果の可能性もある。歩実が中江間建設の関係者だと言ってしまったら、二人は余計に口をつぐんでしまいそうだ。歩実が動かないので源哉も動かなかった。いきなり蹴飛ばされたらどうしよう。怒鳴られたらどうしよう。

そのとき、重たい足音が聞こえた。

足音はだんだんと大きくなり、玄関の向こうで止まった。ドアごしに息づかいが響いてくる。熊が獲物を前に興奮しているような、激しい、微かな唸り声のまじった息づかい。丸山さんに目配せされた谷垣さんが立ち上がり、会議テーブルを回り込んで玄関のほうへ向かう。

「――あれ、鏡影館の」

谷垣さんがドアを開けると、そこに立っていたのは、驚いたことに佐々原さんだった。階段を上がってきたせいだろう、息が上がり、遠目にもわかるくらい鼻の穴が大きくなっている。

「急にすみません、例のインタビューの件で、あらためてお礼をと思いまして……あれ」

源哉と歩実を見て唇をすぼめる。

「きみたち、何でここにいるの？」

ている。

「お客さんが来ちゃったから、さあもうこれで、ほら」

丸山さんが手振りをまじえて退出を促す。玄関口では佐々原さんが、まだこちらを見ている。

この人なら大丈夫かもしれない。

丸山さんと谷垣さんが、三十五年前に父親をカメラ店に監禁した人たちだと知っても、怒ったりしないかもしれない。もちろん根拠はなかった。ただ、顔つきからそう思った。

「あの、ちょっと訊いていいですか」

勇気を振り絞り、丸山さんと谷垣さんの顔を交互に指さしながら、ダイレクトに質問を投げた。

「カメラ店にお父さんを監禁したの、この人たちじゃないですか？」

おい、と丸山さんが顔を硬くする。

「この人たち？　あ、さっきの話？　え、何で？」

訊き返しながらも、佐々原さんはそばに立っていた谷垣さんの顔を覗き込もうとした。谷垣さんが覗き込まれまいとして首の角度を変えたので、佐々原さんはさらに覗き込もうとし、谷垣さんの顔がもっと逃げた。それを佐々原さんの顔が追いかける。そうかと思うと佐々原さんは急にこちらを向き、丸山さんの顔をまともに見た。不意をつかれて丸山さんは固まった。玄関口の谷垣さんが、そのことに慌てた。今度はその顔を、佐々原さんが間近でしっかりと見た。沈黙が降りた。壁にかかった時計の音が聞こえるほどの静けさだった。その静けさの中で、佐々原さんがいきなり大きく息を吸い込んで「ぜん！」と言い、前屈みになってしばらく静止した。

「……っぜん気づかなかった！」

（十二）

「風って、どうやって吹くのかな」

隣で歩実が夏空を見上げる。

でも病院の駐車場には風なんて吹いていない。傾きはじめた太陽がアスファルトを照らし、並んだ車のボンネットを強烈に光らせているばかりだ。

「どういう意味？」

「最初に、何があるんだろ」

遠い蟬時雨《せみしぐれ》が、歩実の声にまじり込む。

「風が吹いてくる、最初の場所に」

考えてみたけれど、わからなかった。

歩実もべつに、源哉の答えを期待しているようではなく、ただぼんやりと空に目を向けていた。病院の玄関口では、制服の女性事務員がジョウロを傾け、プランターのペチュニアに水をやっている。近づいていくと、彼女は歩実に気づいて笑いかけ、歩実もお疲れ様ですと笑い返した。

病院へやってきたのは、ついさっき上下を盛り上げる会で聞き知った事実を、野方逸子に聞かせるためだった。

ぜんぶ話すべきかどうかは、この駐車場にバイクを停めたあと、しばらく二人で相談したのだが、けっきょく結論は出ていない。まず最初に、逸子さんが知りたがっていることだけを伝え、もし詳細を聞きたいと言われたら話そうという、曖昧な状態だった。

イザワの本当の苗字は井川《いがわ》だった。偽名を使うのに、たった一文字しか変えなかったあたりに、当時の本人の心情がにじみ出ているように思えてならない。

あれから谷垣さんが佐々原さんの分の麦茶を用意し、五人で会議テーブルを囲んだ。歩実は自分の素性を説明し、源哉も自己紹介をして、誰にも喋らないと約束した上で、三十五年前に起きた真鍋《まなべ》カメラ店での監禁について話を聞かせてもらった。

丸山さんと谷垣さんは、まず佐々原さんに深々と頭を下げて謝った。いっぽう佐々原さんのほうは、まったく根に持っていないようで、むしろ興味津々の様子で二人の話を聞き、うーんと唸ったり、えっと驚いたり、しかし最後には、背中を丸めて唇をすぼめ、いまにも泣き出しそうな顔で沈黙した。源哉も歩実も、井川という人について、想像していたものとはずいぶん違う話を聞かされて、途中から言葉が出なかった。

井川は、丸山さんと谷垣さんの高校時代の後輩なのだという。

出会ったときは、丸山さんが三年生、谷垣さんが二年生、井川が一年生だった。

――頭もいいし、根も真面目なくせに、なんだかわからないけど私らの後ろをついて歩くようになりましてね。

昔話をする丸山さんの顔は懐かしそうだったが、その目は暗い翳《かげ》に沈んでいた。隣に座った谷垣さんの目にも同じ色があった。いま思えば、それを見たときから、源哉は話の結末の一端を予想していた気がする。

――高校を卒業したあと、あっちは進学して、こっちは相変わらず馬鹿やってたもんだから、長いこと顔を合わせなかったんですがね。水産試験場に勤めはじめたとか、結婚して子供ができたとか、そういった話は人づてに伝わってきてたんですけど。

その井川の子供が事故に遭ったという話を聞いたのは、三人がそれぞれ三十歳前後の頃だったという。

悟《さとる》くんという、当時小学三年生の息子だった。

――谷垣と二人して、見舞いに行ったんです。

そのとき初めて丸山さんたちは、井川の奥さんが結婚後数年で家を出ていたことを知った。

——会ったことがないから、実際どんな人だったのかはわからないけど……まあ、家庭向きの人じゃなかったんでしょうかね。生まれた息子もろくに世話しないで、井川に押しつけて飲み歩いて、しまいには家族二人を捨てて出ていったって、あいつ言ってました。

井川は水産試験場で働きながら悟くんと暮らしていた。保育園の延長保育や、小学校の学童保育を利用しながら、一人で悟くんを育てていたのだという。しかし、悟くんが三年生になってからは学童保育は利用せず、自宅の鍵を持たせていたので、悟くんは放課後に学校を出て友達と遊んだり、自宅で留守番をするようになっていた。

春先の放課後に起きた、水難事故だった。

友達数人と西取川の河原に遊びに行っているとき、悟くんは冷たい川に落ちた。いっしょにいた友達の話によると、下流の水際に並んだ大きな岩を、みんなして跳び渡っていたとき、急に、強い風が吹いたのだという。子供たちは驚き、素早く岩にしがみついた。しかし悟くんだけが間に合わず、バランスを崩して川に落ちた。西取川はそのとき、雪解け水を含んで流れが速く、悟くんの姿はすぐに見えなくなった。

——よりによって、井川の息子がねえ。

丸山さんの言葉に源哉は違和感をおぼえたが、それは、悟くんが知り合いの息子だからという意味ではなかった。

――じつは井川は、自分に小さな子供もいたし、勤め先が水産関係だったってのもあって、以前から町に、西取川の護岸整備の必要性を訴えていたらしいんです。あそこをコンクリ整備して、フェンスなんかも設けるべきだって。署名運動なんかもやったりしてね。あそこは昔、護岸が整備される前は、実際かなり危ない場所だったんですよ。二の橋から下流は。でもあの川は上上町と下上町の境だから、上手いこと話が通ってくれなくて、なかなか実現しなかったそうなんです。

だから井川は、悟くんには、西取川で遊ばないように言ってあったのだという。

――けど、子供って、聞かないでしょう。

悟くんは父親の言いつけを破り、友達と西取川へ遊びに行って、事故に遭ってしまった。

――あいつ、後悔してました。自分があんまり行くな行くなって言ってたせいかもしれないって。だから悟くんは、逆に西取川で遊ぼうとしたんじゃないかって。男の子って、そういうところ、実際ありますから。

病院へ見舞いに行ったとき、悟くんは意識不明の状態だった。

――顔も、布団から出てる手もきれいなんだけど、脳のほうがやられちゃったみたいでね。

悟くんの意識は、それからずっと戻らなかった。丸山さんと谷垣さんは何度も見舞いに行き、井川を元気づけ、人工呼吸器をつけた悟くんがいつか目を覚ますことを祈った。もちろんそれを祈っていたのは二人だけではなく、悟くんの病室はいつも、クラスメイトからの寄せ書きや、手紙や、千羽鶴でいっぱいだったという。

いっぽうその頃、西取川では護岸整備の工事がはじまりつつあった。それまで井川が何度訴えても実行されなかった工事が、悟くんが事故に遭ったこと、また、同じ年の夏にふたたび川で水難事故が起きたことで、とうとう町が動いたのだ。

その話が出たとき、佐々原さんが、夏に水難事故に遭ったのは親友の父親だと教えてくれた。そしてその親友というのは、鏡影館で佐々原さんが電話をかけた、まめさんのことだった。まめさんの父親はその夏、大雨の翌日に、カメラを持って西取川の様子を見に行き、帰らぬ人となったのだという。

——あちこち、つながってるもんですな。

皺《しわ》の浮いた自分の手を、丸山さんはのろのろとさすった。その昔、源哉の父を突き飛ばしたり、殴ったりした手だった。

——まあ、狭い町だからってのも、あるんだろうけど。

西取川の護岸整備が進む中、入院していた悟くんは、自宅に移されることになった。意識が戻らないまま、その頃にはもう一年以上が経っていたという。

――訪問看護と、夕方以降は井川が看るようになったんです。そうしたほうが、医療費は安かったみたいですが、井川の話だと……まあ、はっきり金額を聞いたわけじゃないけど、それでもかなり金はかかって、借金なんかもしてたようです。私らも、金が都合できるときには、見舞金として渡したりもしてたけど、なにせ当時はまっとうな仕事してたわけじゃないから、なかなか大きな金額は難しくて。

自宅に悟くんを見舞った丸山さんと谷垣さんに、井川が頼み事をしてきたのは、そんなある日のことだった。

――とんでもない写真を、たまたま撮ったって言うんですよ。

どんな写真かと訊くと、西取川の護岸整備工事を行っている中江間建設が、薬剤を川に流出させた証拠写真なのだという。

それが、たまたま撮られたものなどではなく、井川が事前に野方逸子に話を持ちかけた上で意図的に撮ったものだということは、源哉も歩実も言わなかった。誰にも話さないと、野方逸子に約束したからだ。

――そのフィルムを現像に出そうとして、上上町のカメラ屋に行ったんだけど、近場の店はまずいかと思って引き返したら、いきなり店主が追いかけてきて、フィルムを奪われたって言うんですね。

井川の頼み事というのは、そのフィルムを取り返してくれということだった。

このあたりについては佐々原さんが説明してくれ、その話の中にもまめさんが登場した。まめさんの父親はカメラが趣味で、新しいカメラを月賦で買う予定を立てていて、それが手に入ったら、いま使っているものをまめさんにくれる約束をしていたらしい。しかしそうなる前に、大雨のあとの西取川に落ちて死んでしまった。まめさんは、父親みたいにいろんな写真を撮ってみたくて、でも母子家庭で暮らしが大変だったから、カメラを盗もうとした。そのときまめさんは、カメラを盗むため、ある嘘をついた。たまたま店にいた、ワイシャツ姿の男の人が、商品のフィルムを盗んで出ていったと店主に言ったのだ。そのせいで、佐々原さんの父親が井川からフィルムを奪うという展開になったのだという。これは丸山さんと谷垣さんも初めて知ったことのようで、話を聞きながらひどく驚いていた。それでも、きっと長い年月が経っていたからだろう、驚きの表情はすぐに流れ去り、丸山さんがつづきを話しはじめたときにはもう、その目にはふたたび哀しげな翳だけが浮かんでいた。

――フィルムを取り返してどうするんだって訊いたら、あいつ、それを週刊誌に売るって言うもんだから、そんな馬鹿な真似はやめとけって、私も谷垣も言ったんです。金なら自分たちができるかぎり都合するからって。でも井川は聞かなくて、仕方なく協力することにしたってわけです。もともと私らも、当時はその……お恥ずかしい話ですが、まともに働いて稼ぐというよりも、そういったことのほうが得意だったってのもありまして。

二人は井川とともに真鍋カメラ店に向かい、佐々原さんの父親からフィルムを奪い返そうとした。しかし相手が応じなかったので、仕方なく、そのまま店に監禁した。もともとそこまでするつもりはなかったのだが、不幸に見舞われた後輩のために、何が何でも役に立ちたいという気持ちがあったのだという。当時小学五年生だった佐々原さんとまめさんが、真鍋カメラ店に突入し、父親を助け出したのは、翌日のことだった。井川のフィルムは、佐々原さんの父親が最後まで渡さなかったので、けっきょく取り戻すことはできなかった。

——でも、それから三ヶ月くらい経ったとき、週刊誌が消石灰の流出事故を記事にしたんです。

写真こそ載らなかったが、その報道によって中江間建設は護岸整備工事から撤退することとなり、やがて倒産した。

——週刊誌に情報を売ったのが井川だったのかどうかは、私らにもわかりません。あのあと悟くんを見舞ったときに、それとなく訊いてみたんですが、はぐらかされました。

そう、実際のところどうだったのかは誰にもわからない。

フィルムを失いながらも、井川は計画通り週刊誌に情報を流し、それだけでも十分に記事になったのかもしれないし、もしかしたら、週刊誌は別のルートでたまたま情報を摑んだのかもしれない。それを井川が、自分が計画どおり週刊誌に情報を提供したのだと、野方逸子に話したのかもしれない。

——そのときが、見舞いは最後でした。その、週刊誌の話をしたときが。

そう言ったあと丸山さんは言葉を切った。そのまま何も言わず、半分ほどに減った麦茶のグラスをただ眺めた。両目に浮かんでいる暗い色が、内側へと深く染み込んでいくのを見て源哉は、丸山さんがどんな言葉をつづけるのか、わかった気がした。

——悟くん、亡くなっちゃいましてね。

最後まで意識が戻らないまま、自宅で息を引き取ったのだという。

——事故に遭って三年が経ってました。いまから数えると、三十四年前ですかね。秋の、火振り漁のシーズンが終わった、すぐあとのことです。

野方逸子によると、三十四年前の火振り漁のあと、井川は二度と姿を現さなかったという。その理由は、どうやらここにあったらしい。悟くんのために、井川はどうしてもお金が必要だった。そのために野方逸子を脅迫しつづけていた。でも、悟くんが死んでしまった。だからもう姿を現さなくなった。

しかし、その想像は違っていた。

現実はもっと、ずっと哀しかった。

——井川が自殺したって聞いたのは、そのすぐあとのことでした。

自宅アパートで首を吊っているのが見つかったのだという。

──家具も持ち物も、ぜんぶ処分して、空っぽんなった部屋の中で、死んでたそうです。

遺書はなく、遺体のそばには、悟くんの写真でいっぱいのアルバムが、ひらかれたまま置かれていたらしい。そのことを話してくれながら、丸山さんは泣いていた。涙は頰の皺に沿って流れた。隣で谷垣さんもティッシュペーパーを取った。佐々原さんは、たったいま誰かが死んだかのように、大きな頭を垂れて動かなかった。

話は、それで終わりだった。

いくつかの謎が解かれ、いくつかの出来事は曖昧なまま。

「井川さんは、お金をつくるのに、どうしてあんなやりかたをしたのかな」

病院のエレベーターホールで歩実が呟く。あれは子供だろうか、遠くで、手拍子のようなスリッパの音が聞こえている。

「何で、お祖父ちゃんの会社で消石灰の流出事故が起きたように見せかけたり、そのあと逸子さんを脅迫しつづけたりしたんだろ。悪いことして大金をつくるとしても、もっとほかにもいろいろ、やりかたがありそうなのに」

これは、想像でしかない。

でも、なんとなく源哉には、井川の気持ちが理解できる気がした。

井川は以前から西取川の護岸整備の必要性を訴えていたが、実現されることはなかった。なのに、実際に悟くんや、まめさんの父親が水難事故に遭ったあと、急に工事が実行された。そのことに、捻《ねじ》れた怨みを抱いてしまったのではないか。そして、悟くんのためのお金を手に入れるのに、その護岸整備工事を利用してやろうと思ってしまったのではないか。

その考えを、不器用に言葉を並べながら、源哉は歩実に話した。歩実はエレベーターの階数ランプを見上げながら、ただ小さく顎を引いて頷いた。同じことを考えていたのかもしれない。

なかなかやってこないエレベーターを、源哉と歩実は待ちつづけた。

そうしているうちに、駐車場で歩実が呟いた言葉が、耳の奥にまた聞こえた。

——風って、どうやって吹くのかな。

源哉や歩実が生まれるずっと前。

——最初に、何があるんだろ。

西取川の河原に、強い風が吹いた。

その風の手が、悟くんの身体を冷たい川に突き落とした。そして悟くんは長い眠りについた。眠ったままの悟くんの医療費を賄うため、井川はお金が必要だった。だから野方逸子にあの計画を持ちかけ、彼女はその提案を受け容れた。井川は計画を実行に移し、中江間建設が消石灰流出事故を起こしたように見せかけ、その計画によって中江間建設は倒産し——いっぽうで野方逸子は井川に脅迫されつづけながら、その姿が現れなくなってからも、三十年以上ものあいだ不安を抱えて生きてきた。中江間建設を経営していた歩実の祖父は、家族を連れて遠い場所へ転居しなければならず、そのことによって、当時、気持ちを通わせていた歩実の母親と源哉の父は離ればなれになり、それぞれ別の町で暮らしはじめた。だから、歩実が生まれ、源哉が生まれ、いま二人でここにいる。ずっと前に吹いた風が、たくさんの哀しい出来事を引き起こした。でも、それらの出来事がなければ源哉や歩実はこの世に生まれてこなかった。

エレベーターを待ちながら、まるで広がっていた靄《もや》が一箇所に集まるように、いつのまにか源哉の頭に一つの疑問が浮かんでいた。自分たちは、生まれてきてよかったのだろうか。自分や歩実が生まれてこなかった世界のほうが、幸せな人が多かったのではないか。意味のない疑問だと、もちろんわかっていた。でもそれを、源哉は口にせずにはいられなかった。

「そんなの、わかんないよ」

エレベーターの扉に話しかけるように、歩実は言葉を返した。

「いま、あたしたちがここにいるんだから、しょうがないよ」

思えば、自分たちがいまこうしてエレベーターを待っていることにも、いったいいくつの出来事が関係しているのだろう。もし、まめさんの父親が西取川で事故に遭わなかったら、まめさんは真鍋カメラ店でカメラを盗もうなんて思わなかった。その一件がなければ、佐々原さんの父親が監禁されることもなかったし、父親を救出すべく、佐々原さんとまめさんが真鍋カメラ店に向かうことも、井川の顔を知ることもなかった。そうなったら、源哉と歩実は、三十四年前に撮られた万華鏡写真に写った人物が何者であるのかを、きっといつまでも知ることができなかっただろう。その万華鏡写真だって、もし歩実の母親が遠くへ引っ越すことになっていなければ、撮られなかったかもしれない。撮られていたとしても、もし歩実の母親が病におかされなければ、その写真の存在を歩実は永遠に知らなかったかもしれない。ほかにもたくさんある。火振り漁の最終日、父の頭に落ちてきた石。源哉の祖父が鏡影館で遺影を撮ったこと。その遺影を見に行った源哉が、ソファーに歩実と並んで座ったこと。みんなぜんぶ、いま自分たちがここにいる理由になっている。

たしかに、考えても仕方がないのだろう。

「自分たちにできることをするしかないよ」

そう、それしかない。

ようやくエレベーターの扉が開いた。二人で乗り込み、前回と同じ階で降りる。静かな廊下を進み、角を折れ、野方逸子の病室があるほうへと向かっている途中、隣で歩実が小さく声を洩らした。何と言ったのかわからず、訊き返そうとすると、彼女は足を速めた。

「……いない」

野方逸子の病室は、ドアが開け放してあり、ベッドに彼女の姿はなかった。ベッド脇のテーブルに、歩実が渡した絵本がぽつんと置いてある。

「確認してくる」

急いでナースステーションに向かった歩実は、しばらく経って戻ってきた。彼女の説明によると、ゆうべ野方逸子の容態が急変し、いまは集中治療室に移されて処置を受けているとのことだった。

五日経った午後、学校の昼休みに歩実からメッセージが入った。

野方逸子が病室で息を引き取ったことを源哉は知らされた。

エピローグ

待宵月

Matsuyoi-no-tsuki

「餌は豚のレバーを使います」

さっきまで椅子がわりにしていたクーラーボックスから、間宮さんはスーパーのパックを取り出した。ぴんと張られたラップの内側に、赤茶色のぷりぷりしたものが並んでいるのが、明るい月のおかげでよく見える。

「そのへんで売ってるやつで大丈夫です」

海に突き出した桟橋の上を、秋の風が行き過ぎていく。創《はじめ》はライフジャケットを着せられているので、胸ばかりあたたかい。

「彼らは小さいけど食欲旺盛で、がつがつ餌を喰い荒らしちゃうので、豚レバーはガーゼで包みます。食べかすで水が濁らないように」

「海の生き物なのに豚レバーが好きなんですか？」

創が気になっていたことを質問してくれたのは、大学生の源哉さんだ。その隣で同じように不思議そうな顔をしているのは看護師の歩実さん。港の集合場所まで、二人はバイクにいっしょに乗って来たけれど、恋人同士なのだろうか。

「タンパク質のものだったらけっこう何でも食べるから、たとえばちくわなんかでもいいんだけど、いろいろ試したら、どうもこれが好きみたい。だから僕はもっぱら豚レバー」

　見せびらかすように、間宮さんはスーパーのパックを持ち上げる。

「今日、月が明るいけど、ちゃんとウミホタル見えんの？」

智絵さんが目の端をぽりぽり掻きながら訊く。智絵さんはお祖父ちゃんの妹で、創から見るとオオオバ、間宮さんはその旦那さんだからオオオジ。でも創は両親を真似て「智絵さん」「間宮さん」と呼んでいる。

「ウミホタルの光はすごく明るいから、心配ないよ」

　間宮さんを囲むように立っているのは、十三人と一匹だった。一匹というのは間宮さんと智絵さんが連れてきた老犬オービーだ。創がお母さんのお腹の中に宿った頃、オービーじいさんは病気になっていっぺん死にかけたらしいのだけど、智絵さんが動物霊園の価格表をインターネットで調べはじめたら、何故だか急に元気になって、創が六歳になったいまでもちゃんと生きている。十三人の中で子供は創だけで、あとは智絵さんと、創の両親と、礼子お祖母ちゃんと雅也お祖父ちゃん。おでこが広い、お父さんの友達。

源哉さんと歩実さん。「上下を盛り上げる会」の丸山さんと谷垣さん。建設会社をやっている野方さんという男の人。一人だけ、誰だかわからないおじいさんがいる。みんなと気軽に喋ってはいるのだけど、誰もおじいさんの名前を呼ばないので、何という人なのかはわからない。でも、どこかで会ったことがある気がする。おじいさんは、港の集合場所に現れたとき、この町のことを思い出してインターネットで検索していたらウミホタル観察会のことを知った、と言っていた。だから町の人ではないのだろう。そうなると、ますます誰だかわからないけど、みんな、おじいさんと話すときにはちょっと緊張している様子なので、偉い人に違いない。

離れた場所から、話し声や笑い声がときおり届いてくる。そちらでは、もう一つのグループが、同じようにウミホタルの説明を受けているところだ。

今回の「ウミホタル観察会」のことを考えたのはお父さんだった。

一度はずいぶん数が減ってしまったウミホタルが、ここ何年かでまた上上町や下上町の海に戻ってきていることを、もっとたくさんの人に知ってもらいたいということで、町に提案したのだという。すると、前からの知り合いだった丸山さんと谷垣さんが協力してくれることになり、今日、こうして第一回ウミホタル観察会がひらかれている。

丸山さんたちが町の広報誌に参加者募集の記事を出したところ、予想以上の応募があった。これではみんな、きちんと説明を聞いたりウミホタルを見たりできないのではないかということで、二グループに分けることになった。でも、ウミホタルのことを説明し、捕まえるための罠をつくる人は一人しか用意されていなかったので、大学で生き物の研究をしている間宮さんに、お父さんがその役をお願いしたのだという。港に集合したあと、間宮さんのグループにはなんとなく知り合い同士が集まって、創もいっしょに説明を聞いている。

最初に間宮さんは、背の低いペットボトルを取り出して、上半分に、錐《きり》でたくさん穴を開けた。その穴からウミホタルが入ってくるらしい。同じものを、参加者が手伝って合計三つつくり、創も穴を開けるのに協力した。生まれて初めて錐というものを使ったけれど、ペットボトルの表面が丸いせいで、先っぽがすべって大変だった。

「では、残り二つの罠にも豚レバーを入れてください」

間宮さんは近くにいた丸山さんと、雅也お祖父ちゃんに、ペットボトルを一つずつ渡す。お祖父ちゃんのやつはすぐに横からお祖母ちゃんが奪い取った。

「この人、ぶきっちょで失敗するから、あたしやる」

「馬鹿、俺だってペットボトルに肉突っ込むくらいできるよ」

ペットボトルを奪い返すお祖父ちゃんの脇を、オービーがぽとぽと足音を立てて歩いていく。クーラーボックスの脇に置いてある豚レバーをかぎ、ぱっと口をあけたので、野方さんが慌ててそれをパックごと取り上げた。

その野方さんの隣に、ペットボトルを持った丸山さんがしゃがみ込む。

「私らが若い頃は、このへんの海で、よくウミホタルが光ってましたよね。社長も、見たことあるんじゃないですか？」

「砂浜とか護岸で、ええ、光ってました。あれは、水が動くと光るんでしょうかね。風が吹いて、波が強い日に、波がぶつかる場所でよく見ました」

話しながら、野方さんは豚レバーを一切れガーゼでくるむ。

「親父がまだうちの会社をつくる前、お袋と、小学生の私を連れて、ウミホタルを捕まえに行くぞなんて言って、出かけたことがありましてね。そのときはこんな、餌を使った捕まえ方なんて知らなかったもんだから、海岸を三人で歩いて、水際が光ったと思ったら、そこをバケツで、こう」

野方さんは水をすくう真似をする。

「何度目かに私がすくった水に、ちゃんとウミホタルが何匹か入ってきて、弱々しいけど、青く光ってました。家で小瓶に移し替えたら、部屋で光ってくれるんじゃないかと思って、バケツごと持って帰ったんです。その夜はまあ、ちょっと光ってたんですけど、翌朝には光らなくなって、学校から帰ったら死んでました」

漁船の灯りが、切り取り線のように、空と海の境目にちらちらと並んでいる。足下から、つぶやくような水音が聞こえる。

「みなさんは、海の思い出があっていいですな」

謎のおじいさんがやってきて、二人のそばに屈み込んだ。

「私なんて山育ちで、十代の終わりからはずっと東京だから、海と聞いて思い出すのは、小学生の臨海学校くらいなもんです」

「しかも、お若い頃から、お忙しかったですもんねえ。海へ遊びに行くような時間も、なかったんじゃないですか？」

谷垣さんが、まるで相手と古い知り合いみたいな言い方をするけれど、今日見ている様子だと、そんなに長い付き合いだとは思えなかった。謎のおじいさんは、ますます謎だ。

「外の仕事が来るようになってからは、たまには海辺にも行きますけどね。でも砂浜を歩いたり、こんなふうに桟橋に長いことじっとしてることなんて、まずありません。ましてやウミホタルを見るなんてね」

そうでしょうねえというように谷垣さんは頷いて、西取川の河口のほうを指さす。

「ウミホタルはあっちの、川の水と海水がまじり合うあたりにもすむようになったんですよ。もう長いこと見られなかったんだけど、川の水がきれいになって、また戻ってきたんです」

「水清ければ大魚なしなんて、私らの業界でもよく言いますけど、やっぱりきれいな水にしかすめない輩もいるんですな」

　二人がそんなことを言い合うあいだ、源哉さんが歩実さんの肘をつつき、歩実さんは嬉しそうな笑顔を返した。

「よし、写真の用意しとこ」

　お父さんがバッグからカメラを取り出す。これよろしくと言って三脚を渡されたので、創はそれを桟橋の上で組み立てた。よく手伝わされているうちに、やり方はすっかり憶えてしまった。

「創くんも、将来でかくなるかな」

　お父さんの友達がそばに来る。

「どうだろうなあ。全体的に、俺よりかみさんに似てるから」

　お父さんは身体が大きい。お母さんは、女の人の中でも小さい。どうも創はそちらの特徴を引き継いでいるようで、背の順ではいまのところ前から二番目だ。身体だけでなく気も小さく、友達といっしょにいても、端のほうでみんなを眺めていることが多い。クラスで「はじっこ」と呼ばれているのは、名前が創だからなのか、いつも端っこにいるからなのか、訊いたことがないのでわからない。

「まめも、嫁さんと子供連れてくればよかったのに」

「いや、言ったんだけど、なんか明日、息子の塾でテストがあるみたいでさ。近場ならあれだけど、ここ、やっぱり遠いし」

「いくつだっけ?」

「小六。前にほら、すっごい久しぶりにお前と会って、奥さん紹介してもらっただろ。あの年に結婚して、そのあとすぐできたから」

風が吹き、まめさんはおでこが出るのを気にして顎を引いた。まめさんのおでこの上に、丸い月が浮かび、まわりの雲に、白い光がしみこんでいる。

満月——にはちょっと足りない。

間宮さんがやり方を教え、源哉さんと歩実さんが三つのペットボトルにそれぞれ石を入れた。それが重りになって、ペットボトルが水に沈むらしい。キャップを閉め、首の部分にタコ糸を結びつけたら、ウミホタルの罠は完成だ。

「ではさっそく沈めましょう」

間宮さんが桟橋のへりに立つ。

「皆さんこちらへ」

全員で間宮さんの左右に並ぶ。ペットボトルの罠を、間宮さんは一つ自分で持ち、もう一つは源哉さん、最後の一つを創に持たせてくれた。

「水に落とすと、最初はぷかぷか浮かびますけど、穴から水が入ってきて、だんだん沈んでくれます。海の底まで三メートルくらいです。罠が底についたと思ったら、タコ糸をそっと引いて、戻して、引いて、戻してとやってみると、ペットボトルが海底にぶつかる感触が手に伝わってくるのでわかります。タコ糸を離しちゃ駄目ですよ。それがないと罠を引き上げられないですからね」

当たり前のことを言ってから、せーのと間宮さんは合図をした。それに合わせて、三人同時にペットボトルを投げる。三つのペットボトルはそれぞれ水面でぱしゃっと音を立て、しばらくそこに浮かんだあと、小さな泡をもらしながら沈んでいった。右手のタコ糸が、するするとペットボトルを追いかけていき、でも、しばらくすると動かなくなった。そっと引っ張ってみたら、手首に重みを感じ、そのままタコ糸をゆっくりと下ろしていくと、途中でまた軽くなる。どうやらペットボトルが海の底についたらしい。

「では、待ちましょう」

間宮さんが腕を真横にして時計を覗き込む。

「十分もすればウミホタルが入ってくるかと思いますが、いちおう十五分か二十分くらい待ちましょうかね。たくさん集まったほうが綺麗だから」

それぞれの罠から伸びたタコ糸を、間宮さんが集めてクーラーボックスのベルトに結びつけた。

たくさんとれるだろうか。

ウミホタルがどんなふうに光るのか、お父さんから何度か話は聞いているけれど、見るのは初めてだった。

お母さんが隣に来て座ったので、創も桟橋に尻をつけ、半ズボンの膝に腕をのせた。海風が顔にあたり、その音は、顔の角度を変えてみたら、それにあわせて響きを変えた。

ウミホタルは青く、明るく光るらしい。そして、青いその水に手をひたすと、引き出した手もぼんやりと光っているのだという。その光景を想像するたび、何故だか創は、透明人間という言葉を思い出す。手が光って、逆に目立つのに、どうしてか連想してしまうのだった。

「あの……風って、どうやって吹くんですか？」

思い出したように源哉さんが訊く。

「風？」

振り返る間宮さんの眼鏡に、月の光が映っている。

「どこから、どうやって吹いてくるのかなと思って」

「風のはじまりかあ……」

そう言って夜空を見上げたあと、間宮さんは急に嬉しそうな顔をして源哉さんに身体ごと向き直った。まるでスイッチでも押されたように両目を輝かせ、ずれてもいない眼鏡を直す。

「風のはじまりは、太陽なんだよ」

そうなのか。

「太陽の熱で、地面や海の表面があたたかくなって、上昇気流が生まれるでしょ。するとそこに空気の穴みたいなものができちゃうから、それを埋めようとして別の空気が流れ込む」

それが風のはじまりなのだという。

でもね、と間宮さんは自分のバッグを探ると、予備で持ってきたらしい空のペットボトルを取り出した。罠に使ったやつと同じように、ビニールのラベルがむかれて裸になっている。

「そこに地球の自転が関係してくるんだ」

間宮さんは片手でペットボトルのキャップを持ってぶら下げ、ゆっくりと回す。

「これが地球だとするでしょ。地球というか、いま僕たちがいる北半球だとする。キャップの部分が北極ね」

洗ったときのものだろうか、ボトルの内側に残った水滴が、回転にあわせて左から右に流れていく。

「上から下、つまり北極から赤道に向かって、だんだん地球の直径が大きくなって、回転速度が上がっていくのがわかるかな。同じ時間をかけて一回転していても、直径が大きいほど、地球の表面は速いスピードで回ることになる」

たしかに、上のほうの水滴よりも、ボトルの太い部分についた水滴のほうが、ずっと素速く左から右へ動いていくのがわかった。

「たとえばこの北半球で、北から南に風が吹くとするでしょ。上から下に向かって。このとき風は、真っ直ぐに吹いているように見えても、じつは地面と一緒に横移動してる」

ボールを投げたときと同じなのだという。

「北から南にボールを投げたとき、そのボールは地面といっしょに横移動してるから、真っ直ぐ飛んでいく。そうしないと、勝手にカーブしちゃうもんね。風も同じで、地面といっしょに横移動するから、真っ直ぐに吹く。ボールも風も僕たちも、地球にいるかぎり、いつもみんな横移動してるんだ」

信じられないようなことを言ってから、間宮さんは風に話を戻した。

「北から吹いた風が、南に向かっていくにつれて、地面が横移動する速度が上がっていって、風はそれに遅れをとるようになる。つまり、だんだん西に向かってずれていく。みんなから見ると左側に向かってね。だから、北から南に吹く風は、実際には東から吹くようになるんだ。逆に、南から北に吹く風は西風に変わる。それぞれ、貿易風とか偏西風って呼ばれてるやつだね。南半球だと、これがぜんぶ反対になるんだよ」

全体的に難しすぎたけど、地球が回っているせいで風の向きが変わっていくことは、創にも理解できた。

「それに加えて、山やビルや家の位置や、ほかの人が立っている場所や、いろんなものが関わってくるから、実際に僕たちが肌に感じているような風は、もっとずっと込み入った変化の結果だけどね。誰にも計算できない、ものすごく複雑な変化の結果」

けっきょく、源哉さんの質問への答えになっているのかいないのか、わからなかった。

顔を上へ向けてみる。鼻先をなでていく風に、北極の氷のにおいがまじっている気がする。それをかいでいたら、

「むかし読んだ海外小説を思い出します」

謎のおじいさんがそばに来て、桟橋にあぐらをかいた。

「全体の話の筋は忘れちゃいましたけど、そこに出てきたエピソードが、すごく印象深くて」

高校生のときに、おじいさんはそれを読んだのだという。書いた人の名前を、おじいさんは言ったけれど、創はもちろん知らなかった。ただ、苗字も名前も三文字で、憶えやすそうだなと思った。

「広いこの海の底のどこかで、ほんの小さな砂粒が一つ、あるとき貝の殻の中に入り込むんです。貝はそれを包み込もうと、身体から分泌物を出して、殻の中に真珠ができあがる。その真珠を潜水夫が見つけて、仲買人に売り、仲買人は宝石商に売る。宝石商は、

真珠を客に売り渡す。するとその客の家に二人組の泥棒が入って、真珠を盗み出してしまう。泥棒たちは盗みに成功するけれど、お金の分配のことで喧嘩をして、一人がもう一人を殺してしまう。殺したほうは捕まって、死刑になる」

おじいさんの声は、そんなに大きくないのに、耳の中にするすると入ってきた。

「これ、考えてみると、ほんの小さな一つの砂粒が、二人の人間を殺したことになるんですよね。砂粒のほうには、そんな気はぜんぜんなくても。さっき間宮さん、私らに届く風は、いろんなものの影響を受けているっておっしゃってたけど、世の中のことは、みんなそうなのかもしれませんね」

どこかで汽笛が鳴っている。遠い水平線の灯りを見てみると、汽笛はそこから聞こえてくる気がするし、近くの港のほうへ目を移すと、停まっている船の一隻が鳴らしているようにも思える。

「これ、失礼だったら申し訳ないんですけど」

まめさんが首を伸ばし、おじいさんのほうを覗き込んだ。

「なんだかずいぶん、印象が違うもんですね」

訊ね返すように、おじいさんは白黒の眉を上げる。

「いえあの、ほら――」

まめさんはおじいさんを手のひらで示して、困ったように笑った。

「すいません、さっきから、何とお呼びしていいかわからなくて。佐藤さんって呼ぶのも変だし、どストレートさんはもっと変だし」

　ああそうだ、ようやく思い出した。

　この人はテレビでよく見る人だ。

「どすとでお願いしますよ」

　どすとさんは両目の脇に皺をたくさん集めて頬笑んだ。

「そりゃあ、あっちは仕事の顔ですからね。テレビではいつも馬鹿やってるし、ステージでもみなさんにたくさん笑ってもらってますけど、実際はこんなもんです。面白いことなんて、なかなかね」

　いやいやいや、と言ってからまめさんは言葉を返そうとしたが、何も思いつかなかったらしく、けっきょくそのまま適当に頷いた。屈み込み、桟橋に落ちていた小石を拾い上げ、それを海に放り投げる。小石はすぐに見えなくなり、水に落ちる音も聞こえなかった。まめさんは月明かりに照らされた水面をしばらく眺めてから、何か思いついたように立ち上がり、クーラーボックスに近づいていった。

「この石、もう使わないですか？」

　クーラーボックスの脇に置かれたビニール袋には、罠の重りにするための石が、まだいくつか残っていた。

「使わないよ」

間宮さんが言うと、まめさんは、投げてもいいですかと訊く。

「どこに？」

「海に」

「もともと海辺で拾ってきたやつだから、べつにいいかな」

「おい、でっかち」

まめさんは石を一つ摑んでお父さんのほうへ放り、お父さんは片手でぱしっとそれを受け取った。

「お前、どこまで投げられる？」

「どうだろうなあ……」

お父さんは口を半びらきにして水平線のほうを見た。何秒か眺めたあと、首だけ振り向かせて創を呼ぶ。

「ちょっと、ここ来てみ」

創は腰を上げ、お父さんの真後ろに移動した。

「いいか、いくぞ」

左手に石を握り込み、お父さんは身体をねじる。右足を上げ、膝をお腹のほうへ持ってきたあと、その足を勢いよく桟橋に蹴り出して全身を回す。振り抜いた左手から飛び出した石は、丸い月の中心でぽつんと影になり、その影はまったく位置を変えないまま小さく小さく小さく、小さくなり、光の中に吸い込まれるようにして消えた。おおお、とみんな声を洩らし、さすが、とまめさんが呟く。どストライク、とどすとさんが、たぶん冗談を言った。

「ねえ、あれって満月？」

智絵さんが訊く。

「待宵月《まつよいのつき》だね」

間宮さんが顎に手をやって空を眺める。

「何それ」

「満月には一日だけ足りない、十四日目の月」

罠を沈めて、もうどのくらい経っただろう。

十五分か二十分くらいは経っているのではないか。

「もうすぐ見られる満月を、楽しみに待つっていう意味なんだって」

時刻が知りたかったけど、腕時計を持っていないし、持っていても、何時にペットボトルを沈めたのかがわからない。少し眠たくなってきた。下がりそうな瞼《まぶた》をぐっと上げてみたら、海風で涙が出そうになったので、やっぱり目を閉じた。瞼の裏に、満月に一日だけ足りない月が浮かんでいた。月の真ん中には、さっき飛んでいった石がまだあるようで、その同じ石を、どこか遠い場所から、自分のぜんぜん知らない人たちが見上げているように思えた。離れた場所で歓声が上がっているのは、ウミホタルの罠を引き上げたのだろうか。大人の声と子供の声がまじり合っている。その声も、たったいま想像した、遠い人たちのほうから響いてくるようだった。もうすぐだ、とお父さんがそばで呟く。もうすぐだ、と創も思う。でも、ウミホタルのことじゃないみたいな気がする。じゃあ何のことかと訊かれても、よくわからない。とにかく創は、もうすぐだ、という思いで、閉じた瞼の裏を見つめつづけた。目を開けたら、空にあるのは満月になっているのではないか。その満月の下で、遠い人たちが、みんなそれぞれに笑ったり、泣いたりしているのではないか。瞼の裏には相変わらず丸い月が浮かび、その真ん中には石の影があって、頰に海風があたり、潮のにおいがし、誰かの靴が桟橋をこする音が聞こえて——それ以外には、まだ何もない。

解説

千街晶之

この世は、人間の想像力では及ばないほど夥《おびただ》しい偶然の集積から成り立っている。例えば、この『風神の手』（二〇一八年一月、朝日新聞出版刊）という本を手に取った貴方は、どこでその存在を知ったのだろうか。たまたま、書店で見かけたのか、それとも、もともと道尾秀介という作家の名前を知っていたのか。後者だとすれば、貴方は道尾秀介の名前をどんな機会に知ったのか。何かの偶然でこの名前を知らなかった可能性、『風神の手』という小説に巡り合わなかった可能性も、なかったとは言えないだろう。

そして、本書を読んでいる貴方は、両親の偶然の出会いがなければこの世に生まれなかった筈だ。もし、出会う機会がないほど両親が遥か遠い場所にそれぞれ生まれついていれば、貴方は存在していない。両親のそれぞれの両親、そのまた両親……と遡っていけば、出会いに要する偶然の量はどんどん膨大なものとなる。そしてその因果を遡っていけば、人類の誕生に、ひいてはこの地球の四十六億年の歴史の始まりにまで辿りつくだろう。

『風神の手』はSFではないので、そこまで遡るほど壮大な話ではない。ここで描かれた歳月は三十数年ほどである。しかし、人類や地球の長い歴史の中では須臾《しゅゆ》の時間でしかないとしても、そこに凝縮された因縁は、濃密にして複雑そのものである。

物語の舞台は、上上町《かみあげちょう》と下上町《しもあげちょう》という、川を隔てて隣接する二つの町。夏は海水浴や、松明の火で鮎を網に追い込む火振り漁で賑わうけれども、他の季節にはさしたる特色もない平凡な町だ。上上町には、鏡影館《きょうえいかん》というちょっと変わった写真館がある。訪れた人々は自分が死んだ時のためにあらかじめ遺影を撮ってもらい、当人が亡くなるとその写真は鏡影館の棚にも飾られるのだ。本書では、そこを訪れた人々の数奇な運命が綴られてゆく。

第一章「心中花」は、十五歳の少女・藤下歩実が、母親の奈津実とともに鏡影館を訪れるところから始まる。病で余命幾許《いくばく》もない奈津実は、ここで遺影を撮ってもらうことになっていた。鏡影館の棚に老人の写真を発見した奈津実は、震える声で店主に「これは、「サキムラさんとおっしゃる方ではないですか？」と尋ねる。歩実が帰宅して祖母に訊いたところ、歩実が生まれて間もない頃、一度だけ奈津実が、自分のせいでサキムラさんは死んじゃったと口走っているのを目撃したという。

ここからは奈津実の回想に入る。二十八年前、高校生だった奈津実の父は中江間《なかえま》建設という建設会社の社長だったが、護岸工事中に川の汚染を隠蔽したことが露見し、会社は倒産した。その翌年、奈津実は、漁師だった父の跡を継ぐため町に帰ってきた青年・崎村と知り合い、互いに惹かれるようになる。やがて、奈津実が家族とともに町を去る前日、彼女と崎村の身に起きたこととは……。

この第一章では、回想が終わったあとに意外な真実が突きつけられる。その発端となるのはひとつの嘘だが、ある登場人物は、それによって自縄自縛に陥り、あとへは引けなくなった果てに愚行に走って新たな嘘を重ね、そのことが別の人物に長いあいだ誤解を植えつけた。しかし一方で、不祥事を起こした会社を想起させる中江間という自分の苗字を奈津実が崎村に告げられなかったことのような、共感の余地のある嘘も描かれている。この第一章の時点で、嘘が単に悪だとか真実の対義語だとかではない、もっと複雑なニュアンスを帯びたものとして提示されていることがわかる。

第二章「口笛鳥」以降の人間関係やエピソードは、読者の楽しみを奪わないため、少しぼかして紹介することにしよう。この第二章では、小柄な「まめ」と、転校生の大柄な「でっかち」という、二人の小学生が主人公となる。でっかちはまことしやかに嘘をつく才能の持ち主だった。二人は友情を深めてゆくが、やがて深刻な事態に巻き込まれてしまう。

第三章「無常風」では、死期が迫った老女が、三十五年間も心の奥底に秘めてきたことを回想する。ここでは、それまでの章で描かれてきたエピソードに違う角度から光が当てられ、ある出来事の裏に複数の人間の思惑や行動が絡み合っていたことが判明してゆく。そして、それらの出来事を結びつけるのは、登場人物たちの嘘である。それらのひとつひとつは他愛のない嘘であっても、本人も与り知らぬところで大きな波紋を拡げ、関係者たちの人生を思わぬ方向に動かしてしまうのだ——いい方向にであれ、悪い方向にであれ。その結果、幾つもの喜劇と悲劇が誕生し、そこからまた新たな人間ドラマが派生する。

そして、嘘とともにこの物語で大きな役割を果たすのが「偶然」である。ある日、ある時刻、ある人物がある場所に居合わせたからこそ、その出来事は起きた——そんな偶然が人々の運命を動かす。こうした場合、偶然はもはや必然と区別がつかない。

章が変わるごとに嘘が真実に、真実が嘘になり、エピソードの意味が反転し、登場人物たちの運命が少しずつ明らかになった果てに、エピローグにあたる「待宵月」で幕を閉じるのだが、複数のエピソードが長篇としてひとつにつながる体裁のこの小説は、ちょっと意外な成立の過程を秘めている。

実は本書のうち、最初に執筆されたのは第二章の「口笛鳥」なのだ。初出は《朝日新聞》二〇一四年十一月四日号から二〇一五年三月十一日号にかけての連載である。中篇の新聞連載という例はあまり多くないのではないだろうか。《STORY BOX》二〇一八年四月号掲載の著者インタヴューによると、「この一編で本にするには分量が足りないなとか、この一編を元に連作にしようかなとか、先のことはまったく考えませんでした。今の自分が書ける一番いい中編を目指す、ということだけを考えたんです。その時に、子どもを書くこと、特に男の子を書くことが浮かびました。子どもってどの時代でも同じようなことで悩んで、同じようなことで喜んで、時代性に左右されない普遍的なものが書けるんです。その中でも、子どもならば必ずついたことがあるであろう、嘘を軸にした話にしようと思いました」という事情だったという。確かに、この章だけを取り出しても、優れた中篇として完結している。

だが「口笛鳥」が完成した時、「遺影専門の写真館という舞台設定を使って、いろいろな物語が作れるんじゃないかな」(同右)という着想が生まれ、その後、「心中花」が《小説トリッパー》二〇一六年冬季号、「無常風」と「待宵月」が同誌二〇一七年夏季号に掲載された。各章のタイトルはそれぞれ花鳥風月から一字ずつを取っているけれども、これも当初からのアイディアではなく、「口笛鳥」を第二章にする段階で浮かんだものだという。

随所に細かい伏線が張りめぐらされ、最後に綺麗に収束する本書の構造から考えて、当初は長篇の構想がなかったという著者の言明はかなり意外に思えるのではないだろうか。だが、創作の過程においては、作者自身すら重要なものと意識していなかった記述が、その後の展開の伏線として浮上することがある——というのは、優れたクリエイターのエッセイやインタヴューに目を通していると、しばしばあることらしい。図らずも、いかにもこの小説のテーマをなぞったような執筆方法になったわけである。

しかし、何もかもが因果律の中で完結し、登場人物がそこから抜け出せない物語は、それがいかに精妙な出来映えであろうと、どこか窮屈ではないだろうか。エピローグの「待宵月」の夢幻的なイメージは、そんな印象を吹き払ってみせる。

思えばミステリというジャンルは、不可解な謎が論理や科学的思考によって解きほぐされる過程を軸としつつ発展してきた。しかし、果たしてそれだけで、このジャンルが現在のように繁栄し、人気を獲得しただろうか。優れたミステリにはしばしば、それだけでは割り切れない余剰のようなものがある。本書において「待宵月」は、人工的な作品世界に敢えて開けておいた風穴のようなものと見るべきだろうか。

著者のデビュー作『背の眼』（二〇〇五年）には、ある人物が善意でついた嘘が、廻り廻って悲劇を生むエピソードがあった。思えばその当時から著者は、誤解の集積による運命の変転や、ちょっとした嘘が生む重大な結果といったモチーフを繰り返し描き続けてきたのだ。その意味で道尾秀介とは、根幹の部分は頑固に変わらぬまま、しなやかに成長を遂げてゆく作家であるとも言える。本書は間違いなく、その執筆活動の集大成である。

（せんがい　あきゆき／ミステリ評論家）

風神《ふうじん》の手《て》

朝日文庫

2021年1月30日　第1刷発行

著　者　道《みち》尾《お》秀《しゆう》介《すけ》

発行者　三宮博信
発行所　朝日新聞出版
〒104-8011　東京都中央区築地5-3-2
電話　03-5541-8832(編集)
03-5540-7793(販売)

印刷製本　大日本印刷株式会社

© 2018 Shusuke Michio
Published in Japan by Asahi Shimbun Publications Inc.

定価はカバーに表示してあります

ISBN978-4-02-264977-5

落丁・乱丁の場合は弊社業務部(電話 03-5540-7800)へご連絡ください。

送料弊社負担にてお取り替えいたします。

朝日文庫

小説トリッパー編集部編
20の短編小説
人気作家二〇人が「二〇」をテーマに短編を競作。現代小説の最前線にいる作家たちのエッセンスが一冊で味わえる、最強のアンソロジー。

伊坂　幸太郎
ガソリン生活
望月兄弟の前に現れた女優と強面の芸能記者⁉ 次々に謎が降りかかる、仲良し一家の冒険譚！ 愛すべき長編ミステリー。《解説・津村記久子》

奥田　英朗
沈黙の町で
北関東のある県で中学二年生の男子生徒が転落死した。事故か？ 自殺か？ その背景には陰湿ないじめが……。町にひろがる波紋を描く問題作。

藤井　太洋
アンダーグラウンド・マーケット
仮想通貨N円による地下経済圏で生きるしかない若者たちがあふれる近未来の日本を舞台にしたSFサスペンス。

さだ　まさし
ラストレター
聴取率〇％台。人気低迷に苦しむ深夜ラジオ番組を改革しようと、入社四年目の新米アナウンサーが名乗りを上げるのだが……。《解説・劇団ひとり》

松尾　スズキ
私はテレビに出たかった
普通に生きてきた四三歳のサラリーマンに突如「テレビに出たい」衝動が！ ここから途方もない冒険が始まる。芸能界冒険活劇。《解説・大根　仁》